論壇 19

台商轉型升級與兩岸產業合作
策略、實務與案例

The Transitions and Upgrading of Taiwanese Firms in
China and Cross-Strait Industrial Cooperation:
Strategies, Practices, and Cases

陳德昇 主編

蕭前副總統萬長 推薦

編者序

　　本書是2013年8月3日兩岸產業合作研討會論文匯編。此次研討會最大的特色是，由研究兩岸產業合作多年之產官學團隊，分享他們專業看法和動態情勢，有助於吾人瞭解兩岸產業競合的本質、策略和挑戰，從而思考兩岸產業如何規避風險，以落實合作與互利共榮的目標。

　　本書主要有三大重點。第一，在理論和策略方面，兩岸產官學界都有政策論述和策略解讀，尤其是兩岸產業合作的心路歷程和實務對話，皆值得參考。第二，建構共同研發、共創品牌、共享通路與開拓國際市場，亦在策略和實務面進行論證，期能深化兩岸合作機制，找尋新思路。第三，在產業合作案例方面，推介成功的作法，並檢視面臨的問題和挑戰，亦有值得反思之處。

　　最後，必須特別感謝蕭前副總統惠賜本書推薦序。此外，也要感謝政治大學國際關係研究中心、兩岸共同市場基金會、工業技術研究院、資訊工業策進會，以及海峽兩岸經貿文化交流協會，對本次研討會的贊助和支持。有這些學術單位、人脈網絡熱情參與和社會資源多元整合，這本產業合作的研究成果，才能呈現給讀者。

陳德昇

2013/10/25

【推薦序】

落實兩岸產業合作，實現互利共榮目標

2012年9月19日，兩岸企業家峰會在南京召開，並推舉蕭萬長與大陸方的曾培炎先生擔任理事會的共同理事長。期望能落實兩岸產業合作，並在強化產業媒合、排除行政障礙與創造商機方面共同努力，實現兩岸互利共榮的目標。

客觀而言，台商赴大陸投資已逾二十餘年，兩岸產業合作亦倡議多時，但是兩岸產業實質且多元的合作仍有限。近年來，甚至出現兩岸產業惡性競爭與人才流失的尖銳挑戰。此外，在信任建構、企業文化差異與法制保障方面，仍是兩岸產業合作的阻力有待克服。因此，兩岸產業合作，不僅要有智庫理論策略深度研究，並開創成功的典範，以及檢視失敗的案例，才能持續提升兩岸產業合作的高度和層次，進而促成兩岸產業合作的永續發展。

今年8月3日政治大學、工研院、資策會與本基金會共同舉辦「台商轉型升級與兩岸產業合作：策略、實務與案例」研討會。與會者多為兩岸產官學界一時之選，並針對兩岸產業合作理論與策略進行對話與反思，尤其是在共同研發、共創品牌、共享通路與開拓國際市場亦有探討。這些觀念和作法，很多都是蕭萬長十多年前所倡導的共同市場理念，如今已有不少深入的討論和可操作性的作法，令人欣慰。另外，研討會亦有兩岸產業合作成敗案例的討論，都值得吾人參考。蕭萬長認為，這本書的出版對兩岸產業

合作的推廣、良性互動合作策略思考，以及形成有效合作機制方面，能夠提供實質助益。

　　今年兩岸企業家峰會將在11月上旬在南京召開。本基金會執行長、政治大學陳德昇研究員在峰會召開前，編輯出版這本專著可說非常及時，且對台商轉型升級和兩岸產業合作，提供產官學界的分析和思路。萬長作為兩岸共同市場的倡議者，不僅願見此一研究成果和大家分享，並樂為序以為推介。

兩岸共同市場基金會榮譽董事長

2013年10月21日

目　錄

作者簡介（按姓氏筆畫排列）

朱訓麒

　　元智大學管理研究所博士，現任財團法人商業發展研究院副研究員。主要研究專長：零售與消費者行為、電子商務、行銷策略。

江永雄

　　高雄私立大榮高工電子科畢業，現任皇冠企業集團董事長。主要專長：協助兩岸企業交流、建立兩岸企業合作平台。

呂榮海

　　國立台灣大學法律研究所博士，現任森霸電力股份有限公司董事長、海基會大陸財經法律顧問。主要研究專長：公司治理、儒學與現代法治、勞資關係、競爭法（公平交易法）、智財權、不動產法律、政府採購法、大陸法律。

杜紫軍

　　國立台灣大學森林學研究所博士，現任經濟部常務次長。主要專長：產業科技及發展政策規劃、產業輔導。

杜紫宸

　　淡江大學管理科學研究所碩士，現任工業技術研究院知識經濟與競爭力研究中心主任。主要研究專長：科技產業發展趨勢與政策、商業服務業發展政策、創意行銷策略、企業競爭力。

林中和

　　南京大學商學院博士候選人，現任台北市企業經理協進會副理事長。

主要研究專長：國際企業、外商策略人才經營、亞太和兩岸策略行銷。

林瑞華

國立政治大學東亞研究所博士，現任上海財經大學公共經濟與管理學院助理教授。主要研究專長：台商研究、移民研究、比較政治經濟。

林震岩

國立政治大學企業管理研究所博士，現任中原大學企業管理學系教授。主要研究專長：大陸投資環境、兩岸經貿關係、管理資訊系統。

唐永紅

廈門大學經濟學院國際經濟與貿易系國際貿易學博士，現任廈門大學台灣研究院經濟研究所所長。主要研究專長：台灣經濟與兩岸經貿關係、特殊經濟區與國際經濟貿易、科技發展與產業化研究。

殷存毅

南開大學經濟學院區域經濟所博士，現任清華大學台灣研究所副所長、公共管理學院教授。主要研究專長：兩岸經濟關係、區域發展與政策。

留忠正

美國普林斯頓大學（Princeton University）生化博士，現任工研院生技研發及產業服務專家（資深顧問）、國光生物科技股份有限公司總經理。主要研究專長：分子生物研究。

耿曙

美國德州大學政府系博士，現任上海財經大學公共經濟與管理學院副

教授。主要研究專長：比較政治經濟、兩岸政治經濟、台商研究。

張企申

　　中國對外經濟貿易大學國際經濟研究院博士候選人，現任中華民國對外貿易發展協會行政業務處組長。主要研究專長：區域經濟、中國經濟、兩岸經貿

許加政

　　中國文化大學資訊傳播研究所碩士，現任資訊工業策進會產業情報研究所產業分析師。主要研究專長：大陸區域發展、大陸新興產業、兩岸產業合作。

許淑幸

　　國立台灣大學國家發展研究所碩士，現任國立政治大學東亞研究所博士候選人。主要研究專長：台商研究、兩岸關係。

許焰妮

　　清華大學公共管理學院博士生。主要研究專長：兩岸經貿、產業合作。

陳德昇

　　國立政治大學東亞研究所博士，現任國立政治大學國際關係研究中心研究員。主要研究專長：政治經濟學、地方政府與治理、兩岸經貿關係。

華曉紅

　　北京大學國際政治系法學士。現任中國對外經貿大學國際經濟研究院教授。主要研究專長：中國對外經濟貿易、國際區域經濟合作、台港澳經濟。

詹啓賢

　　中山醫學院醫學系、國防醫學院名譽博士，現任總統府資政、國光生物科技股份有限公司董事長。主要研究專長：企業管理、醫療照護、生技創新。

劉震濤

　　清華大學動力系畢業，現任清華大學台灣研究所所長、教授。主要研究專長：兩岸經濟關係、台資企業研究。

龐建國

　　美國布朗大學（Brown University）社會學博士，現任中國文化大學中山與中國大陸研究所教授。主要研究專長：國家發展比較研究、東亞發展與全球化、中國大陸體制改革與發展模式。

主題演講 〉

主題演講

兩岸產業合作的契機和挑戰

杜紫軍
（經濟部常務次長）

　　個人有幸從2008年兩岸開始談搭橋專案的時候，經濟部就指派我到大陸進行聯繫，推動兩岸在產業部分能夠有一個比較互動性的往來和合作。因為之前我們是單向投資，但是我們覺得互助合作可能是一個未來趨勢，所以當時我第一次去北京清華大學，並拜會科技部，還有工信部，都跟他們見過面，提出一個兩岸透過產業搭橋的方式，開始嘗試做一些互動性的運作，並探討兩岸產業合作的可能性。

兩岸多元對話和交流

　　今天我們會對於未來兩岸能夠更深入的合作，提出一些想法，但這些僅止於一些建議性的想法，因為我想等一下很多專家會有更深入的討論。就是說，它是一個建議的方向，但並不侷限於只有一種可能的方向才是對的、最有幫助，我覺得任何有助於兩岸產業合作發展的建議，都可以提出

來討論，我們都願意未來跟中國大陸持續來進行。

　　首先，就是在正式官方跟官方的合作管道，是在海峽兩岸經濟合作架構協議之下，設了一個經濟合作委員會，就是我們所稱的「經合會」。在這個「經合會」之下，設六個工作分組，包括了貨品貿易、服務貿易、投資、爭端解決、產業合作和海關合作。

　　在ECFA簽署之後，有四個後續協議要處理，包括貨品貿易、服務貿易、投資與爭端解決。目前有兩個已經先簽署了，後續有兩個還在談。因此這四個分組的目的，是屬於階段性的。就是ECFA談完之後，把後面階段性的補充協議處理完畢。至於海關合作是比較屬於事務性的、執行性的一個協議，真正影響深遠的，是這個產業合作的部分。

　　當時在「經合會」架構之下，我們經過討論跟分析之後，我們認為應該藉由這樣一個比較長遠的經合會架構，雙方能夠有一個固定的協商溝通管道，去強化兩岸的產業合作。產業合作這個部分，才有機會能夠持續地深化下去，其他的部分可能僅止於協議討論完，生效之後就慢慢地淡出，而牽涉到兩岸必須怎樣做一個策略性的合作，或者是大陸稱為戰略性的合作，是我們覺得比較重要的。所以當時在「經合會」討論的時候，就特別提出來產業合作議題，在台灣方面就是由經濟部工業局負責這件事。當時訂這個架構的時候，我還在當工業局局長，我們之所以想討論這個議題，就是希望能夠有一個未來兩岸產業合作比較長遠的規劃。

兩岸優勢互補，提升國際競爭力

　　第一，我們認為，如果可以讓兩岸各自的資源能夠有一些整合運用，藉由互補性，或者相互的支持性，可以創造出一些國際領先的產業在這個過程中，可能有很多的方法，包括了可能採用共同研發、合作試點，或者是產業育成等，甚至包括對未來的長期投資，雙方是不是能夠有一些比較

長遠的規劃，不要重複等等，這些都是可能採用的方法。這些方法希望能夠讓兩岸培育出一些在國際上具有競爭力的產業，同時我們也希望藉由這樣的產業，能夠協助兩岸產業合作的轉型升級，這個也是我們今天討論的其中一個主題。這個產業結構調整，雙方都在進行中，我們希望兩岸產業結構調整之後，不至於造成競爭過度集中，所以我們希望在這個過程中，能夠有一些討論與溝通，在結構調整跟轉型升級之後，可避免造成惡性競爭的增加。

其次，我們認為在貨品和服務貿易生效之後，能夠持續地來深化效益，貨品貿易不只是單純關稅減讓後，貨物的貿易增加，數量或者金額會增加，其實如果貨品貿易的討論過程中，可以跟未來的兩岸產業合作之間能夠互相地先思考進去，以產業合作為目標的貨品貿易降稅，會達成更大效果。我舉個例子，我們在去年跟大陸國家發改委張曉強副主任討論的時候，我們談到面板的降稅問題。過去在談判一直認為，面板降稅會嚴重影響到關稅問題，因為量很大，那目前百分之五的稅損會很大。如果單純從關稅的角度來看，或者是從貨品市場占有率的角度來看，那當然是降稅對大陸現有的面板產業是不利的。可是從長期的戰略合作角度來看，比如說我們要把面板的這個產業再去更細分，不同的世代的不同經濟尺寸切割，跟未來的長遠的發展跟投資來講，事實上就可以使得台灣的面板產業，跟大陸的面板產業彼此互補性可以增加。如果從這個角度來看，降稅其實對中國大陸來講，有更深的戰略意義。所以後來張副主任也同意我們的看法，他認為從產業合作的角度來看，其實貨品貿易的作法，有一些是可以調整，包括面板這個部分。

在推動兩岸合作的方面，官方平台剛剛已經說明過，透過「經合會」下面的產業合作小組，同時為了讓這樣的一個產業合作更有討論的彈性空間，以及更有決策的高度，所以雙方同意設一個「產業合作論壇」，定期來舉行，目前台灣方面是由我負責，中國大陸的部分是由張副主任來負

責。我們會定期地舉行兩岸產業合作論壇，原則上每一年會在雙方各舉辦一次產業合作論壇。從今年開始，我們更建議，因為一年時間實在太長，每半年要有一次期中的檢討。

強化兩岸政策對話和效率提升

最近張副主任來台灣舉行了一次期中檢討會，預計在今年的下半年年底左右，我們會在大陸舉行第三屆的兩岸產業合作論壇。在這個產業合作論壇，雙方可以把一些智庫的研究的題目提出來，先做意見交換，我們原則上希望兩邊智庫小組先討論之後，再提到這個產業合作論壇上來討論。如果雙方能夠凝聚一些共識的時候，再交回經合會的產合小組，去落實執行，所以他是一個比較前期的討論分析。當然他也被視為層級比較高，所以有一些類似的決策功能。之後，再透過後面的產業合作小組的行政部門來進行執行。

在民間的部分，兩岸搭橋專案過去為了突破單向的投資，所以我們建議由雙方政府來搭橋，民間來上橋。之所以這樣做，因為過去互動大部分是民間發動，政府部門並沒有非常地支持，為了突顯政府的支持，我們跟中國大陸提出構想，大陸方面熱烈的支持，所以這個案子推動得非常順利，在所有的領域幾乎都展開。不過，其中有一些產業，在雙方政府之間，都有一些行政的管制，比如說台灣對於很多大陸的廠商來台投資會有一些限制，至於中國大陸在行政管制上那就更多，有一些東西產業合作或者是交流雖然可行，但是很多的部分是沒有辦法進行的。比如說，我們常常講的醫療器材的部分，或者是藥品的部分，因為許可制度的不同，雖然中國大陸允許台灣的藥品或醫療器材可以在大陸取得一些許可的文件，但是這個許可文件的字號跟中國大陸企業獲得的是不一樣的，所以中國大陸的各級醫院在開標的時候，這一類文件持有者是不可以參與投標。所以你

拿到等於沒拿到，像這一些因為政府制度所造成的，一定要政府參與，才有機會來討論跟解決。所以這個部分我們當時提的想法，是一旦雙方這個管道開始暢通的時候，其實也可以讓民間公協會繼續進行，政府的角色就由主導變成參與。目前還有持續在進行的部分，包括面板、通訊等，還有八個項目是由政府來主導參與，那其他項目逐漸淡出，由民間的公協會來自行辦理。

兩岸產業合作與落實仍待強化

　　兩岸產業合作的官方平台，已經舉行過五次會議，論壇舉行過兩次。不過，坦白而言，對於目前這樣進行的一個進展，我們認為仍然有持續加強的必要。大家從認識、制度建立到開始討論，但是真正到成果產出，共識能夠落實執行，我覺得雙方仍然有持續加強的必要。民間平台部分，進行比較多，因為從2008年開始，到目前為止，舉辦的搭橋專案參與的廠商，以及簽署的合作文件，數量都已經非常地多。今年會持續地進行，預計在今年的八月27、28號時候，大陸通訊部門主管副部長也會率隊來參加，預期在可能會在台灣考慮，選擇適當的地點來設置TD-LTE試驗網。

　　我們提出一些希望繼續深化的方向提供各位學者專家當作思考的依據，我們希望未來要能夠從更宏觀的角度，來看兩岸合作的願景。坦白講，如果只從雙方各自利益的角度來看，這樣的事情是很難談下去，如果從大陸的角度，最好就是好的企業來我這裡投資，好的技術來我這裡生產，好的技術移轉給我，這是大陸單方面的利益來看。從台灣方面利益來看，最好你把大陸的市場讓給我，多讓一些給我，讓我有一些更好的機會條件，如果只從這個角度來看，我想合作這兩個字，要能夠落實非常地困難。所以我們可能要用更宏觀的角度，跨越這樣的過去傳統合作思維，所以我們有一些建議，包括了內外市場的一些合作和生產要素合作，這些都

是可以討論的方向，同時在合作機制上呢，如何再加強成果產生。最後如果能有好的一個議題能，產生一個成功典範的話，我相信對於後續的各個產業領域的展開，會有很大的幫助。

跨越自我利益思考，提升合作理念

我們建議，比如說從內需市場來看，大陸經濟已從出口轉向內需。他是消費和投資並重，所以我們認為在大陸內需市場的合作，不只是市場的擁有而已，而是透過合作能夠讓在大陸的兩岸企業無論是在服務業、傳統產業和中小企業，能夠藉由合作機會，讓他能夠提升他的品質。內需創造所有消費者的最大利益和企業的服務價值，這是我們合作的一個機會。例如說當年麥當勞當時來台灣的時候，對台灣來講，可能對於很多食品零售業是有負面影響，可是他帶進了很多新的服務觀念，促使台灣的餐飲服務業有一些新的衝擊，也會產生一些新的成長。同樣也希望，我們能夠雙方合作，讓這樣的一個合作的體制，讓兩岸在大陸經營的這些企業都有成長的機會。

國際市場部分，我們希望能夠有一些共同開拓國際級的企業跟平台的機會，比如說未來在通訊的部分，通訊牽涉到很多標準的問題，所以我們在後4G或者是5G這個市場開發的部分，兩岸是不是有更多的機會能夠合作，能夠在這個爭取全球市場的標準，以及市場的開拓，能夠有一些合作機會。因為在通訊來講，其實兩岸的優勢是有互補性的。另外在生產要素方面，我們認為在金融跟人力資源的配置，都可以來做一些更多的討論，使得兩岸合作的空間加大。

在合作制度上，我們認為現在制度已經有了，成果還沒有辦法完全展現，所以我們希望能夠就跨境運輸、通關流程，還有共同產業標準，以及非關稅障礙的部分，如智慧財產權保護，這些是有助於合作的一些基礎跟

環境，希望能夠有一些更有效的一些投入跟支持。在制度上，我們希望能夠運用這些制度，包括今天的這樣的一個機會，雙方是能有一些討論，能夠達成一些新的想法之後，透過這樣的溝通管道，能夠有一個更持續能夠加強合作的一個方式。

期許建立產業合作典範案例

最後要跟各位補充，我們希望能夠有一些議題可以當作兩岸試驗的合作典範。比如說，我們就拿這面板的上、下游來講。我們最近核准了大陸的一家生產顯示器企業，來台灣投資我們的一家背光模組廠，那他的合作模式就是因為背光模組是做顯示器的一個必要的零組件，所以他們透過雙方的一個交互投資和合作之後，會使得他們的合作更緊密，那麼他在這個一部分海外市場的這個零組件的來源，就由這個台灣的背光模組廠來進行。同樣的，從面板材料到面板的這個零組件；到面板的投資生產，一直到電視機，這是一個整體產業鏈，可以透過這樣的一個思考，是不是可以有機會能夠在這個產業能夠有合作的成功典範。比如說，在這個未來發展的智慧電視的部分，大陸叫智能電視，如果能夠開發一個共通使用的品牌，甚至在電視的生產都可以考慮在海峽兩岸來進行。比如說，大陸主要是以內需或是一部分的市場，那比如說台灣可以針對一些特殊的市場，比如說美國，或者是在歐洲的特定市場的產品，可以考慮一部分移到台灣來做生產。像從原材料到零組件一直到成品，我們覺得這樣的一個概念，可以來做充分討論，如果有機會的話，勢必可以給其他的產業帶來一些啟發，能夠來陸續地進行。所以我們認為，兩岸合作成功的典範，可以從單一的產業慢慢擴充到幾個系統產業來進行，這個是我們做的最後的一個建議，提供給各位做為討論的議題。

主題報告〉

關於深化兩岸產業合作的若干思考

劉震濤
（清華大學台灣研究所所長）

　　兩岸關係經過30多年的跌宕起伏，終於進入和平發展新時期。隨著2010年6月底「兩岸經濟合作框架協定」（ECFA）的簽署，產業合作也開始步入新階段，逐漸形成「心往一處想，勁往一處使」的強大合力，攜手邁向國際市場。現就新形勢下，如何深化兩岸產業合作的思路和策略做些探討。

壹、兩岸產業合作的思路

　　2008年6月，兩岸「兩會」恢復商談，並實現直接「三通」，兩岸經濟關係走上正常化的軌道。2008年12月開始，透過「專案」形式進行產業對接，實施了「一年交流，二年合作，三年出成果」的「產業搭橋」計畫。到2012年5月底，該計畫執行良好：

1. 兩岸共辦理38場次兩岸搭橋（產業合作）會議，共16,300人次與會，促成1,523家兩岸企業洽商，簽訂近286項合作意向書。涉及中草藥、太陽光電、車載資通訊、通訊、LED照明、資訊服務、風力發電、流通服務、批發零售、車輛、精密機械、食品、生技與醫

材、紡織與纖維、數位內容、電子商務、電子業清潔生產、金屬材料等18項產業進行了合作探討。

2. 探索建立「有規劃指導、政策支持、產官學共同參與」的新產業合作機制，以及透過廣泛的雙向交流，增進相互了解，為形成產業合作新格局創造有利條件

3. 舉辦兩岸資訊產業技術標準論壇，並於2011年6月簽署LED、PV、FPD三項共通標準制訂合作備忘錄，並累計達成200項技術標準制訂共識。

4. 進行了LED、無線城市、低溫（冷鏈）物流三個試點項目，為探討新的合作模式做了有益的嘗試。

兩岸產業合作具有很強的關聯性。以旅遊為例，從2008年7月18日大陸居民赴台旅遊開始，五年來大陸遊客赴台達620萬人次，拉動包括吃、住、行、遊、購在內的多個領域，據台灣方面估算，五年來大陸遊客在台旅遊消費近156.8億美元。隨之帶動了兩岸金融業合作，例如支付方式從開始的現金支付到用銀聯卡支付，據了解僅2012年大陸遊客在台刷卡消費達1,000億新台幣，預計2016年將達到3,000億新台幣。兩岸產業合作的制度化建設非常重要，兩岸產業合作只有在制度化的環境下的才能更好地融合發展。目前，福建、上海、海南等地與台灣先後簽署了旅遊產業合作備忘錄。此外，台灣是全球重要的遊艇生產基地，使得台灣在大陸設廠生產製造遊艇等旅遊裝備取得實質進展。2010年5月，「海峽兩岸旅遊交流協會與台灣海峽兩岸觀光旅遊協會」分別在台北和北京設立旅遊辦事處，這是兩岸分隔61年之後，首次成功互設的具有官方背景的常設機構，在發生旅遊衝突時可以協調解決，雙方相互理解、通力合作、互不指責，彼此給予更多的信任和包容。

產業轉型升級的關鍵是技術進步，不斷用新的技術來替代原有技術，始終保持技術優勢，這是產業轉型的根本目的。當前，離這一目標距離甚

遠，主要問題包括：

一、兩岸產業合作模式落後

　　20世紀80年代以來，兩岸產業合作主要是以台商台灣接單—大陸加工—異地中轉—歐美市場「和」台灣接單—大陸加工—為在大陸的品牌廠配套「的」代工模式進行。台商在兩岸之間「自我迴圈」，大陸企業無法參與。兩岸產業合作只能說是一種簡單的「結合」而已。這種落後模式的劣勢，在2008年發生的金融風暴衝擊下顯現出來，兩岸開始嚴肅的思考產業合作的未來，但至今改變不大。

二、兩岸在某些產業領域開始出現競爭

　　近幾年來，隨著大陸經濟的持續高速增長，和工業化水準的快速提高，產業規模不斷擴大，某些產業與台灣出現趨同之勢。台灣產業內部受土地、勞動力資源、環境承載力、資金短缺、市場有限等影響，外部在激烈的市場競爭中受到較多因素的制約，而無法充分發揮優勢，產業轉型升級並不順利。兩岸產業由於堅持各自的需求，又無有效的對話協調機制，兩岸某些產業的競爭態勢日益明顯，某些產品也已出現過剩現象，如光伏光電產業。據台灣《聯合報》的一項民調認為「兩岸產業處於競爭狀態已達38%」，這在客觀上增加了兩岸產業全面深化合作，和探討合理分工的緊迫性，如能攜手合作，就能在包括服務業等多個領域在內實現共創雙贏的局面。

三、兩岸都缺乏全球知名品牌和產業標準，在國際市場的影響力小，甚至就根本沒有發言權

　　雖然兩岸企業有些品牌已成為兩岸民眾樂意選擇消費的品牌，如Acer、HTC、聯想，以及食品產業方面的統一、康師傅和旺旺等，這正是

自創品牌取得的成績。但仍然不能與制定產品規格和產業標準的微軟、英特爾等世界著名品牌相提並論。美國和日本等發達國家，靠著持續不斷的技術創新能力和知名品牌的影響力，在產業發展上「輪流坐莊」，一直保持著領先優勢，世界百大知名品牌中兩岸均告缺席。我們如何充分利用共創品牌這一目標來激勵自己，充實產業合作內涵，落實各項合作措施，培育「軟實力」，使兩岸共同打造品牌成為激發兩岸產業界更加緊密合作的強大推力。何時能改變兩岸在國際上無品牌的劣勢狀況，正等待我們兩岸的企業家共同回答。

四、兩岸產業合作的思路中缺乏「互信」是當前最大的障礙

我們並不要求兩岸在所有問題上都有共識，但是一定要有互信。互信是處理所有兩岸關係的基礎，也是兩岸產業合作的基礎。現在台方有人認為兩岸經濟合作傷害了一部分台灣人民的利益，因此埋怨、甚至反對深化兩岸經濟關係，我們雖然可以理解這種由於不同的人所處地位不同，和受益面不均衡而產生的抱怨情緒，但是對這種「眉毛鬍子一把抓」、否定一切和不全面的說法需要加以說明。這是「互信」不足的表現，因此雙方的對話交流、協商和協調尤其在戰略和政策層面是十分必要的，雙方都要釋出善意，不斷努力嘗試，透過產業合作這塊「試金石」來檢驗兩岸經濟關係的牢固程度。換句話說，兩岸產業合作成效是兩岸經濟關係是否鞏固的「試金石」：試兩岸經濟發展、產業提升的願景、目標是否一致；試兩岸利益的的相關度是否密切；試兩岸雙方合作的政策是否有效。歸根結底是，在試兩岸合作的互信和誠意是否充分，這些方面目前還做得很不夠，面對當前新形勢，兩岸產業界要本著互信的精神逐漸積累合作的「正能量」，最終做到目標一致、誠心誠意、利益緊密、政策有效。

貳、兩岸產業合作的策略

在經濟全球化的大背景下，兩岸產業合作是深化兩岸經濟關係發展的重要戰略。兩岸產業合作的策略，不能等同於兩岸分別的「招商引資」，應在確立以兩岸合作、同舟共濟為基礎的思維來共謀產業發展大計，以全球範圍內「合縱連橫」的靈活策略來應對世界強大的競爭對手。透過整合兩岸資源，在全球經濟和產業發生重大和深刻變革的形勢下，促進兩岸產業的轉型升級，提升國際競爭力，擴大在全球產業分工中的影響力。

一、兩岸的產業合作深具「兩岸特色」

兩岸間的經濟合作機制，既與世界上其他的經濟合作機制有著共同或相似之處，但也有在本質意義上不同的顯著特色：

1. 兩岸產業合作是最佳的「優勢互補，經濟共榮」的組合。大陸產業有龐大市場且不斷擴大，但產業「大而不強」，無法引領未來發展的趨勢，表現在沒有制定標準和規則的技術主導能力，對全球產業發展趨勢缺少發言權。台灣在產業提升中，具有比大陸有利的是與國際產業分工關聯度高，有能力比大陸較早得到國際上的最新技術，並透過研發轉化成新產品，雖然企業規模小，但已形成各自的獨特技術，產業鏈較為完整，並具有國際化的經驗。缺點是市場狹小，無法獨自施展才能。所以，兩岸合作是最佳的優勢互補，會對產業提升帶來生生不息的不竭動力。

2. 兩岸是在「一中框架」下的兄弟關係，講的是命運與共、休戚相關，產業合作是以構建兩岸「經濟一體化」為目標，「命運共同體」為戰略定位，全面深化兩岸關係，這是「兩岸特色」的基本點。

3. 兩岸和平發展的主要內涵之一就是建立具有「兩岸特色」的經濟合

作機制，而經濟合作的核心是產業合作。所以，兩岸產業合作是兩岸之間構建和平發展框架的重要內容。

4. 產業合作是各經濟體之間建立緊密關係的重要紐帶。所以，深化兩岸產業合作應該「有利於探討兩岸經濟共同發展，同亞太區域經濟合作機制相銜接的可行途徑」。

5. 兩岸產業合作進程已表明不受既定行程限制，而是根據實際需要而定，具有跨階段、交叉發展的特點。

6. 產業合作的共同利益，能有效促使主管部門放棄閉關自守的心態，積極鼓勵開放並在特定地區先試先行，有助於消除人為障礙，促進經濟自由化。

7. 兩岸產業合作是以中華文化（共同家園）為紐帶，可有效推動文化創意產業的合作。

8. 有利於推動大陸經濟體制改革，完善有中國特色社會主義建設體系。因此，具有「兩岸特色」的兩岸產業合作本質上是「兄弟」之間的合作，合作中都要設身處地為對方著想，相互照顧彼此的利益關切。兩岸經濟合作框架協議（ECFA）的商談過程正是本著「兩岸特色」的精神，成為一個建立和加深互信的平台，而不是為了交換利益，特別在處理中小企業、農業、勞工入島等問題上體現尤為突出。

二、良性合作替代無序競爭

兩岸產業合作中免不了有競爭，這是正常現象，但是要避免惡性競爭，惡性競爭的結果就是兩敗俱傷，表現為產品庫存激增，大批企業受損嚴重、甚至倒閉。因此，兩岸產業合作中的主線應是分工和合作，而非無序的「紅海大戰」，要「王道」不要「霸道」，也就是人們常說的如何處理好兩岸產業的「競合關係」，核心是如何處理好「高低」、「強弱」

和「大小」的關係。所謂「高低」是指技術水準高低不同的企業，如透過水準分工的方式合理分隔市場、互補互利，並非「居高臨下」；所謂「強弱」是指強勢的和弱勢的產業，在政策上要體現相互兼顧，透過協調實現資源和利益共用、共同發展，而不是「以強凌弱」；所謂「大小」是指「大企業」和「小企業」要透過互動，調整供應鏈和內部關係，相互提攜，形成「企業家族」，並非「以大吃小」。這種精神正在產業合作試點專案中逐漸得到體現。

　　當前，兩岸的產業合作思維，主要以「招商引資」為主導，提供相對優惠條件吸引對方投資。這是一般的市場行為，也是主要模式。我們現在要提出的合作新模式是需要採取一些新舉措、新策略，形成一種政策引導下的市場機制，為兩岸重大項目的合作提供規劃指導和政策支援，造成一股大氣勢。針對30多年來兩岸長期形成的投資封鎖、開放保守、單打獨鬥、政策限制等不良影響發動一個大攻勢，打開一片新天地，突破兩岸產業合作的沉悶氣氛，讓重大投資案不斷產生。正所謂「矯枉必須過正」。

三、「合縱連橫」的靈活策略應對世界強大的競爭對手

　　古時的「合縱連橫」是指戰國時期縱橫家蘇秦、張儀等宣揚並推行的外交和軍事政策。蘇秦曾經聯合「天下之士合縱相聚于趙而欲攻秦」，他遊說六國諸侯，要六國聯合起來西向抗秦。「合縱連橫」的鬥爭策略發生在戰國時代，但其歷史價值至今仍受到人們的重視。兩岸產業合作可以採用合資合作、共同投資、「交叉持股」、「兩岸園區對接」、「產業合作基金」等多種方式，做好合理分工，將研發、生產和通路建設的「價值鏈」，建立在相互融合、利益與共的合作關係中，並在相互尊重智慧財產權的基礎上加快溝通，提供持續的技術支撐；做好未雨綢繆、居安思危的心理準備和實際步驟，採取多種形式為兩岸產業合作創造持續發展的環境。

　　把「合縱連橫」用在當前的兩岸產業合作上，具有一定的現實意義。「合縱連橫」的策略，是從國際市場層面談擴大兩岸合作爭取共同利益的策略。簡言之，面對強大的競爭對手，兩岸企業首先要緊密聯合起來，在某個產業上集中優勢力量，建立穩固的基本市場，進而擴大更寬闊的市場，同時走向國際市場，一爭高下。

　　兩岸要合力做大做強，首先要充分做強共用的內需市場，有三點可以考慮：

1.首先將台灣和大陸市場都定位成「試驗市場」

　　第一，由於台資企業具有以下特點：(1)與國際品牌企業聯繫密切，有些是直接的供應商，對新技術動向具高度敏感性，技術創新能力比較強；(2)台資企業在經營理念上較有創意，對市場反映較為敏銳，對市場的應變能力強；(3)由於台灣總體市場環境較為公開、公平，創新不迭的時尚、流行的經營模式可以較快得到實現的機會，投資者對於市場的信心比較強。這些特點可以作為「陸資入島」與台灣企業結合共同打拼的思考方向。不過台灣市場狹小，發展空間有限，因此台灣市場較適應於作為「小型試驗場」。

　　第二，由於大陸市場具有「地緣廣闊」、「需求眾多」和「層次不同」等特點，最主要的是目前大陸市場實際上已是國際高手雲集的國際市場的縮影，兩岸合作的產業可以將不同檔次、品味、特色的產品、商品，面對不同消費群體試銷。經過大陸市場的嚴格檢驗，完全有機會成為創新的品牌。而對大陸已有所了解的、已投資大陸的台資企業來說，這比其他外商具有更多的優勢，大陸市場就是「大型試驗場」。

　　兩岸最終的目標是當商品通過兩岸市場的考驗後，就有條件和可能在全球「超大市場」上一拼高低。

　　第三，台灣對大陸要更加開放，可以作為大陸企業「走出去」戰略的「跳板」。據了解，大陸企業向外投資約有60%是透過先在香港設立公司

走出去的，這主要是基於香港地區有大批優秀的、通曉國際法律、法規的律師、會計師、投資家、金融機構和仲介機構，投資者透過與他們的合作可以符合國際通行的慣例有效進入國外投資，避免可能的風險。可以設想，大陸一年對外投資1,000億美元，有600億美元通過香港設立公司，再進入國際市場，這對香港的服務貿易發展是多麼大的支持啊。台灣與香港相比可能優勢更大，這方面台灣當局是該認真思考了。

兩岸產業合作30年來，雖然台灣到大陸的投資已超過1,000億美元，涉及領域很廣，累計順差亦達數千億美元，但由於台灣開放步伐跟不上、開放力度不夠，投資和開放不對稱，使得台商在大陸累計的大量資金無法正常返台。這種自我設限的作法，使得一些有心回台投資的企業心有餘而力不足，也在某種程度上抑制了台灣的技術創新能力。相反，韓國實行了大膽的開放政策，積極開拓歐美市場，2009年到2012年間，電子元器件出口上升高達668％[1]，廣闊的出口市場為韓國技術創新提供了極高的溢價。

2.兩岸透過試點方式共同開拓新的合作模式，加快推動共同標準的制定

首先，早在三年前通過「兩岸產業搭橋專案」合作，選擇了三個試點項目。在執行LED試點專案時，一開始兩岸共同擬定企業資質和相關條件，首先要求相關企業採用共同標準，然後推出相同數量企業，組合成不同優勢團隊參與招投標，這在客觀上可以直接推動兩岸制定產品的共通標準和測試技術等，他們這些新團隊可以在今後的招標專案不斷出現，相信這種合作模式一定會為建立新的供應鏈關係，和為後來創建「產業聯盟」打下基礎。

其次，兩岸業者其實都不甘成為歐美廠商的跟隨者，有意共同搭建「中華牌」的標準，在LED照明領域如此，在「無線城市」試點專案中也有類似情況。大陸推出的自主規格，TD-LTE技術（屬第四代或準第四代

---

[1] 葉檀，「中美投資協定，借助鍾馗打擊小鬼」，每日經濟新聞，2013年7月15日。

<4G>），台灣方面也表示希望加強深度合作，雙方決定要在台灣建個採用TD-LTE技術制式的「試驗網」，這是聯手打造自主品牌的極佳機會。雖然技術源自於大陸，但若在國際上打下一片天地，則台灣也能由此獲益，豈非兩全其美。事實上，兩岸只要真誠合作，支援自主制定產業規格和標準的能力和條件是具備的，合作起來透過市場力量，吸引國際同行企業追隨兩岸合作所設定的產品規格和標準，自創「中華牌」就不會流於口號。

　　3.成立「產業合作基金」是一條成功通向產業合作的必經之路

　　近日，台灣媒體報導，台日ICT合作將共同成立「台日產業合作基金」協助相關企業。由日本產業革新機構（INCJ）和台灣國發基金各出資30%，另外40%開放民間資本參與。對產業基金的定位，不預設利潤指標，主要發揮資金引領作用，具有「四兩撥千斤」的意義，為產業發展目標提供資金支援。有鑑於此，兩岸可以推動成立「產業合作基金」，政府基金和民間資金相結合，協助企業共同開發國際上的領先技術，以及在商業模式上有所創新。

四、制定兩岸產業共同發展「願景」

　　「願景」就是共同確定一個發展目標和合作框架與實現途徑。兩岸產業合作已30多年、ECFA簽訂亦有三年，但是面對兩岸產業合作的現實，兩岸還停留在津津樂道於誰比誰多了幾分優勢，正是這種「近視眼」妨礙了我們的「深謀遠慮」。這可能是因為產業合作的主體和載體是企業，兩岸企業長期以來各自單打獨鬥的習慣，自以為得計地參與競爭，較不習慣主動超越企業的利益去思考產業整體利益，更談不上考慮兩岸和平發展的共同利益。三年前面板產業合作失敗就是一個活生生的例子，台灣面板有很強的產能，但缺乏下游品牌電視機廠的支撐，大陸眾多的品牌電視機廠商有管道、品牌，但面板供應量不足，兩岸議論了好久的面板產業就是沒

有整合起來，錯失了良機，讓韓國面板業佔得先機。據統計，大陸是全球液晶電視最大的市場，2011年大陸液晶電視銷售規模有3,710萬台，2012年則達到3,927萬台，預計2013年會超過4,000萬台[2]。據專家分析，2012年韓國三星在大中華地區的銷售額約為750億美元，其中約650億美元是在大陸獲得的，在大陸的銷售額中的60%與顯示器有關（包括電視、手機和筆記型電腦），三星在大陸有七個研究院，其中移動通信的研發主要在大陸，其主管是大陸本地人。三星能和大陸技術和管理人員合作，只依靠大陸市場就能夠佔據世界第一的位置，對大陸內需市場的深度耕耘，以及當地語系化策略的重視，難道台灣的企業家都看不到嗎？我想不是，主要原因是什麼？我只能說這是一個深刻教訓。

營造「規劃指導、政策支持、產學研共同參與」的新型產業合作機制的優勢，落實兩岸產業共同發展願景，其內容主要包括：產業發展戰略目標、實現的部署、產業合理佈局、重點領域和重大合作項目等等。這些都涉及到實現兩岸產業分工合作新格局的基本前提。目前，兩岸主管當局尚缺乏「戰略經濟對話」機制，還只停留在ECFA層面商談和爭議貿易方面的開放度大小上，要改變這種狀況，就要把目光集中到產業共同發展願景的制定上來。兩岸只有透過共同研究制定產業發展「願景」這一重大戰略舉措，才能引導兩岸分工合作、共同發展的正確方向。而制定「願景」的過程可以增加相互理解和感情，也會建立起包容和互信，才能產生追求建立新型產業合作機制的動力，就可以較好地解決「企業無序競爭」、「產業利益衝突」和「兩岸競合關係失調」等一系列挑戰和矛盾，是成功實現產業良性合作的重要引導。

分析了兩岸產業合作的思路和策略，我認為只要兩岸繼續沿著「兩岸特色」的道路走下去，把「互信、互諒」的基礎打的更加牢靠、紮實而不

---

[2]「白衛民：面板輸陸零關稅，台先韓後」，工商時報，2013年6月19日。

搖擺，就有可能使「做大、做強、共用、共榮」的目標更具體、明確而不虛化，那麼兩岸產業合作必將展現出美好的前景。

兩岸產業合作的思路與策略

杜紫宸

（工業技術研究院知識經濟與競爭力研究中心主任）

卡爾維諾在《看不見的城市》書中，有一段頗具深意的文字：馬可波羅描述拱橋，他一塊一塊石頭地仔細講述著，「到底哪一塊才是支撐橋樑的石頭？」忽必烈大汗問道。「橋不是由這塊或那塊石頭支撐的，而是由它們所形成的橋拱支撐。」馬可波羅回答。忽必烈靜默不語，沉思良久後問：「為什麼你跟我說這些石頭呢？我所關心的是橋拱。」馬可波羅回答：「沒有石頭，就沒有橋拱。」

兩岸ECFA服務貿易協議之簽署，有機會開啟台灣服務產業黃金十年，坊間多有論述，但大河橋拱樣貌雖已形成，關鍵石磚之設計與打造，工程剛剛開始。

面對以中國大陸為首之東亞新興市場，台灣服務產業國際化突破，有五種型態：連鎖加盟，透過品質標準化管理與在地資源連結，形成通路規模優勢、擇定區域或利基族群，發展特殊品牌稱王、以產業水平群聚方式集客共利、增加觀光客入境消費；最後是創建非典型顧客關係交易平台，晚近在大陸竄紅的掏寶網、富士康集團擬議中之萬馬奔騰計畫，均嘗試由傳統商業銷售，演化成客戶服務平台。

未來五年大陸地區服務市場，成長最快速的將是二、三線重點城市。

也就是所謂省會城市與計畫單列市，如長沙、成都、寧波、南京、青島、瀋陽等，30餘座重點城市，人均年所得超過8千美元人口可達兩億，將是2020年前，台陸外三資決戰大陸市場品牌與通路關鍵所在，兵家必爭之地。

　　台灣企業管理能力細緻與策略靈活，是未來在大範圍市場取勝的優勢，但近年來部分大陸企業敢冒創新風險之作為，仍是不可掉以輕心的勁敵。日本、韓國、新加坡、馬來西亞虎視眈眈，策馬中原，加速投資通路及挖掘拔尖人才，更是令人驚心動魄。面對如此快速成長與變化之市場，掌握消費偏好與生活型態資訊，將成為未來市場致勝關鍵。過去20年，台灣資訊產業所以能在世界市場立足，企業與研究機構頻繁分享趨勢資訊，實為關鍵要素。未來此種機制之快速建立，大河橋拱之支撐石塊也。

　　常有學者及民間團體，憂心兩岸貿易依存度增加，將導致產業外移與潛在受制風險。但一般而言，不似製造業之生產地理集中，服務企業需要接近市場與消費者，故其國際化業務拓展，較無由母國連根拔起之產業外移缺點。易言之，統一超商不會因為大陸市場未來展店之擴大，降低在台營業規模與服務品質。

壹、後ECFA時代台灣產業的競爭新思維

　　隨著過去40年經濟發展與生活水準的提高，台灣的服務產業已經逐漸發展成形、茁壯。除了充分滿足國內市場高品質與多樣性的需求，台灣的服務產業，尤其是以連鎖加盟為代表的商業服務業，開始展現出進軍國際市場的旺盛企圖心。這是十分令人欣慰與期待的發展趨勢。

　　如前所述，面對以中國大陸為首的亞洲新興市場，台灣服務業國際化突破，基本上有五種策略發展類型：首先是台灣企業最擅長的連鎖加盟。透過標準化管理與在地資源的連結，連鎖加盟企業可以形成品牌與通路的

規模優勢。經營成功的佼佼者，未來面對亞洲新興市場的崛起，相信將會有更龐大的發展空間。

第二種服務業國際化的發展策略，是選擇小區域市場或利基族群，發展特殊的服務品牌稱王。這個策略尤其適合擁有特色商品的中小企業。

第三種策略，是以產業水平群聚方式集客、共利。過去的婚紗一條街、電子一條街，都是很好的範例。過去幾年，貿協及大陸台商協會更積極規劃在東莞、南京、天津等地，籌設台灣名品城，作為下一階段的示範。

增加觀光客入境消費，這是第四種服務貿易發展型態。擴大來台觀光客人數與來源，包括爭取更多的日本休閒觀光旅客、發展具有文化與深度的陸客自由行、吸引歐美年輕背包客大量來台旅遊等，都可以有效創造境內消費，並且延伸台灣商品與服務品牌形象到海外市場。

最後，鼓勵企業創建非典型顧客關係服務平台。例如，近年在大陸竄紅的淘寶網、鴻海集團郭台銘擬議在大陸實施的「萬馬奔騰計畫」等，都是嘗試改變傳統商業通路，創新演化新型態的客戶服務平台。

連結一個比台灣大50倍的消費市場，有機會讓台灣領域拔尖企業發展成為國際領先品牌，進而產生服務產業「母雞帶小雞」的形象外溢效果。大潤發、85℃、自然美、鼎泰豐、天福茗茶（即天仁茗茶）、寶島眼鏡、麗嬰房、全家便利商店等，均已在大陸市場略具雛形，未來以十倍速之規模成長，猶有可期。這些商業市場利益果實，不但可以透過關係企業投資利得在台納稅、經營知識交叉匯集之「總部經濟」效果發酵，並可降低集團企業營運風險、提升企業在台服務深度與品質。同一時間，大眾更可透過資本市場運作機制，直接享受獲利分紅。

台灣企業管理能力細緻、策略靈活，是未來在大範圍市場取勝的優勢。日本、韓國、新加坡更是虎視眈眈，加速投資通路，挖掘拔尖人才。面對如此快速成長與變化的市場，掌握生活型態趨勢與消費偏好，成為未

來市場致勝關鍵。過去20年台灣資訊產業所以能在世界市場立足，企業與研究機構頻繁分享資訊，其實是關鍵因素。未來這種相同機制，如何在服務業快速建立，將是兩岸產業發展部門重要的任務。

我們從過去二百年產業發展的歷史軌跡追蹤，不難發現：一個產業的興起，往往需要天時、地利、人和等，三種客觀要素的適時適地搭配。令人興奮的是：台灣的商業服務產業，現在正面臨著百年難得的歷史發展機緣。

2008年國際金融危機發生之後，全球經濟發展的目光，開始移向亞洲。國際上大型投資計畫、頂尖人才移動、科技發展重心、市場驅動標竿、同業學習典範，開始鎖定亞洲作為目標。亞洲企業的分量與關鍵性，已然提升到歷史的高點。台灣位於日韓、中國、東南亞三個主要地理區域的中樞位置，先天上具有極佳的發展條件。

在人文內涵與生活型態上，台灣兼具有中華文化、西方文明、東洋風情、南島優閒浪漫，國際上很多專家認為：台灣是亞洲新興市場與西方科技無縫銜接的最佳實驗場域。再加上台商過去30年，在中國大陸佈局的企業網路與豐富人脈。我們相信：未來10年，台灣有機會成為創新商業發展樞紐、亞洲新興市場代言的關鍵角色。

貳、兩岸產業合作開始出現的焦慮感

自2008年9月以來，由經濟部提出構想，兩岸共同協力促成，先後舉辦近40場次的「兩岸產業搭橋會議」，在產業界曾引起廣大迴響。據統計，僅出席的企業人數即突破兩萬人次。然而，四年前「官方搭橋，民間上橋」交流模式，現階段已明顯產生邊際效用遞減現象，不但不足以滿足台灣企業爭取大陸市場，進而強化全球競爭力需要，有時甚至成為主辦單位的負擔，排擠其他合作資源，亟待創新突破。

　　過多表面交流，缺乏深度合作，是目前推動兩岸產業合作不能再逃避的議題。如果兩岸經濟合作，繼續停留在斤斤計較的關稅減讓談判、化零為整的「假性採購」，舉辦幾場數十萬人次的土產小吃品嚐，卻無法建立固定供應鏈關係的台灣精品展售會，那麼在國際激烈競爭、中國與歐美韓等國密集探討互補合作的情勢下，兩岸產業恐將漸行漸遠，甚至相互傷害，成為市場直接競爭與意圖殲滅的對手。

　　兩岸自2008年6月恢復海基、海協兩會層級正式會談迄今，共簽署了19項協議、一項共識、二項共同意見。其終極目標是為兩岸間各類往來活動，提供全面、穩定、可預測性的保障，避免沒有必要的誤會，降低非理性激烈衝突發生的可能性，而這個前提也是大多數台灣民眾樂見與支持的方向。至於兩岸協商採「先經後政、先易後難」原則，也是因應兩岸現實情勢，較為務實可行的邏輯順序。但是，誠如一位知名企業家在這次會議上的質疑：如果把ECFA翻成英文、把台灣改成另一個國家的名字，試問兩岸經貿合作的協議，與中國大陸和其他國家所簽署的經濟協議有何不同？何來所謂「惠台」及「讓利」，甚至是國民待遇？換言之，如果兩岸沒有辦法進行有深度性的產業合作，ECFA充其量只是一個貿易自由化的消極性協議，並不能解決兩岸產業終將全面對峙的「雙損」宿命。

　　兩岸經濟合作框架協議（ECFA）簽署屆滿三周年，台灣工商各界及一般民眾，對其所能創造之價值與迄今成效，褒貶與評價並非完全一致。多數樂觀者認為，框架協議開啟了兩岸各項經濟合作的進度與動能，只需假以時日，全方位之兩岸經濟合作時代必將來臨，但少數悲觀者卻認為，兩岸「先經後政，先易後難」之推動原則，即將隨著ECFA各項談判之落實，面臨基本矛盾無法克服與妥善解決之困境。

　　自2009年ECFA協商開始至今，四年多來，國際經濟情勢與兩岸貿易關係，已經逐漸發生轉變，台灣和大陸均同時面對國際競爭與產業結構轉型壓力，短期須充分保障國內企業生存空間，長期則為發展戰略新興產業

進行修橋鋪路工作。

隨著「十二五規劃」擴展內需政策，大陸本地產業發展結構，逐漸走向「向前整合」與「向後整合」趨勢，兩岸現階段產業垂直分工、互利均衡情勢，可能快速打破。未來兩岸產業若依據己方利益各自發展，競爭勢將大於合作，故兩岸亟需推出更積極之產業政策，深化合作層次，方可避免「競爭兩損」局面。

台灣產品展售，集中採購工業中間財與盛產農產，僅係短期救濟性措施，唯有建立符合國際競爭之產業分工體系，方可保障兩岸經濟利益之基本矛盾不致擴大。

一、兩岸經濟合作，不僅需要全面貿易自由化，更需要推動深層產業合作

過去四年兩岸產業交流頻繁，但檢視其內容，多屬擴大交流、各抒己見性質，形式意義大於實質，尚無法具體強化合作深度，引發關鍵突破與模式創新。兩岸「搭橋專案」選定推動之產業試點項目（無線城市、LED照明、冷鏈物流），因缺乏積極政策引導與具體資源落實，三年多來試點合作深度與商業績效，未能達到參與試點計畫企業之初始預期，尚待兩岸雙方主管機關進一步努力與突破。

兩岸經濟合作委員會成立後，成為ECFA下的經貿協商平台，兩岸未來經濟合作事宜，將透過該機制完成，並逐步邁向實質且制度化方向。經合會中貨品貿易、服務貿易、投資、爭端解決、海關合作等五個工作小組，預計將於未來一至二年，逐步完成協商簽署。換言之，兩岸經濟合作委員會永遠無法「完成」（to complete），必須持續不斷推動的任務，最後將只剩下「產業合作」工作。

推動兩岸產業合作，本質上是持續且無止境的工作。推動工作需要突破各種障礙，與保持不斷創新，是一件比貿易談判更為艱辛的任務。況且

產業合作之內容，經常建立在長期融合願景與短期利益矛盾基礎之上，是故其最大之關鍵，在於前瞻與開放的政策勇氣。亦即唯有強大政策引導，兩岸產業合作始有創新突破之可能。

　　建構符合兩岸共同利益之產業分工體系，擴大雙向投資規模與範疇，亦為兩岸合作推動關鍵。未來台灣方面應進一步放寬科技產業與重點服務業之陸資入股限制，大陸方面則應積極出台優先政策，有效引導大型資本，投資台灣因國際競爭而陷入短期困境之重點產業，如動態記憶體（DRAM）與液晶面板（TFT LCD）。

二、兩岸產業若各自發展，未來競爭將大於合作

　　過去30年，透過不斷擴大之經貿往來，兩岸不再是獨立發展的兩個系統，成為既互補又競爭且互相學習的產業生態。許多重要產業如資訊電子、機械汽車、食品紡織，台灣與大陸共同周旋於美國創意、日本原料與歐亞市場之間，共同扮演著國際供應鏈垂直分工的緊密夥伴關係。然而，隨著「十二五」揭櫫擴展內需政策，大陸本地產業發展結構，勢必逐漸走向「向前整合」與「向後整合」趨勢，現階段兩岸產業垂直分工互利均衡，可能於五年內快速打破。倘若兩岸產業間供應鏈垂直分工情勢不再，台灣本土經濟將面對資源流失，甚至與世界市場發生「斷鏈」危機。

　　兩岸經貿自由化發展，必須考慮經濟全球化「多雙邊」複雜關係；在這個趨勢下，任何兩國簽署經濟協議，最關心、且採取相對應措施的，通常是利益相關第三國。當我們慶祝兩岸簽署ECFA，打開了全面經貿投資關係的同時，兩岸更應考慮南韓與新加坡的布局。舉例言之，受2009年「家電下鄉」對台短期增加採購之刺激，韓國廠商遂下決心在大陸興建大型面板製造廠，直接貼近與供應下游電視機市場，導致台灣面板產業「得小利、失大利」之血淋淋教訓，殷鑑不遠。

　　兩岸的產業貿易與依存關係，現階段雖大多屬於供應鏈垂直分工的態

勢，但遵循十二五規劃「完善產業結構」的思維，中國大陸勢必進入「替代自台進口」的產業發展階段。兩岸產業由中、下游分工，步入直接競爭，恐無可避免。此時此刻，兩岸產業政策制定者，如何提出強而有力政策工具，引導兩岸主要競合產業，如石化、半導體、LED照明、面板、汽車等，師法過去百年的歐洲諸國，以水平分工取代替代性競爭，建構一個可持續的互利雙贏平台，恐怕是兩岸產業最終走向競或合，無解之中的唯一解，也是兩岸經濟合作委員會最艱鉅的歷史關鍵重責。

三、深化兩岸產業合作、鼓勵雙向投資，避免競爭兩損、創造互利雙贏

　　面對跨境無障礙的全球化發展，產業競爭之關鍵能耐，尖端技術與管理知識，早已隨著關鍵人才之移動而遷徙。未來大陸將陸續激發龐大科技創新與市場應用實驗，對於台灣優秀科技人才與專業白領，具備致命吸引力。但當大量中產階級移居大陸，或忙碌頻繁往來於兩岸，台灣產業與台資企業之國際競爭力與創新自主性，是否可能因此蕩然無存，豈能不令關心台灣產業發展之有識之士擔心。

　　投資保障協議尚未簽署，但兩岸已有充分溝通，未來若能在投資保障及投資促進上達成共識，將可進一步深化兩岸經濟合作，改善兩岸投資往來不平衡現象。而台灣也要面對兩岸經貿逐步朝向正常化後，陸企赴台投資應比照僑外投資一視同仁開放的事實，及早做好調適因應措施。不過，兩岸長年投資不平衡的現象，除簽署投資保障協定外，仍須雙方在法令層次限制上做更進一步的鬆綁。

　　觀察中港更緊密經濟夥伴關係（CEPA）可以發現，CEPA雖然大幅開放香港服務業赴大陸投資，但進駐到大陸的香港服務業，仍然遭遇許多大陸內部法規及地方政府政策不一致的非貿易障礙，因此需要運用每年CEPA補充協議，溝通更多具體開放措施。事實上，大陸目前開放的國內阻力很大，地方市場封閉，政出多門，條條塊塊規定很多，因此未來兩岸

ECFA服務貿易協定要做到真正開放，一方面除了參照中港CEPA、考慮台灣服務業競爭優勢進行談判之外，另一方面必須更關切協議開放後是否真正能落實到地方，尤其是台商較不熟悉的中部省份，台商才有可能受惠ECFA擴大投資中國大陸，參與十二五規劃現代服務業的市場開放。

四、兩岸產業交流與合作尚待進一步突破

檢視過去三年兩岸產業合作未能具體突破之原因，有以下三項：

1. 兩岸舉辦之產業交流活動雖多，但多屬相互認識與各抒己見性質，形式意義常大於實質，無法強化合作深度，引發關鍵突破與模式創新之效果。

2. 兩岸產業合作試點項目，需要兼具政策優先與地方資源落實，目前政策與地方政府聯繫效果不如理想，推動力度不足以突破基本矛盾與個別利益障礙。

3. 兩岸均欠缺由上而下之產業合作指導思想，僅指定事業單位或產業機構進行合作細節規劃與協調推動，不僅事倍功半，且不易形成較大之關聯外溢效果。

五、有效推動兩岸合作策略與具體建議

1. ECFA貨品貿易、服務貿易、與產業合作之後續協商，應將七大戰略性新興產業納入，賦予引導台灣經濟轉型之任務。藉助大陸快速發展之應用市場，兩岸應共同規劃、開發較大規模及複雜型系統場域，特別針對醫療照護、綠能環保、雲端應用、電動車輛、冷鏈物流等產業，推出專項優先政策，合作進行較大規模試點，累積技術實作經驗，共同進軍國際高端及亞洲優質平價新興市場。

2. 兩岸產業合作應規劃由過往「官方搭橋，民間上橋」交流層級，逐步提升至「拆牆建柱，創新突破」之積極型產業合作政策；同時提

升經合會「產業合作工作小組」政策位階，限期選定具政策引導作用之產業技術合作項目，全力推動。

3. 現階段兩岸經濟與產業合作協商內容，逐漸進入關鍵且難度較高之深水區，需要具一定高度之政策思想引導，始能有效突破瓶頸、推動關鍵方案、尋求長期互利雙贏。是故提升政策對話層級，開放正部級官員互訪，建立經貿部長級定期政策溝通平台，此其時也。

4. 智慧財產權（專利為典型代表）攻防，逐漸成為國際間企業競爭之核心，未來將更加限縮後進國家之創新發展空間，兩岸產業在這方面應有更大規模之合作與佈局；台灣方面應考慮適當鬆綁研發成果之境外實施管制，兩岸共同進行新興產業技術之合作研發，俾顯著提高兩岸企業之國際佈局與商業競爭籌碼。

理論與策略 〉

兩岸產業合作運作與政經效應：機會與挑戰

陳德昇

（政治大學國際關係研究中心研究員）

摘要

「海峽兩岸經濟合作架構協議」（ECFA）持續完成服務業貿易與貨品貿易，以及爭端解決機制簽署後，將對台商大陸投資與產業合作產生深遠影響。如何落實產業合作，從而建構互利共榮的兩岸經貿合作機制，則是當前重要之課題。

在兩岸政經互動方面，經貿合作無可避免的存在政治因素考量。甚至政治因素在某種程度上決定產業合作的規模和成敗。此外，「共同利益」的思考，有利於化解兩岸糾葛的政經變數，從而有助穩定發展。換言之，從兩岸和平發展、落實共同利益與產業合作著力之「外溢效果」和社會鑲嵌，將有助兩岸產業合作深化與可持續發展。

產業合作的制度建設績效是兩岸產業合作的關鍵。其中包括產業競合規範，法治尊嚴建立、政策執行落實，以及共同品牌、標準建立與國際市場開拓，以及獲利共享與保障。

關鍵字：產業合作、行為主體、共同利益、台商、轉型升級

　　「兩岸企業要抓住兩岸關係和平發展的重要機遇，深化互利合作，拓展合作領域，擴大合作規模，提升合作層次，最大限度調動各方的積極因素，最大程度地實現兩岸經濟的優勢互補，最大可能地增強兩岸企業參與國際一體化和抵禦外部風險的能力，促進兩岸經濟持續發展、共同繁榮，為開闢兩岸關係和平發展的新局面夯實經濟和社會基礎。」[1]

——兩岸企業家紫金山峰會共同倡議

　　「我們要持續推進兩岸交流合作。深化經濟合作，厚植共同利益。擴大文化交流，增強民族認同。密切人民往來，融洽同胞感情。促進平等協商，加強制度建設。」[2]

——中共「十八大」報告

---

[1] 「兩岸企業家紫金山峰會共同倡議」，兩岸企業家紫金山峰會倡議書。

[2] 胡錦濤，「堅定不移沿著中國特色社會主義道路前進為全面建成小康社會而奮鬥」，人民日報，2012年11月9日，3版。

壹、兩岸產業合作背景與新局

　　1990年代以來，台商在經濟全球化，以及兩岸投資環境變遷，構成之「推力」與「拉力」互動影響下，形成赴中國大陸投資熱潮，並促成兩岸經貿發展與合作。儘管兩岸關係發展波折不斷，制約經貿合作深化發展，但兩岸經貿互動仍持續推進。

　　2008年馬總統執政後，突破兩岸政治僵局。兩岸執政當局除推動兩岸關係和平發展外，並簽署19項協議（參見表1）。其中不僅提供兩岸往來交通便利，更在權益保障與經濟利益上獲得實惠。尤以2010年6月簽署之「海峽兩岸經濟合作架構協議」（簡稱ECFA）最具代表性與重要性。雖然目前簽署之ECFA僅為架構性協議，以及早收清單（early harvest）享有關稅減讓商品比重與利益分享有限，但未來持續完善服務業貿與貨品貿易，以及爭端解決機制後，將對兩岸產業合作產生深遠影響。其中除顯示兩岸產業合作將邁入新里程碑，而如何落實產業合作，從而建構互利共榮的兩岸經貿合作機制，則是當前重要之課題。

表1　兩岸簽署十九項協議（2008年6月-2013年6月）

時間	會議名稱	協議名稱
2008年6月11-14日	第一次江陳會談	1.海峽兩岸包機會談紀要 2.海峽兩岸關於大陸居民赴台灣旅遊協議
2008年11月3-7日	第二次江陳會談	1.海峽兩岸空運協議 2.海峽兩岸海運協議 3.海峽兩岸郵政協議 4.海峽兩岸食品安全協議
2009年4月25-29日	第三次江陳會談	1.海峽兩岸共同打擊犯罪及司法互助協議 2.海峽兩岸金融合作協議 3.海峽兩岸空運補充協議

時間	會議名稱	協議名稱
2009年12月21-25日	第四次江陳會談	1.海峽兩岸農產品檢疫檢驗協議 2.海峽兩岸漁船船員勞務合作協議 3.海峽兩岸標準計量檢驗認證合作協議
2010年6月28-30日	第五次江陳會談	1.海峽兩岸經濟合作架構協議 2.海峽兩岸智慧財產權保護合作協議
2010年12月20-22日	第六次江陳會談	海峽兩岸醫藥衛生合作協議
2011年10月19-21日	第七次江陳會談	海峽兩岸核電安全合作協議
2012年8月9日	第八次江陳會談	1.海峽兩岸投資保障和促進協議 2.海峽兩岸海關合作協議
2013年6月21日	第一次林陳會談	海峽兩岸服務貿易協議

　　本文首先探討影響兩岸產業合作的要素，分析兩岸產業競合的態勢，以及政經互動與失衡關係。其後，提出兩岸產業合作之思路，並評估兩岸產業合作之路徑與策略。

貳、兩岸產業合作政經要素探討

　　台商大陸投資已歷經20餘年，根據1991－2013年上半年官方統計，台商投資件數為40,486件，累計投資金額達1,296億美元（參見表2）。不過，根據台商和市場人士評估，台商大陸實際投資金額累計至少高達2,500－3,000億美元。[3] 此外，在台商投資型態上以「獨資」為主，並高達8成以上之比重，合作對象為陸資比例相對較低。[4] 此不僅顯示，「獨資」對企業主導權的掌握和經營有利；另一方面，亦可能與避免糾紛、信任不

---

[3]　訪談經營金融業台商所獲訊息。

[4]　陳榮灏等著，台商對中國大陸經濟發展之貢獻（台北：國立台北大學亞洲研究中心，2010年7-12月），頁47-48；高雄市中小企業協會，「對台商在大陸獨資化思考」，http:www.wei.com/khae/modules/newbb/viewtopic.php?topic_id=3796&menu（2013/7/28）。

足和企業文化[5] 認知差異有關。換言之，產業合作的認知障礙、制度建設不足，以及投資環境調適困難，均可能影響兩岸產業合作之成效。

表2　台商對中國大陸投資金額統計

單位：億美元，%

期間	經濟部核准資料			中國大陸對外公佈資料	
	件數	金額	平均每件金額	項目	實際金額
1991-2001	24,160	198.9	0.0	50,838 （含1991年以前）	291.4
2002	3,116	67.2	0.0	4,853	39.7
2003	3,875	77.0	0.0	4,495	33.8
2004	2,004	69.4	0.0	4,002	31.2
2005	1,297	60.1	0.0	3,907	21.5
2006	1,090	76.4	0.1	3,752	21.4
2007	996	99.7	0.1	3,299	18.7
2008	643	106.9	0.2	2,360	19.0
2009	590	71.4	0.1	2,555	18.8
2010	914	146.2	0.2	3,072	24.8
2011	887	143.8	0.2	2,639	21.8
2012	636	127.9	0.2	2,229	28.5
2013					
1-6月	278	50.8	0.2	983	12.6
較上年同期增減比例	-5.9	-9.7	–	-10	-22
累計至 2013年6月止	40,486	1,296	–	88,984	583.1

資料來源：行政院大陸委員會經濟處，兩岸經濟統計月報，244期（民國102年8月），頁2-9。

說明：1.經濟部核准件數及金額為含補辦。

　　　2.成長率係指較上年同期增減比例。

　　　3.細項數字不等於合計數係四捨五入之故。

　　　4.與上年同期比較之增減差額及百分比不含補辦案件件數及金額。

　　　5.我國資料係根據經濟部投資審議委員會；中國大陸對外公佈資料係根據「商務部」統計之外商直接投資金額。

---

[5]　鄭伯壎、黃國隆、郭建志主編，海峽兩岸之企業文化（台北：遠流出版公司，1998），頁viii-ix。

　　兩岸產業合作與市場經濟運作，尚涉及合作要素的配套和整合，才有可能實現合作之目標。例如，產業與市場合作，即涉及雙方信任和認同。[6] 根據愛德曼信任晴雨表（Edelman Trust Burometer）指出：

> 「信任不只是紅利；它是一個必須被創造、維持，當作基礎的有形資產。……信任對企業有益，不信任或失去信任則會使企業家蒙受損失。」[7]

　　換言之，即使兩岸多以同胞相稱，語言、文化、習慣亦相通，但是信任的培養、建構和良性互動並非一蹴可幾。事實上，兩岸產業合作不僅追求市場利益和商機獲取，更考量法制規範、商業模式、媒合平台與爭端解決機制等制度化建設。儘管如此，兩岸產業合作仍有刻板印象之障礙和阻力。換言之，部分台商因對陸商與大陸司法不信任，因而不願合作；另一方面，陸商也因產業規模差異、利基不足，甚至擔心有政治顧慮而不與台商合作。[8]

---

[6]　小史蒂芬・柯維、茹貝卡・梅瑞爾著，錢基蓮譯，高效信任力（台北：天下遠見出版公司，2008年2月），頁291-306。

[7]　同註5，頁296。

[8]　根據訪談上海研究台商學者表示，部分陸商擔心與台商發生糾紛後，會因政治因素引發麻煩，故對台商合資持保留看法。

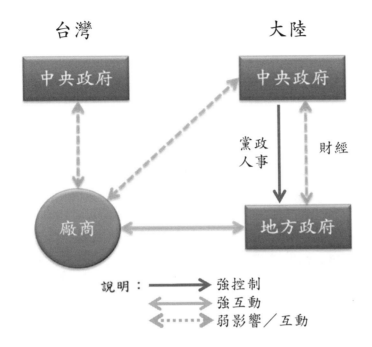

台灣　　　　　　　大陸

圖1　台商與兩岸政府互動關係圖

　　基本而言，兩岸產業合作各自涉及三個行為主體。就陸方而言，大陸中央政府部門對產業的規劃較具影響力，地方政府則對特定行業發展，扮演較積極的參與角色，甚而在一定程度上不受中央部會的節制，而與個別台商互動較多元（參見圖1）。此外，在政府與智庫的互動，陸方對兩岸產業的研究雖有開展，並仍處於策略性思考。在台灣方面，政府部門和產業界之互動多以中央主管部會為主，智庫與政府的對話亦有制度化的安排。儘管如此，產業界、智庫及學界的交流、溝通仍顯不足（參見圖2），亦是兩岸產學界互動之盲點。明顯的，兩岸產業合作過程中，企業行為主要受利益導引，且受政府政策影響。企業逐利行為固是市場法則，但是如果欠缺政策與產業規範的運作，不僅會影響最終利益獲取，亦可能導致產業競合的失衡挑戰。

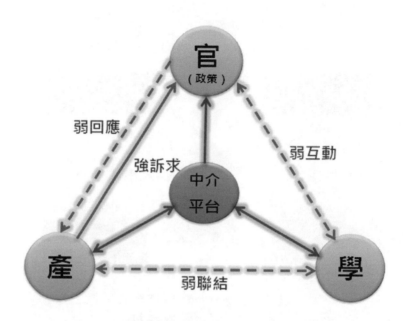

圖2　政策運作產官學互動與中介平台角色

　　「利益」[9]考量是企業認知和政府行為關鍵。事實上，由於兩岸經貿合作各行為主體「利益」不一致，因而易導致產業合作障礙。對企業而言，「將本求利」是企業市場運作的本質。不過，對中共地方官員而言，他們更考慮本身的「升遷機會」和「政績表現」利益。[10]因而，儘管中央涉台部門重視兩岸經濟合作，但是各部委和地方政府，則有其部門和地方利益考量，不盡然會和中央對台工作思路一致，因而不乏出現兩岸產業競合失靈，以及重複投資衝擊擴大之挑戰。事實上，中共涉台系統在決策運

9　根據維基百科解釋，利益是「能滿足人物或團體需求的事物。」（本文之概念
　　較為廣義，包括經濟和政治利益皆列入。）資料來源：http://zh.wikipedia.org/zh-
　　tw/%E5%88%A9%E7%9B%8A。

10　周黎安，「晉升博奕中政府官員的激勵與合作」，經濟研究（北京），第6期（2004年6
　　月），頁33-40；周黎安，「中國地方官員的晉升錦標賽模式研究」，經濟研究（北京），第
　　7期（2007年7月），頁36-50。

作上，亦不免呈現「點頭無用」（其他部門本位主義與個別利益思考未能落實），「搖頭有用」（否定其他單位之對台設想，尤以敏感議題居多）的矛盾現象。

　　在兩岸政經互動方面，在特殊兩岸關係中，經貿合作無可避免的存在政治因素考量。甚至政治因素在某種程度上決定產業合作的規模和成敗。此外，「共同利益」的思考，有利於化解兩岸糾葛的政治變數，從而有助穩定和平發展的關係。換言之，從共同利益與產業合作著力之「外溢效果」（spill over effect）和社會鑲嵌（embeddedness），將有助兩岸產業合作可持續發展。就「共同利益」的類型而言，依政治屬性與敏感性可區隔為低政治、中政治與高政治之層次（參見圖3）。基本而言，兩岸「共同利益」可以低政治類之「共同利益」作為基礎、介面與平台，其運作深度與廣度將有利於雙方了解、增強互信與善意積累，並有利提升至「中政治」層次互動。換言之，由於兩岸是一個具長期敵對意識之政治主體交往過程，「共同利益」是不可能由「低政治」立即跨越至「高政治」層次。唯有漸進式的發展與良性互動積累，才有可能實現交往、對話與和解的目標，進而尋求產業合作層次提升（參見圖3）。

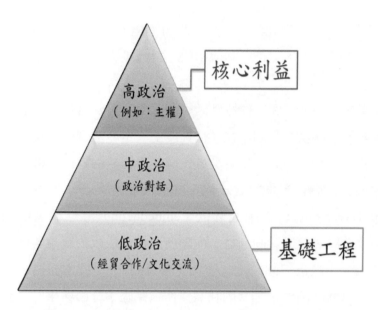

圖3 「共同利益」與兩岸政治互動之類型和層次

參、兩岸產業競合與惡性競爭

就產業特質與互補條件而論，兩岸產業各具強弱勢與互補性，可區隔為四大象限（參見圖4）。在最佳條件下，能促成兩岸產業優勢互補，形成1+1>2的運作模式，最具競爭力。換言之，在第1象限若能促成產業合作最為理想。不過，陸方具絕對或規模優勢，但台方優勢具可替代性，台方未必有參與之空間。在第4象限則是台強陸弱之產業，陸方與台方合作意願較高。此外，惡性競爭則是1+1<2的挑戰。例如，太陽能、LED則因兩岸惡性競爭而難有獲利空間。一位太陽能上游原料業者即曾表示：「歐美市場的需求並沒有太大改變，但中國產能和地方政府成倍供給與補貼政策，終導致價格崩盤。」[11]

---

[11] 訪談一位太陽能上游原料製造業總裁。

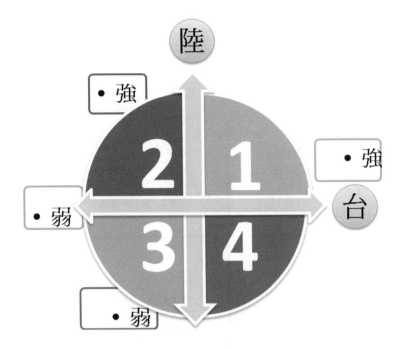

圖4　兩岸產業合作強弱勢對照

　　儘管如此，兩岸仍有強強、強弱與弱弱合作之可能（參見圖5）。其中，再以政府支持力道大小，以及產業外溢效果程度分析，顯示兩岸產業合作仍有發展空間，尤以精密機械與半導體業最具效果；金融、文化創意、汽車電子與低溫物流，則可透過努力實現預期目標。反之，LED、TFT-LCD，以及離岸風力發電，則會有較大難度（參見圖6）。

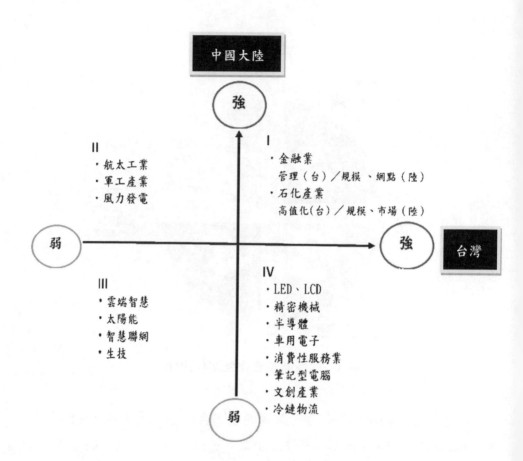

圖5　兩岸產業合作強弱勢圖

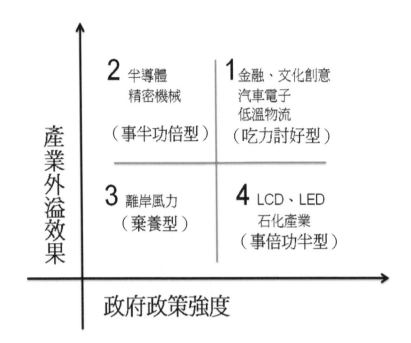

圖6　政府政策與產業外溢效果互動圖

　　產業發展動態變遷情勢錯誤評估，亦可能導致兩岸產業合作難成，甚至出現惡性競爭的困局。尤其是在兩岸規模差異，與優先保護本土產業背景下，台灣產業中長期恐將處於劣勢競合態勢。以面板為例，2008年前台灣尚具優勢地位，但個別產業領袖姿態高，[12] 國內亦有產業外移安全之疑慮，因此不願兩岸合作，也排斥相互參股。結果，中國大陸引「清兵入關」（引入韓商），參與產業競合。目前大陸有八家面板廠，產能估計會於2015年超過台灣，將日漸填補大陸市場需求，台灣各面板廠經營未來恐

---

[12] 資訊顯示，台灣面板產業龍頭業主即曾向領導層表示：「個別面板廠撐不住的，就讓它倒閉。」他亦因對過去傳統產業發展成功的自信，認為能成就其面板世界龍頭地位。但實際上，面板產業生存模式不同於傳統產業。結果自己最終敵不過競爭力而退出市場賣給鴻海集團。換言之，在傳統市場成功之企業家，不盡然能在面板或科技產業取勝。

更艱困[13]。此外，儘管大陸部分面板廠獲利較豐，甚至營益率高於台灣面板廠，但這可能與大陸地方政府補貼政策有關。必須指出的是，大陸地方政府過度擴張面板產能與補貼政策，將可能導致產業與價格崩盤，大陸太陽能產業殷鑑不遠。

　　兩岸產業競爭已呈現優勝劣汰競爭，日益加劇的局面。一方面，產業競爭是市場法則；另一方面，大陸企業的競爭力快速提升，台廠研發與創新不足，便可能面臨重大之競爭壓力。事實上，大陸要建構其完整之產業鏈是必然的選擇，台商要生存，不應過度仰賴大陸「讓利」、「讓空間」的想法，而應憑其政策取向和競爭優勢尋求生存機會。此外，大陸企業進步速度快、各級政府的補貼政策、智財權保障不足，以及市場不公平競爭，亦可能使得兩岸產業競爭出現變局。「財訊雜誌」在一篇「中國科技追兵　爭搶台灣供應鏈地盤──兩岸產業殲滅戰」[14]的專題報導即透露：

　　　　「這是一場『中國製造』與『台灣製造』的殘酷戰爭，曾經輝煌、馳騁中國及全球市場的『台灣製造』，受到中國廠商步步進逼，已顯露疲態，甚至不支倒地。……」

　　　　「從奪得可成口中肉的比亞迪電子，到與美律搶食蘋果的瑞聲，種種跡象都顯示，中國製造不再是粗製濫造的代名詞，他們正全方位趕上台廠，鯨吞蠶食國際大廠訂單，某些台廠面對『搶單、搶人、搶技術』的強大壓力，不得不選擇轉型，或者黯然退場。」

---

[13] 「面板訂單 急速萎縮」，聯合報，民國102年9月26日，第A1版。

[14] 楊淑慧、朱致宜、馬自明，「中國科技追兵 爭搶台灣供應鏈地盤──兩岸產業殲滅戰」，財訊雙周刊，第425期（2013），頁68-91。

「在坐擁中國市場的品牌大廠華為、聯想，全力扶植他們自己的『紅色供應鏈』之際；在中國政府毫不遮掩地狂砸超過三千億美元補貼，讓中國廠商無後顧之憂地殺價搶市之際；台廠不得不與中國廠商合作，卻又擔憂技術、人才流失，進退維谷。」

此外，英國「金融時報」（Financial times）2013年9月29日亦報導：

「中國企業正逐漸取代台商，成為蘋果精密零組件供應商！供應蘋果iPhone、iPad等產業零組件的中國企業已從2011年的8家，倍增至今年的16家，中國企業技術升級直接威脅到當前主導全球電子產品供應鏈的台、日、韓企業。」

「蘋果供應鏈增加更多中國企業，正值蘋果試圖分散合作的供應商，以降低成本、避免過度依賴任何一家廠商。例如9月甫上市的iPhone 5C新品，蘋果就不再只依賴過去合作的最大代工夥伴鴻海集團旗下富智康，很大一部分訂單也釋給同為台商的競爭對手和碩。進入蘋果加值供應鏈的中國企業歌爾聲學山東音響零組件生產商，今年製造iPad與新iPhone揚聲器、也製造新iPhone的耳機，但在此之前已為蘋果對手三星供貨。」

「另兩家被認為加入蘋果供應鏈的中國企業為深圳的德賽電池與欣旺達電子，儘管上述兩家企業並未列入蘋果今年供應商名單，卻實際供應iPhone 5的電池系統。」[15]

---

[15] ＜Chinese companies move into supply chain for Apple components＞，FINANCIAL TIMES，2013年9月29日，http://www.ft.com/cms/s/0/d70fca52-2691-11e3-9dc0-00144feab7de.html。

　　兩岸新興產業競合過程中，目前兩岸相關產業多為重疊性高（參見表3），且為弱勢競爭格局（參見圖5）。不過由於中國大陸具備吸引資金、技術、人才和市場優勢，因此五至十年後，兩岸新興產業發展之優劣勢地位與競爭力，便可能出現結構性變化，而呈現由第3象限向第2象限移動之可能（參見圖5）。此對台灣經濟國際競爭力之維持，以及兩岸產業競合角色之調適皆可能產生衝擊。因此，台灣在新興產業的兩岸競合佈局，和尋求合作模式便顯得重要。

表3　中國大陸戰略新興產業和我國新興產業對照

戰略性新興產業	子產業項目	發展階段	和台灣新興產業規劃重疊目標
節能環保	高效節能、先進環保、資源循環利用關鍵裝備、技術、產品和服務	產業化初期	建築節能、LED照明
新一代信息技術	新一代移動通信、下一代互聯網、三網融合、物聯網、雲端計算、半導體、新型顯示、高端軟件、高端服務器和資訊服務	產業化初期	雲端計算
生物	生物醫藥、生物醫學工程產品、生物農業、生物製造	由有做大	製藥產業、生技工程、農業生技
高端裝備製造	航空裝備、衛星及應用、軌道交通裝備、智能製造裝備	由有做大	
新能源	新一代核能、太陽能熱利用和光伏光熱發電、風電技術裝備、智能電網、生物質能	由大做強	太陽能電池、風力發電、生物質能、智慧電網
新材料	新型功能材料、先進結構材料、高性能纖維及其複合材料、共性基礎材料	由有做大	
新能源汽車	抽電式混合動力汽車、純電動汽車和燃料電池汽車技術	產業化初期	電動車、燃料電池

　　兩岸產業合作中小企業亦應扮演重要角色，且大陸中小企業健全發展，亦對其貧富差距和社會矛盾之解決提供助益。換言之，兩岸產業合作不應只是大企業的合作，台灣中小企業發展之經驗、創意、活力，尤其是國際市場開拓能力，皆有助於補強陸資中小企業競爭力之不足。明顯的，大陸中小企業之健全發展，不僅是兩岸產業合作的重要課題，更在經濟發展和社會職能扮演功能性角色。

肆、兩岸政經互動與失衡效應

　　基本上，兩岸經貿互動，可區分為政治、經濟、社會與法律四個運作層次探討。換言之，「一個中國」架構的認知和政治信任，是兩岸互動的核心基礎。從經貿規模和實質利益而論，台灣市場無論在規模或是商業獲利性，基本上對陸資不具吸引力，但是台灣作為中共「祖國統一」上的對象，涉及「國家核心利益」，其在兩岸關係政治訴求，是以「民族情感」、「民族經濟」、「一家人」的高認同強度定位（參見表4），期能避免政治疏離，並落實政治統一的目標。中共在「十八大」報告，涉台部分即曾強調：

> 　　「我們要努力促進兩岸同胞團結奮鬥。兩岸同胞同屬中華民族，是血脈相連的命運共同體，理應相互親愛信任，共同推動兩岸關係，共同享有發展成果。凡是有利於增進兩岸同胞共同福祉，我們都會盡最大努力做好。我們要確實保護台灣同胞利益，團結台灣同胞維護好、建設好中華民族共同家園」[16]

---

[16] 參見註2。

表4 中共對台政經互動與運作效應表

發展 項目	強度		
	低	中	高
政治			◎
經濟		◎ ↑ ↓	
社會		◎ ↑ ↓	
法律	◎		

說明：經濟與社會顯示中級強度，呈現上下動態不穩定特質。

　　不過，從經濟角色和社會地位而論，則台商在大陸的位階，則顯不如中共的政治定位所期待。換言之，台商在投資運作中，仍是以「外商」看待，雖有「同等優先，適當放寬」之優惠，但至今仍未享「國民待遇」。[17]訪談部分代表性台商即曾抱怨道：

> 「政治上，大陸說我們是中國人，中華民族，說是一家人，但講到利益，則你是你，我是我。」[18]
> 「他們平常都說是自己的同胞，有民族情感，但說到實際的商業利益，則是公私分明，親兄弟，明算帳。」[19]

　　台商在大陸的社會地位也不盡理想。事實上，一般台商給予大陸員工

---

[17] 「國民待遇」是國際法中重要的原則，意思是外國人與當地居民有同等的待遇根據國民待遇，如果一個國家將特定的權利、利益或特權授予自己的公民，它也必須將這些優惠給予處在該國的他國公民，在國際協定的背景下，一國必須向其他締約國的公民提供平等的待遇，這通常指對進入當地市場的進口貨品和本地生產的貨品一視同仁。資料來源:http://zh.wikipedia.org/wiki/%E5%9C%8B%E6%B0%91%E5%BE%85%E9%81%87。

[18] 一位電子業台商A。

[19] 一位石化業台商B。

之待遇與福利，多較外資為差，其社會形象不佳。[20] 儘管中共當局在政治上以特殊政治對象認知。部分案例處理亦以政治考量給予優惠和便利，但總體而言，台商在大陸社會角色和地位，仍是內外有別。甚至其重要性與否，依不同階段的政治需求而定。例如，台灣大選前為爭取選票，台商便受到兩岸當局較多的關注和重視。此外，台商目前面臨的轉型升級挑戰和生存危機，大陸各級政府重視程度不一，但總體而言，兩岸執政當局關注的力道，顯與現實需求存有較大差距。

　　大陸法制表現則是台商認同度最低者，[21] 且和政經層面形成重大反差，影響中共對台政策運作之績效。事實上，法治精神不僅是台商商業行為與社會生存的基礎，更是政治信任的核心。明顯的，兩岸互動之政治、經濟、社會與法律出現重大落差與失衡（參見表4），不僅不利於兩岸經貿合作的可持續發展，亦將影響台商的政治認同（參見圖7）。換言之，即使投資大陸20餘年的台商，對大陸社會與政治運作了解深入，也對此一失衡狀態表示憂心，其政治態度即趨保留。

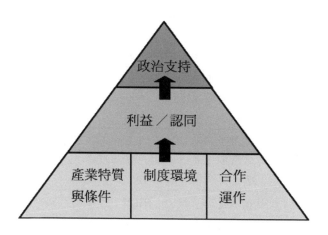

圖7　兩岸經貿合作基礎條件與政治互動

---

[20] 訪問大陸國有企業高層主管獲悉訊息。

[21] 高為邦等著，出逃！出路？離開中國之後……（台北：大紀元時報公司，2013年6月）。

伍、建構產業發展秩序與尋求「共同利益」

目前兩岸透過「共同利益」概念，尋求產業合作已呈現更具體的成果。例如，共通標準的制定，在電信、平板顯示、LED、太陽能光電與風力機皆有初步成果（參見表5）。此外，具有民族特色的共同品牌，亦具有機會。換言之，共同品牌若能打入13億，世界五分之一人口的市場，勢必能在全球性品牌地位和影響力佔有一席之地。在共同開拓國際市場方面，台商之國際競爭力與市場開拓能力，皆是兩岸產業優勢互補的範例。

表5　海峽兩岸已著手進行的共通標準制定作業

產業	項目
電信	1.簽署海峽兩岸4G TD-LTE共同標準制定合作備忘錄
	2.簽署海峽兩岸推動4G TD-LTE試驗室建設合作備忘錄
平板顯示	1.「立體顯示器件：眼鏡式立體顯示器件光學量測方法II」共同標準制定工作完成
	2.開展電子紙光學參數量測方法共通標準制定工作
LED	LED加速壽命試驗方法共通標準制定工作完成
太陽能光電	1.推動共同標準GT007-2012「光電組件用乙烯—醋酸乙烯共聚物（EVA）交聯度測試方法—差分掃描量熱法（DSC）」成為國際標準
	2.開展「矽晶太陽電池初始光致衰減測試方法」、「太陽電池用透明導電膜玻璃透射比（反射比）測試方法」和「矽晶太陽電池運輸振動測試方法」等四項共通標準的制定工作
	3.開展太陽光電建築一體化（BIPV）標準體系研究
風力機	兩岸垂直軸小型風力機共通標準制訂作業完成

資料來源：華據產業共同標準推動基金會、經濟部，**聯合晚報**，2013年7月29日，B1版。

　　兩岸「共同利益」所體現的是雙方的現實議題，藉著互惠與共享從而提升雙邊之信任、福利與安全。在兩岸「共同利益」架構下，有關經濟、社會文化層面之議題多屬低政治與非政治層次，雙方共同利益與交集點亦多（參見表6）。「共同利益」的運作與互動，不僅有利鞏固與培養互信基礎，亦是雙方當前突破僵局較可行之方案。事實上，在兩岸政經體制與價值觀念差距仍大現實下，先落實低政治層次之「共同利益」，亦應有助兩岸產業合作發展。

表6　兩岸「共同利益」對照表

利益類目	台灣利益	大陸利益	共同利益／備註
政治	民主化	漸進民主化	台灣：高度民主化 大陸：初級民主化
	自主性	高度自治	自主的程度差別
	主權國家	主權與領土不可分割	（不同政黨概念具差異性）
	法制化	法制化	兩岸法律銜接（司法管轄）
	軍隊國家化	國防現代化	和平發展
	免於戰爭威脅	保持對台獨威懾	和平、穩定發展之兩岸關係
經濟	經濟成長與發展	發展是硬道理	雙方發展，互為條件
	區域經濟合作	東亞經濟一體化	台灣成為亞洲共同體一員
	全球化佈局	融入全球化	加速區域全球化進程
	能源供應穩定	能源戰略	共同開發能源
	農業科技應用推廣	發展集約型農業	農業現代化、農業保護、防疫與氣象合作
	資源保護與利用	開發海洋資源	保護生態環境、提高經濟實惠
	產業持續升級	提高產業競爭力	農業互補／合作，提升國際競爭能力。旅遊資源共同開發互惠

利益 類目		台灣利益	大陸利益	共同利益／備註
社會		社會安定	穩定壓倒一切	社會穩定發展，共同防恐與犯罪活動
		社會多元	新的社會結構	
		反犯罪	打擊犯罪活動	
		反走私	打擊走私	
		反恐怖主義	反恐怖主義	
文化		本土文化保存發揚	代表先進文化	文化同源，文化保存、教育發展合作與人才培養
		文化多元化	多元文化共同並存	
		傳統文化存續	弘揚中華文化、教育優先發展	
		推動兩岸交流	鼓勵兩岸交流	增進兩岸了解與情感／互信培養

　　另以大陸與台灣地區漁業資源保護為例，亦可由兩岸「共同利益」觀點分析。根據田野考察資料顯示，台灣冬季南部沿海地區漁民，以捕撈烏魚與烏魚子作為其重要經濟來源（參見圖8）。然而，近年來台灣漁民漁獲量明顯減少，烏魚子收入亦大幅減低。主因來自於大陸長江下游沿海漁民，在迴游烏魚未成熟階段進行捕撈與濫炸，主要作為飼料用途，利潤微薄，但此一撈補行為卻導致台灣沿海漁民生計大受影響。因此，中國大陸漁業當局對沿海漁民補撈作業進行規範，並積極維護海洋生態。此勢必有利於冬季烏魚迴游至台灣能生長至成熟期再行撈捕，將有利於保障台灣漁民之利益。如此，中國大陸維護海洋生態能獲得肯定，台灣漁民亦因此可以捕撈較穩定的漁獲，此皆是兩岸「共同利益」的具體表現。[22] 因此，中共當局與其提供實質惠台利多[23]，不如在生態環境保護與台灣弱勢族群關

---

[22] 此案例為2002年12月陪同大陸上海學人至高雄縣茄荖鄉考察所獲訊息。

[23] 「中共宣佈多項對台利多」，聯合報，民國97年2月28日，第A15版。

懷提供助益更具實質效應。[24] 此外，兩岸共同在南海探油分享資源，以及協助台灣掩埋核能廢料，皆有利於建立信任與產業深化合作。

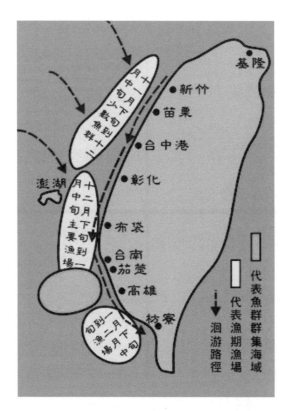

圖8　台灣冬季沿海烏魚洄游路徑圖

以SWOT分析，兩岸經貿合作優勢、機會，以及弱點與挑戰（參見表7）。其中顯示，兩岸產業在優勢互補上有較大合作空間。從而有利於促成實質合作之綜效（synergy）發揮。尤其是善用民族優勢和強化國際競爭力，皆有創造較大兩岸產業合作機會與可能性。此外，透過「共同利

---

[24] 中共惠台措施相當資源是被兩岸中間商人與利益集團所壟斷，並無法全面嘉惠農漁民與弱勢族群，甚至形成「口惠實未至」之批評。

益」之設想和運作，以及強化制度與信任之鞏固、產業秩序梳理與調適，與市場保障之努力，皆有助於消弭兩岸產業合作之弱點和威脅。

表7　兩岸產業合作SWOT分析

S（優勢）	O（機會）
●部分產業優勢互補 ●兩岸政策支持 ●區位鄰近與便利 ●兩岸關係穩定 ●語言相通、民族情感	●內需市場潛力大 ●共同品牌、標準商機大 ●協力開拓國際市場 ●兩岸協議商機擴大
W（弱點）	T（威脅）
●企業文化差異 ●合作信任不足 ●經濟成長趨緩 ●法制規範與保障不足 ●兩岸「潛規則」制約經營成效	●惡性競爭，兩敗俱傷 ●人才挖角日盛 ●跨國企業競爭 ●科技與創新能力不足 ●全球市場復甦趨緩

陸、結語

　　客觀而言，涉及兩岸產業合作各行為主體，其利益不盡然一致，且在政治訴求、地方主義、產業發展與廠商行為，皆可能呈現糾葛不清與媒合困難之可能。因此，如何理順與滿足各行為主體多元訴求，進而促成商機的實現和分享，皆須更多產業和廠商信任建構、法治保障，以及履行契約的承諾。此外，兩岸產業的盤點和專業解析、政府必要的介入，以及相關行政法規的鬆綁和保障明確，皆有利於產業合作的促成。一位曾擔任政府

衛生部門首長的官員即曾表示：

> 「兩岸產業合作資金不是問題，相互間技術保護，自己也能
> 做到，關鍵是各自的行政法規與限制條件能否調整。往往這都不
> 涉及法律修訂問題，而是政府相關部門能否下決心鬆綁，和調整
> 不合時宜的行政命令，才是關鍵。」[25]

　　台商大陸投資20餘年來，對大陸經濟發展與現代化發揮積極作用，但由於歐美經濟環境丕變，大陸內需市場經營和生存不易，加之台商轉型升級難度加劇，皆導致現階段兩岸產業合作面臨新的矛盾和挑戰。儘管如此，台商在兩岸產業合作中仍具不可替代性的角色。事實上，台商在這波轉型升級階段，若能脫胎換骨，則會成為大陸經濟發展的助力，並奠定兩岸產業合作更紮實的基礎；反之，台商轉型升級失靈，勢必衝擊兩岸經貿合作績效。因此，兩岸產業合作，雙方執政當局應以更積極的作為，落實台商轉型升級的努力，才會有更具績效之兩岸產業合作。

　　對台商而言，隨著國際情勢與兩岸環境之變遷，已日益壓縮其生存空間。現階段兩岸產業合作，資金與硬體設施已不再是台商的優勢，但是在技術、創新、管理和開拓國際市場應有較大的競爭力。尤其是Chiwan的提出，一度引發兩岸強勁對手韓國之關切。換言之，兩岸產業合作，更多成功範例的呈現將對未來產業合作產生激勵作用。尤其是現階段惡性競爭的面板、LED和太陽能產業的解套與再生方案，便值得關注。事實上，大陸政府部門的不當補貼，以及地方部門利益的扭曲，皆會影響兩岸產業合作的績效與信任建構，值得賦予更大的關注。

　　兩岸現階段產業合作除具備組織化優勢外，亦有結構性缺失，在運作

---

[25] 訪問曾擔任衛生部門主管前任官員。

機制中亦存在「盲點」與「誤區」有待改善。換言之，產業合作的制度建設仍顯脆弱與不足。而在辦理產業合作論壇，亦易陷入地方「招商引資」的慣性作風；地方辦理會議的熱情，往往遠高於相關建言與方案落實。而組織成員與結構亦予人「富人」、「大企業」俱樂部的印象，中小企業參與合作的空間勢必窄化。此外，長期以來，兩岸產業合作，無論是各自產業的盤點，或是產業合作的條件與市場競合的深度研究，皆仍有局限。如何鞏固兩岸產業合作的基礎研究，強化產業理論、策略、籌謀與市場競合機制完善，以及落實兩岸「平台」角色的對話和協力網絡建構，以彌補官方回應不足（參見圖9），應是值得重視與落實的課題。

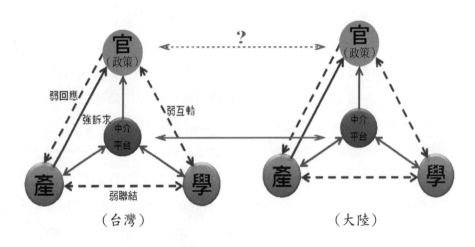

圖9　兩岸產官學互動與中介平台角色

　　產業合作的制度建設績效，將是兩岸產業合作的關鍵。其中包括產業競合規範，法制尊嚴建立、政策執行落實，以及共同品牌、標準建立與國際市場開拓，獲利共享與保障。此不僅是涉及中共中央部門，且是兩岸執政當局、大陸地方政府和台商多個行為主體間，如何形成良性互動？如何在全球與兩岸經貿變局中，在優勝劣汰的市場法則下，找尋兩岸產業發展

的優勢整合點。儘管如此，中國大陸經濟發展建構自主完整產業鏈的努力是不可避免的，期待中國大陸「讓利」、「讓空間」的要求也是不現實的。台商唯有時刻思考轉型升級的努力，並不斷提升研發和國際競爭力，才會有生存的機會。

參考書目

「中共宣佈多項對台利多」，聯合報，民國97年2月28日，第A15版。

「兩岸企業家紫金山峰會共同倡議」，兩岸企業家紫金山峰會倡議書。

「面板訂單 急速萎縮」，聯合報，民國102年9月26日，第A1版。

＜Chinese companies move into supply chain for Apple components＞，FINANCIAL TIMES，
2013年9月29日。

大衛‧艾克、艾瑞克‧喬幸斯瑟勒著，高登第譯，品牌領導（台北：天下遠見出版公司，2008
年3月）。

小史蒂芬‧柯維、茹貝卡‧梅瑞爾著，錢基蓮譯，高效信任力（台北：天下遠見出版公司，
2008年2月）。

朱博湧主編，天創藍海——15個台灣企業開創新式場的成功故事（北京：人們出版社，2006年4
月）。

周黎安，「中國地方官員的晉升錦標賽模式研究」，經濟研究（北京），第7期（2007年7
月），頁36-50。

周黎安，「晉升博奕中政府官員的激勵與合作」，經濟研究（北京），第6期（2004年6月），
頁33-40。

胡錦濤，「堅定不移沿著中國特色社會主義道路前進為全面建成小康社會而奮鬥」，人民日
報，2012年11月9日，3版。

高為邦等編，出逃！出路？離開中國之後……（台北：大紀元時報公司，2013年6月）。

高雄市中小企業協會，「對台商在大陸獨資化思考」，http:www.wei.com/khae/modules/newbb/
viewtopic.php?topic_id=3796&menu（2013年7月28日）。

陳榮驤等著，台商對中國大陸經濟發展之貢獻（台北：國立台北大學亞洲研究中心，2010年7-12
月），頁47-48。

楊淑慧、朱致宜、馬自明，「中國科技追兵 爭搶台灣供應鏈地盤——兩岸產業殲滅戰」，財
訊雙周刊，第425期（2013年），頁68-91。

維基百科，http://zh.wikipedia.org/zh-tw/%E5%88%A9%E7%9B%8A。http://www.ft.com/cms/s/0/
　　d70fca52-2691-11e3-9dc0-00144feab7de.html。

維基百科，http:/zh.wikipedia.org /wiki/%E5%9C%8B% E6%B0%91%E5%BE%85%E9%81%87。

鄭伯壎、黃國隆、郭建志主編，海峽兩岸之企業文化（台北：遠流出版公司，1998年）。

大陸台商升級轉型
與兩岸產業合作策略分析

林震岩

（中原大學企業管理系教授）

　　大陸台商皆已明顯感受到薪資上漲的壓力及招工困難的問題。此外，原料成本、租金成本提高，及人民幣升值等投資環境對於台商有很大的影響。過去以外銷導向為主的台商必須進行升級轉型。本文介紹台商升級轉型策略與作法，及對於過去作者幾篇有關升級轉型研究調查的彙總分析，研究發現確實有升級容易，轉型難的現象，轉型策略執行程度的高低依序皆是相同的。影響台商轉型策略最主要的因素是政府政策；外部環境與環境變遷因素對轉型策略影響有限。此外，兩岸產業各具特色與優勢，若兩岸產業合作將可使兩岸獲取最大利益。本文針對作者過去有關的調查研究，論述台商目前在兩岸合作的實施程度，並討論兩岸產業合作的具體方式。

關鍵字：大陸台商、升級轉型、兩岸產業合作、大陸投資環境、十二五規劃

壹、緒論

　　這些年來，台商一直扮演著協助大陸經濟開發的「引擎」角色。他們帶著技術、資金及管理，以上中下游的群聚方式，快速進入大陸。也因有同文、同種、同文化的優勢，加上已經熟練的成功外銷模式，因此，很快在中國大陸闖出一片天。在當時，中國大陸以極其優惠的條件招商引資，讓飽受台幣升值、缺工及環保壓力的台商，找到另一個投資樂土，雙方合作配合無間，可謂雙贏互利。

　　在兩岸加入WTO之後，大陸因投資「過熱」，實施降溫的宏觀調控政策，又因貿易年年大幅順差，引發國際貿易保護主義的浪潮，因而被迫調整它所鼓勵的加工貿易政策，一時之間，讓一向扮演大陸經建功臣的台商，反變成大陸經濟發展極欲搬離的「石頭」。此後，台商即面臨不得不調整其角色與營運模式的狀況。2008年的金融大海嘯，更深重打擊外銷業的發展，2010年大陸調整最低工資政策，及富士康連續跳樓事件引發的加薪熱潮，「十二五規劃」的收入分配改革、5年薪資倍增計畫，若再加上歐債危機及美國需求不振等因素，使得台商不但面臨內外交逼及喪失生存訂單的挑戰，台商現在遭遇的困境較2008年的金融環境更加嚴苛。

　　台商在大陸從事投資與加工貿易，已無法擺脫高工資時代來臨的衝擊，而應認真思考如何升級或轉型，以因應環境的變遷。對台商來說，會是一個無限的機會，同時也是一個更大的挑戰，台商要積極把握這個「最後一次升級的機會」，且強化與大陸的產業合作，若能跨越就有機會浴火重生。本研究的目的與動機如下：

一、對大陸台商產業升級轉型作法須進一步了解

　　大陸政府為了要提升經濟體質，擴大內需市場，因此計畫朝附加價值率高、技術含量高、耗能低、污染低的產業發展，並鼓勵廠商將工廠遷往

內陸，提出「騰籠換鳥」與擴大內需的計畫。現在大陸產業政策是，朝著高附加價值及高新科技發展，捨棄「三高一低」（高耗能、高污染、高危險、低效能）、加速產業淘汰如鋼鐵廠、電鍍廠、水泥廠已不准設新廠等，但針對節能減碳的產業給予優惠及補貼。目前生產事業已是微利時代，所以台商應往服務產業發展，以符合大陸政府的策略思維。

二、兩岸企業未來應加強合作的議題，應加以深入了解及提出政策建議

　　過去兩岸企業主要是講兩岸企業分工，台灣做較高端的研發、銷售，大陸做生產，但在ECFA及「十二五規劃」後，較常聽到的是兩岸產業合作，有人提到「十二五規劃」跟台灣「黃金十年計畫」，可以很密切的來發展一些新的產業合作模式。或者經濟部推出的「兩岸搭橋計畫」是不是對台商有實質的幫助？另外在合作領域的部分，則談到可以在研發、產業技術上等進行，如LED業可以共同制定產業標準，保護智慧財產權等議題。未來兩岸也可以考慮共同合作去生產一些產品，到大陸投資或是在製程上有一些合作，或是購買原料等，有些則是在共同品牌、自有品牌、銷售通路、物流系統或是在人才的合作上，這些兩岸企業合作議題皆需要進一步進行探討與提出對台商及政府建議。

三、台商正面臨大陸投機環境巨變時刻，台商必需有因應策略

　　整個大陸大環境變化太大且太快。過去台商是利用大陸當地低廉的勞動成本、生產成本、材料成本等，但台商目前面臨缺工、缺電、缺料、缺地等不好的經營環境。台商勢必外移南遷至東南亞，或以自動化、機械化，或是製程的改善等取代勞力，這將是對台商老闆和台幹的考驗與挑戰，故台商必須升級轉型及進行產業合作。

　　雖已有台商順利升級轉型成功，但整體而言，台商從「以前賺三倍，現在賺3％」、「茅三道士（毛利3％到4％）」、「不虧錢就不容易

了」、「大陸各地能活下來的台商已不多，各地已剩大型、連鎖及指標性台商，許多台商不見了」；「台商可能再撐五年，但十年則撐不過」；「陸商成功不是偶然的，而是必然的；台商的失敗也不是偶然的，而是必然的」；「台商應考慮獲利了結」免得老本不保而淪為「台流」。

貳、轉型升級策略

　　本研究根據相關研究，將台商升級轉型分為四種升級策略（技術升級、管理升級、產品升級及人力升級），與五種轉型策略（轉內需、轉產業、轉地區、轉回台與轉國家），這幾年有關於台商升級轉型方面的議題被熱烈討論。

一、升級轉型策略與作法

　　事實上，所有台商都需要做升級轉型，只是看企業要不要去做，還有能不能成功而已，台商的普遍作法如下（林震岩等，「大陸投資環境變遷對台商經營影響及因應建議」，2012年7月）：

（一）升級策略與作法

1. 台商應提升產品的附加價值，推出整合性系統商品以創造價值。

　　台商在增加產品的附加價值後，可提升產品競爭力，這樣才不容易被砍價。台商應將整個產品包裝成一整套的系統，這樣產品的價值就不同，以拉開與陸企間的競爭。

2. 生產技術提升、多角化投資、針對不同市場開發不同產品來提升業績。

　　為尋求勞工短缺問題的解決之道，許多台商除利用生產技術的提升，如原本的工序透過機械手臂來做，以降低勞工需求，或是透過與學術單位

合作進行建教合作招工，或針對不同的市場開發不同的產品，以擴大企業利潤。

3. 製造業需注重供應商的選擇與管理，將資源做有效控管以適應環境變化。

過去台商是以製造業為主，由於很多東西必須在大陸當地生產製造，因此大陸的供應商選擇與管理就很重要。而台商若能從本身的產品延伸，擴大經營範圍較為容易，或是將現有的資源做有效運用及控管，以重新適應整個環境的變化。

4. 台商走向本土化是必然趨勢，開拓內需市場，聘用大陸幹部。

其實大多台商也漸走向本土化，這是必然的趨勢，且若是要開拓內需市場，一定是找當地的幹部，其較為了解當地的市場，但在研發或是一些機器的維修，一定要有台幹去教導大陸人，才有可能保障本身的核心能力與大陸廠商競爭。

5. 台商需讓大陸本地人覺得會落地生根，以增加本地人的認同感。

大陸政府要求企業做大做強，但部分台商在大陸可能不容易做大，主要在於其認為不會有在當地長久經營的打算。相較之下建立員工的忠誠度就會有困難，台商應想辦法讓本地人覺得，公司是確實落地生根，多聘用本地人，而並非是打工賺錢就走。

（二）轉內需

1. 內需市場要成功開拓，必須要迎合當地口味、經營環境與生活水準。

大陸的內需市場不容易做，但是成功的也有，像是85度C、克莉絲汀及元祖食品等。

2. 轉內銷也要轉變經營模式，要從大量製造的外銷思維改為零售思維。

一般很多台商喜歡做整櫃訂單，台商希望能一次賣多個或是整個貨櫃，但是賣場的量並無法一次進這麼多，要分散進貨數量，但部分台商還不能接受這樣的觀念。

3. 轉做內銷困難度高，太早做也不好，應做本業的內銷。

除非是產品要有很大的競爭性或差異性，要不然台商要做內銷很難生存，故台商表示內銷還是不要做的好，做內銷好像羊入虎口，太早做反而讓企業更難生存，若不是以本業去轉內銷的話，更難存續。

4. 利用正品牌打高端市場，副品牌則與陸企打價格戰，以開拓內銷市場。

若要開拓內銷市場，可考慮走二層，第一個是用本身比較好的品牌經營，在市場上爭取一定的知名度，第二個則是利用副品牌跟大陸企業打價格戰，也就是品質比大陸企業好，但可以不需要跟正品牌相同，有時副品牌就能賣的比正品牌好。

5. 建立台灣正品或精品的共同品牌，先由區域品牌深根，再拓展全大陸市場。

台商要把商品引進大陸內銷市場有一定的難度，而若能建構一個共同品牌的話，一開始時只要能做到區域性的品牌，串連到各區域就能形成一個全國性品牌，這樣台灣的正品或精品，就能在大陸形成一個氣候。

（三）轉行業

1. 大集團已跨產業經營且可獲得優惠，不再局限製造業而是往服務業發展。

現在台商較大集團到大陸投資一定要跨產業的，像某電子零件大廠著重的不再是過去「毛三到四」的電子零件產業，而是房地產或飯店業等。因早先去大陸時與當地政府關係良好，可以取得到好的土地優惠，遠比本業的報酬率高。

2. 大型台商轉型為房地產業或物業，與當地政商合作開發地產以獲得更高收益。

　　進大陸做房地產生意，一定要跟著當地政商一起合資去做。許多台商已不再經營原本製造業，而是當起房東轉型為物業。

3. 台商若無法在本業獲利，應可考慮多角化經營。

　　部分台商認為，本業已經營不好故不能升級，而是應該多角化的經營，等情況好轉後，再去對本業做獲利了結。

4. 某桂林台商就地轉型，以本業為主，並進入食品業與文創業等周邊商品。

　　某成功台商在桂林經營已相當久，短期內不會遷移到其他地區，而是就地深根與轉型，故在原來的本業上，擴展其他新的事業。目前已進入食品業與文創商品銷售。

（四）轉地區

1. IT產業台商看重歐洲市場，赴重慶投資，以節省運輸成本及縮短交貨期。

　　IT產業到重慶投資，基本上看重的是歐洲市場，因歐亞鐵路的發展可以節省運輸的成本，所以目前重慶也想辦法要發展歐亞新鐵路及歐亞物流平台。

2. 成都的工業用地不足，許多電子業協力廠商則考慮在重慶與成都間設廠。

　　因為成都工業用地不足，現在有些小企業因找不到工廠用地，必須要設在很遠的地方，有些企業則是考慮往重慶方向移動，這樣二邊都可以兼顧。

3. 大型台商電子廠已遷往中部，特別是西部遷移，已要求配套廠商前來設廠。

最近二、三年開始有台商電子廠往中部遷移，而像是重慶跟成都等地，則是大廠過去的比較多，其配套產業與工廠都是在附近的城市，或在成都跟重慶間設廠。

4. 西部投資環境並不理想，且設新廠成本高，故配套廠商移往西部慢。

現在去重慶跟大西部設廠的還是以大廠為主，要投資一個廠房需要有穩定的訂單才有可能，但目前還不算太穩定，故到西部設一個廠要回收很困難。而電子廠都是被上游廠商押著過去，但能不能整個產業都遷移過去還有待觀察。

（五）轉回台

1. 台商要回台投資需要許多配套，台商在何處發展牽涉適者生存問題。

現在台商回台投資的意願有提高，但實際仍有一些問題待解決。現在大陸相關單位看到台商沒有在大陸全部生產，就會不理台商，再者要台商把整個廠搬回台灣，台灣也沒有那麼大的土地可以容納。

2. 部分傳統產業還是想回台投資，在大陸市場常以低價競爭，台商難以競爭。

其實部分做傳統產業的台商想回台灣投資，可以從大陸購買原材料，然後回台灣加工生產後再販賣。而大陸的市場還是會持續的開拓，這樣可以區分市場，因為在大陸的國內市場競爭，品質再好也沒有用，主要是以價格取勝。

（六）轉國家

1. 到東南亞投資大多數台商還是考察階段，轉移東南亞經營要有完善配套。

　　部分台商考慮到大陸投資環境的生存不易，雖然有到東南亞地區投資設廠，但大部分的台商也還是在考察的階段，且再塑造一個大陸並不是那麼容易。而以台商目前的年齡要到新的國家東山再起，也是一個問題，除非是下一代願意去做。

　2. 台商到越南已沒太多機會，但柬埔寨、印度、孟加拉，甚至北韓還有機會。

　　轉到國外投資的台商以東南亞較多，但現在日益困難且比較少，目前往柬埔寨、印度還有孟加拉比較多，因現在到越南或東南亞國家已經沒有什麼機會了。

　3. 轉投資其他國家問題較多，如工人效率不佳及基本建設不佳。

　　如在孟加拉投資的狀況很多，發現孟加拉的人工雖然便宜，但整個效率跟大陸相差很多，且當地的基本建設也不佳。

二、升級轉型程度分析

　　過去三年內由筆者所承接的大陸委員會或海峽交流基金會的委託研究計畫，這四計畫的名稱與基本資料如表1所示。

表1　四個與大陸台商相關研究計畫的基本資料表

研究計畫名稱	計畫期間	樣本數	平均員工數（人）	平均台幹數（人）	平均年營業額（億人民幣）
大陸台商升級轉型研究	2010.06-2011.01	215	1,468.3	24.2	20.86
ECFA及十二五規劃研究	2011.04-2011.11	155	906.8	11.8	4.20
大陸投資環境變遷研究	2011.12-2012.07	321	1,707.2	21.5	12.09
西部大開發台商投資情況	2012.07-2012.11	156	1,366.2	19.9	9.39

資料來源：林震岩近三年所主持的陸委會及海基會研究計畫報告。

　　由表1可知這四個計畫的題目與方向雖然不同，但皆是探討大陸投資環境的變遷，或兩岸政府政策對台商所造成的影響與因應措施。在因應措施中最重要的即是「升級轉型」，而這四個研究皆觸及到此課題。在這四個研究中，皆設計了四頁或六頁的研究問卷，因台商問卷回收不易，故這些研究皆實地赴大陸進行調查，每個研究皆訪問150家台商以上，有此問卷數實屬不易。此外，表中亦可看出每個研究的平均員工總數、平均台幹數與平均年營業額。

　　在四個研究中，除第二個研究未調查「升級策略」外，其他皆包含升級與轉型策略，以了解台商升級轉型策略之作法。每種升級轉行策略有時只以一題或以三題來衡量，皆採五點尺度來衡量，若是三題則取其平均值。分數越高代表此作法越積極，其升級轉型作法的次數分配表如表2所示。

表2　台商升級轉型作法之平均值分析表

	計畫名稱	台商升級轉型	ECFA／十二五	投資環境變遷	西部大開發
	衡量題數	各三題	各一題	各三題	各一題
1	產品升級	3.573（1）		3.663（1）	3.583（3）
2	技術升級	3.439（2）		3.405（2）	3.628（1）
3	管理升級	3.197（3）		3.181（4）	3.613（2）
4	人力升級	3.172（4）		3.242（3）	3.513（4）
5	轉內需	2.526（5）	2.602（1）	3.049（5）	3.439（5）
6	轉產業	2.319（6）	2.538（2）	2.519（6）	2.705（6）
7	轉地區	2.122（7）	2.538（2）	2.222（7）	2.619（7）
8	轉回台	1.716（8）	1.937（4）	1.867（8）	1.791（8）
9	轉國家	1.551（9）	1.638（5）	1.574（9）	1.723（9）

註：積極程度很大5分、大4分、普通3分、小2分、很小1分。

　　從表中可看出台商在各種升級轉型作法的積極程度，除列出平均值外，還加以排名。從表中可看出排名前四名的項目主要皆是升級策略，包括技術升級、管理升級、產品升級或人力升級，以上這些升級作法的平均值高於3.0。因本研究構念採五點尺度來衡量，高於3.0亦即表示其同意程度皆高於「中等」以上水準。這四項升級策分數在四個不同研究中，皆高於轉型策略，這代表確實有「升級容易、轉型難」的現象。在「升級」策略中，可見台商會先進行「產品」升級及「技術」升級，至於「管理」升級則較難。最後則為「人力」升級，乃因大陸近年來員工較難管理，這與「管理」升級類似，皆是屬於企業「軟實力」的提升，故較企業「硬實力」的「產品」及「技術」升級，顯得較沒有那麼迫切，故其積極程度較低。

　　在五項轉型策略中，發現在四個不同研究中，其轉型策略的積極程度排序皆是「轉內需」、「轉產業」、「轉地區」、「轉回台」與「轉國家」，其排名順序有驚人的一致性，這代表這五種轉型策略的困難程度是很普遍的現象。

　　唯一分數可與升級策略相較的是「轉內需」，因這原本就是台商普遍在進行的轉型策略，這與台商已大量進軍內需市場的現象相呼應。而進入大陸中、西部的台商亦以內銷為主，這表示台商很積極透過各種作法來拓展內需市場。轉產業相對於轉地區更普遍，此乃台商在大陸各地經營需要相當高的人際關係成本，故若已在某地生根就會尋找與其他行業的業者合作，或取得該行業的經營知識，在當地進行轉業而不會輕言轉移地區。故可看到不論是在當地成功的台商，或再經營別的行業，而失敗的台商亦會留在當地尋找別的機會，而轉地區則必須重新建立人際關係是台商較不願意的。

　　在轉回台與轉地區相較之下，台商已在大陸深耕，再加上台灣的勞工問題、配套問題與關係網絡等問題，使得台商更願意留在大陸而不是回台

發展。故台商賺錢後大多繼續留在大陸投資，最近我政府積極推出吸引台商回台投資的政策，但後續效果還待觀察。至於轉到別的國家投資，因投資環境更為陌生，故台商的意願更低。不過，遷移到新地點則要動用許多資源，才能在新的地點紮根。至於「遷移」到大陸新的地點，當然比到別的國家更容易一些，何況台商對大陸相當熟悉，遷移到大陸其他地點相對較容易。至於返台投資，其意願仍低。

在第四個「西部大開發」研究中，將九個升級轉型策略項目進行因素分析，可得到三個因素，除有四項升級策略的因素外，其他五項轉型策略分為二個因素：

（一）結構轉型

因素二包括「轉內需」、「轉產業」及「轉地區」三項，由於大陸政府積極調整產業結構，由外銷轉內銷，及增加服務業比重而進入其他產業，並開發中西部而需轉地區，故這三項皆與企業的經營結構調整有關。

（二）跨境轉移

因素三主要包括「轉回台」、「轉國家」二項，這二項因素皆與企業跨國家、跨區回台投資有關，相對於只是在大陸內部的轉地區移轉，這兩種轉型策略牽涉到跨國或兩岸的跨境投資，故命名為「跨境轉移」。

三、影響轉型升級的因素

綜合以上四個研究的比較，本研究可以得到下列數個研究發現。

（一）確實有「升級容易、轉型難」的現象

不論本研究以一題或三題來分別衡量每個升級轉型構念，皆發現這四個研究中，所有升級策略的分數皆較轉型策略高，故確實有「升級容易、

轉型難」的現象。

（二）轉型策略執行程度的高低，依序皆是相同的

分別是轉內需、轉產業、轉地區、轉回台、轉國家。因台商普遍已進行轉內需或與當地台商或企業配套，在轉產業與轉地區方面，因大陸重視人際關係，不論台商在當地是成功或失敗，皆在當地尋找其他產業的投資機會，而轉地區則需重新建立關係及重新佈局，故台商意願較低。至於轉回台與轉國家牽涉到「跨境移轉」，台商較願意留在大陸發展而不願回台，回台已有如跨國投資的困難。

（三）影響台商轉型策略最主要的因素是政府政策

綜合前三個研究可知，在影響台商轉型策略的因素中，以政府政策最為顯著，「兩岸政府政策」皆與轉型策略達顯著相關，在「ECFA與十二五規劃研究」中，「政府政策」與多個轉型策略相關，「ECFA」及「十二五規劃」亦可算是政府政策的一環，其中「十二五規劃」為大陸台商整體經營的大環境重要一環，故對轉型策略有直接的影響，但ECFA雖然普遍獲得台商的認同，不過獲益的台商還較為有限，故ECFA政策不會對轉型策略有直接影響。

（四）外部環境與環境變遷因素對轉型策略影響有限

有二個研究探討到投資環境（個體與總體）或環境變遷對轉型策略的影響，環境只對轉型策略有部分影響，但兩者間並沒有太顯著的相關，這是因台商雖然深切感受到外部環境的變遷，也知道必須積極進行升級轉型來因應，但畢竟轉型策略為「知易行難」的工作，台商必須還要有多重條件與能力的配合，才能順利進行轉型。

（五）企業能力與兩岸企業合作，對轉型策略有非常顯著的影響

在可能影響轉型策略的因素中，除政府政策外，另有企業能力與兩岸企業合作對轉型策略有非常顯著的影響。因轉型策略是非常困難進行的，除非具有相當高的「企業能力」才有辦法達成。此外，若台商能積極的進行兩岸企業合作，則代表這些台商屬於積極尋找機會者，故亦會積極進行轉型策略。

（六）公司基本資料對轉型策略的影響整體而言並不大

公司基本資料指公司營業額、員工數、台幹數、進入內銷年度等，整體而言對轉型策略有些許的影響，但並不是有非常多的變數對達顯著相關，且不同研究間的分析結果有些許差異。例如「營業額」有時對所有轉型策略皆達顯著相關，但有時只對「轉國家」達顯著相關，「大陸員工數」則對各轉型策略的影響相對較少，這可能是因營業額代表企業能力與資源多寡，能力越強就越能進行轉型，但員工數多則可能是因其屬於勞力密集產業，不代表其有能力進行轉型。「進入年度」則與轉內需、轉地區、轉產業的「結構轉型」有顯著相關。

（七）轉型策略中的「結構轉型」策略對經營績效與展望，整體而言有顯著影響

本研究的主要討論重點，是探討影響轉型策略的因素，但亦分析轉型策略是否帶來顯著的企業經營績效與展望。在這四個研究中，對績效與展望的衡量方式與題目有些許的差異，有時另稱質化績效與量化績效等。整體而言，四個研究的檢定結果大致一致，但可看出來，轉型策略中的「結構轉型」，如轉內需、轉地區等較易實現較高的經營績效與展望。

參、產業合作策略

　　前海基董事長江丙坤多次提及，「能結合台灣軟實力與大陸硬實力，將可發揮兩岸優勢互補的功能，共同提升兩岸人民的福祉。」海基會副董事長高孔廉亦指出：「兩岸企業應掌握比較利益原則，而非在相同產品市場『殺得見血見骨』；台灣軟實力加上大陸硬實力，可望在醫療美容、健檢產業與服務業共創藍海。」但目前有關台商對兩岸企業合作之看法與作法，未見有完整的調查分析。故本研究針對此議題進行深入的調查分析。

　　兩岸產業發展，大陸在科技基礎、製造技術、大陸市場增長，及規模方面較強，台灣在技術產業化、服務和市場創新、國際經驗方面較具優勢。在大陸正在推進的新型戰略性產業的許多領域，如低碳環保、新能源、電動車、新材料等領域，在大陸已有基礎的一般製造業、服務業領域，兩岸企業都有透過合作共同創新發展的機會。兩岸合作發展有多個目標，開發新興優質平價的市場，台灣的IC設計與大陸應用產品製造結合的發展；開拓國際市場，如透過通訊、LED、新能源等的合作走向國際；還可與全球領先公司合作，共創全球標準，引領下一代新興市場；兩岸合作共同進行跨國併購。此外，還有多種合作方式，可以開放採購、共同開發技術，還可以合資合股方式形成更緊密的合作，以應對更複雜領域的合作挑戰。

一、問卷設計與回收

　　「兩岸企業合作」分為「對兩岸企業合作之看法」共13題，及「兩岸企業合作領域」共20題。本研究有關「企業合作」之問項設計皆是由相關文獻，及從台商座談及訪談而得。其中「對兩岸企業合作之看法」以「很同意」、「同意」、「普通」、「不同意」、「很不同意」的五點尺度來衡量。此外，「兩岸企業合作領域」又分為「合作的重要性」與「貴公司

合作程度」，本研究為比較台商「認知的重要程度」與「實際合作程度」是否有所不同，故針對每一項合作領域，分別詢問兩者的程度，並分別以五點尺度來衡量。

　　大陸台商的問卷回收是相當困難的，特別是大部分台商主要工作地點在大陸，故較難在台灣進行調查且難以採取隨機取樣，故本研究採便利取樣。此外，本研究填卷者設定為公司高階主管。本研究共回收了178份問卷，扣除無效問卷23份後，共回收155份有效樣本。本研究根據填卷者有高達80.62%的台商在公司擔任經理級以上的職位，這代表本問卷皆由在公司擔任高階主管的台商所填答，故具有代表性。

二、台商對兩岸企業合作之看法

　　表3為台商對兩岸企業對合作法看法之次數分析表，從表中顯示，除第4、10、13題外，其他看法的平均同意值介於4.2至3.8之間。

　　排名第一至第五的問項為「大陸必須確實落實智財的保護，才能促進兩岸企業合作」、「兩岸企業未來各方面競爭的情況，將比過去更為明顯」、「台商在產品市場化、客製化與行銷經驗上較陸商優異」、「大陸企業不重視智財權，而影響台商與大陸企業合作」，與「十二五規劃與黃金十年計畫可合作發展新興產業」。其中有二題與「智慧財產權」有關，這在本研究多次與台商座談時皆談到大陸智慧財產權無法有效保障，造成兩岸企業合作的困難。此外，台商也肯定台灣的優勢，但更憂心兩岸企業未來的競爭。至於大家關心的十二五規劃與黃金十年計畫的策略性產業有許多相似之處，彼此是可以加強合作的。

　　排名在第六至第十的問項，分別為「台商應與陸商合作爭取十二五規劃的策略性產業之商機」、「兩岸企業合作需擴展到『微笑曲線』兩邊的研發和品牌」、「台商可運用ECFA優勢，來強化兩岸企業合作」、「兩岸企業合作可發揮優勢並截長補短以壯大發展」，及「台商領先陸商的差

距已明顯縮小而影響陸商與台商合作」。有關十二五規劃及ECFA商機，台商同意應與陸商合作爭取，並應擴大合作到研發與品牌，且同意兩岸企業合作可發揮優勢，及台商領先陸商的差距已明顯縮小。

　　排名在同意程度最後三名，分別是「應加快陸資來台的腳步，以強化陸資與台灣企業的合作」、「台商要深耕大陸內需內場，必須與大陸企業合作」，及「經濟部推動『兩岸企業合作—搭橋計畫』對公司很有幫助」。對擴大陸資來台、與大陸企業合作開拓內需市場，及兩岸搭橋計畫影響的同意分數相對較低，但也皆高於3.5分，這表示還算同意這些看法。

　　整體而言，本研究提出的13項對兩岸企業合作的看法，獲得台商的普遍同意。因台商對台灣優勢的逐漸喪失有所擔心，故對兩岸企業合作有所期待，更希望未來能強化兩岸企業的合作來壯大發展。

表3　對兩岸企業合作看法之次數分析表

	衡量項目	平均數（排名）
1	兩岸企業合作可發揮優勢並截長補短以壯大發展	3.843（9）
2	台商可運用ECFA優勢，來強化兩岸企業合作	3.884（8）
3	十二五規劃與黃金十年計畫可合作發展新興產業	3.904（5）
4	經濟部推動「兩岸企業合作—搭橋計畫」對公司很有幫助	3.541（13）
5	台商在產品市場化、客製化與行銷經驗上較陸商優異	3.965（3）
6	台商領先陸商的差距已明顯縮小而影響陸商與台商合作	3.809（10）
7	兩岸企業未來各方面競爭的情況，將比過去更為明顯	4.102（2）
8	大陸企業不重視智財權，而影響台商與大陸企業合作	3.925（4）
9	大陸必須確實落實智財的保護，才能促進兩岸企業合作	4.136（1）
10	台商要深耕大陸內需內場，必須與大陸企業合作	3.585（12）
11	兩岸企業合作需擴展到「微笑曲線」兩邊的研發和品牌	3.890（7）
12	台商應與陸商合作爭取十二五規劃的策略性產業之商機	3.896（6）
13	應加快陸資來台的腳步，以強化陸資與台灣企業的合作	3.639（11）

註：5表很同意、4表同意、3表普通、2表不同意、1表很不同意。

三、台商在兩岸企業之合作領域

　　本部分問項共有20題，主要乃用來對兩岸企業合作領域之了解，每個問項又分為二題，分別為「合作重要性」（理想面）及「合作程度」（現實面）。兩者之平均值分析及兩者間差距值如表4所示。因兩岸企業合作是較新的議題，故台商認同兩岸企業應合作，但不代表兩岸企業就已經在進行企業合作，故將計算「理想」與「現實」的差距。

（一）兩岸企業合作之重要性與實施程度之平均值與比較

　　表4為兩岸企業合作領域的平均值分析表，從此表中可看出台商對兩岸企業「合作重要性」皆高於3.0以上的分數。排名前十名的重要合作領域分別是大陸內需市場、運用兩岸人才、保護智慧財產權、供應鏈整合、售後服務、物流系統、銷售通路、管理技術、培育兩岸人才及策略聯盟。其中第一名為「大陸內需市場」乃是台商覺得最重要的合作領域，在此顯示台商認為可與大陸企業合作來拓展內需市場，排名第二與第九為「兩岸人才」，此乃因兩岸人才有互補性，兩岸雙方皆覺得需要運用對方人才來壯大其企業。排名第三為「保護智慧財產權」，再次顯示台商一直強調的「若大陸無法保護智慧財產權，將難以進行企業合作」的現象，排名第四、第八與第十則代表管理技術、供應鏈整合技術與策略聯盟等管理技術的深化是必要的，亦是台灣的強項。排名第五至第七的從通路、物流至售後服務皆是台商進軍內需市場所需的配套措施，故需與大陸企業配合。

表4　兩岸企業合作領域之平均值分析表

	衡量項目	合作重要性	合作實施程度	兩者差距
	衡量項目	平均數（排名）	平均數（排名）	差距值（排名）
1	研發技術與能力	3.043（20）	2.466（19）	-.456（14）
2	產業技術標準	3.379（12）	2.705（15）	-.575（6）
3	保護智慧財產權	3.642（3）	2.864（10）	-.654（1）
4	生產產品	3.311（13）	2.897（8）	-.348（19）
5	製程技術	3.189（15）	2.728（14）	-.383（17）
6	採購數量與品質	3.394（11）	2.906（7）	-.433（16）
7	共同品牌／自有品牌	3.086（18）	2.584（17）	-.466（12）
8	銷售通路	3.528（7）	2.939（6）	-.603（4）
9	售後服務	3.535（5）	2.855（11）	-.637（3）
10	物流系統	3.529（6）	2.805（12）	-.642（2）
11	大陸內需市場	3.834（1）	3.179（1）	-.571（8）
12	海外國際市場	3.304（14）	2.658（16）	-.544（9）
13	培育兩岸人才	3.460（9）	3.016（5）	-.371（18）
14	運用兩岸人才	3.661（2）	3.169（2）	-.460（13）
15	管理技術	3.507（8）	3.051（4）	-.437（15）
16	供應鏈整合	3.623（4）	3.094（3）	-.508（11）
17	策略聯盟	3.434（10）	2.872（9）	-.537（10）
18	購併	3.065（19）	2.461（20）	-.594（5）
19	合資	3.102（17）	2.504（18）	-.576（7）
20	整體而言，深化與大陸企業的合作	3.127（16）	2.752（13）	-.314（20）

註：5表很同意、4表同意、3表普通、2表不同意、1表很不同意。

　　至於台商認為兩岸企業合作較不重要的領域有第二十的「研發技術與能力」，這乃因研發乃企業的核心競爭力，在大陸智財觀念薄弱的情況

下，台商自然不願意與陸企深化合作。排名第十九與十七的為「購併」與「合資」，並非是兩岸企業合作的必要手段，且台商相當不喜歡與陸商合資。排名第十八為「共同品牌／自有品牌」亦不是認為重要的，因品牌與研發皆是企業永續生存之所在，希望能掌握在台商自己手上，而不急著與陸商合作。排名第十五的製程技術、生產技術與採購等生產管理技術，一向是台商自豪的強項，自然不急著與陸企談合作。排名第十四的「海外國際市場」，亦是過去台商自豪的強項，故不會像「大陸內需市場」此塊使不上力的市場需要陸企幫忙。最後，排名第十二的為「產業技術標準」排名並不會很高，雖然我決策當局一直希望台商能夠與大陸共同制定產業技術標準以爭取大陸市場，但卻不是台商所迫切需要的。

　　整體而言，有關「兩岸企業合作重要性」，與前述的「對兩岸企業合作看法」基本上有相當高的一致性，皆相當肯定兩岸企業合作是未來必走與努力的方向。

（二）兩岸企業合作之實施程度平均值

　　由表4亦可知，兩岸企業目前合作的實施程度，整體而言，其平均分數大多不高於3分，且皆比「合作重要性」來得較低。這表示理想與實際確實有差距，但亦代表台商相當肯定兩岸企業合作的重要性，只是目前在實施的程度上無法過於快速。

　　在平均值排名方面，整體而言，約與「重要性」的順序大約一致，但還是有幾題有較明顯的差異。例如保護智慧財產權降到第十，這表示兩岸企業合作推動智財保護相當不易。售後服務與物流系統的差異亦大，因這牽涉到服務業與內需市場開拓的範疇，亦是陸企主導而台商過去在大陸較弱的部分，自然陸企亦不會輕易與台商合作。當然，最近兩岸經合會議談到強化「冷鏈」的管理，這是台灣的強項，故大陸當然就有興趣與我方談合作。

（三）兩岸企業合作的實施程度與重要性之差異分析

在企業合作的實施程度與重要性之差異分析，可詳見表4最後一欄的數據。從此表可明顯看出，前十項差異較大的合作領域皆高達0.5分以上，這代表重視但並不一定可以做到，還有努力空間。差異最大的項目為前述的「保護智慧財產權」及與進入內需市場所需的通路與後勤支援，包括「物流系統」、「售後服務」與「銷售通路」。總之，理想與實際有一定的差距，既然是兩岸企業合作，當然就需兩岸決策當局及兩岸企業共同來努力以縮短差距。

四、兩岸企業合作的方式

本研究除問卷調查外亦對台商進行訪談，探討台商對兩岸企業合作的方式與實際作法。

（一）生產及原物料與大陸當地合作

如綠建築材料業者須與當地廠商合作，台商要與當地對這種建築體系很熟悉的廠商合作，因為還需一些加工跟施工，台商單打獨鬥做不起來。在材料的採購上，早期台商不敢用大陸供應商的原物料，但現在陸商的原物料質量明顯比以前進步，在同時考量成本面與品質面，用陸資原物料的比重也就越大。

（二）內銷市場需要合作行銷

因兩岸同文同種的優勢，可加強與大陸合作開拓內需市場，有些韓商、日商希望透過台商企業去經營大陸內銷市場，台商則有發揮優勢的機會。此外，台商現在要經營內銷市場，則4P相當重要，特別是公共關係必須與大陸人合作。如成衣業的合作生產及行銷，大陸當地的廠商較了解消費習性，可縮短台商再做市調及相關的研究，亦可讓大陸品牌者能專心

經營品牌，而台商專心從事生產。

（三）陸籍幹部崛起與學校建教合作

台商雖希望把研發留在台灣，但這樣反而拖累公司，所以現在公司想盡辦法培養一些人才，採用建教合作是可行的方式。在旅遊業方面，過去大陸在知識面跟台灣的差距很大，可是現在已經縮小差距，故最後還是要跟大陸的旅遊業合作。以大陸薪資上漲的速度，陸籍幹部的責任當然要增加。且不太可能派台幹在大陸去跟當地的採購對談，故現在做大陸內銷就會特別挑選培養的陸幹。

（四）研發技術較難合作

台商的汽車零件業已有一部分研發在大陸，以臨近市場。就目前來看，重點的研發還是在台灣。台商也有與大陸學校及研究單位合作開發產品。在LED產業方面，實際上台灣還是具競爭力的行業與廠商，如果大陸政府沒有補貼的政策，一般台灣的公司也不會過去大陸，但其研發還是在台灣，只有製造搬到大陸。

（五）物流系統只能和大陸當地合作

大陸的通路變化太大，許多台商感覺到難以進入，無法負擔高額上架費，因此必須借用大陸資金與台商技術彼此互補。物流產業必須與大陸企業合作，因台商有資金而陸企有經驗。大陸的物流公司若有超載等問題時，陸資公司可以想辦法解決，但若不是當地的公司就會有問題。

（六）兩岸深化產業合作

目前電動車全世界都在起步的階段，台灣也有能力供應國際的電動車。因此兩岸可以合作制定電動車標準。雖然兩岸共同制定標準很迫切，

但第一個碰到的就是主權問題，任何一個國家在制定標準的時侯，最後的取捨是不會讓其他國家踩入，因此即使想與台商合作恐怕也是越來越難，但兩岸共同制定標準還是應該要做。

肆、對大陸台商發展之展望

大陸推行的「十二五規劃」，造成整個外在環境的改變，對於台商的經營產生影響，「十二五規劃」大部分台商認為其整體影響較大，因該規劃算是大陸的升級轉型計畫。過去台商在大陸主要是做外銷為主，所以對於「十五」或「十一五規劃」內容並不是那麼了解，但現在台商面臨的環境不同，所以台商要做轉型，要轉內銷、要轉服務業、要轉中西部，甚至要對於大陸政府的提高薪資、節能減排等政策有所關注和回應。

兩岸開放多年來，大陸台商在各產業領域與陸商的交流合作日益密切。從早期赴大陸投資著眼於廉價勞力的製造導向，至現今跨足服務業並進入內銷市場的轉變，歷經不同階段的調整與轉型。而隨著大陸企業逐漸能夠製造出過去無法供應的原料與零組件，使得兩岸間原本分工合作的關係逐漸產生競爭。過去台商對大陸的經濟發展有相當的貢獻，但目前遭遇整個投資環境的巨變，對台商在大陸的發展前景造成巨大挑戰。台商除應自立自強外，更需要大陸政府在ECFA減稅清單中給予台灣更多的項目，且在「十二五規劃」中，亦必須給予台商更多的商機，並加強兩岸搭橋計畫推動的力度，為兩岸經濟合作提供更多寶貴發展的機遇。

參考書目

林震岩，「台商在兩岸企業合作之現況調查分析」，**兩岸經貿**，第242期（2012年2月），頁12-16。

林震岩、李正文、顏永森，「大陸西部大開發策略執行成效、台商投資情形及面臨問題」，行政院大陸委員會研究報告，2012年11月，www.mac.gov.tw/public/Data/34317255771.pdf。

林震岩、李正文、顏永森，「大陸投資環境變遷對台商經營影響及因應建議」，行政院大陸委員會研究報告，2012年7月，www.mac.gov.tw/public/Data/34317255771.pdf。

林震岩、邱雅萍、李雨師，「ECFA及十二五規劃對大陸台商經營模式影響之研究」，財團法人海基會研究報告，2011年11月。

林震岩、邱雅萍、李雨師，「大陸台商升級轉型之研究」，行政院大陸委員會研究報告，2011年1月。

東亞生產網絡中的兩岸產業合作[1]

華曉紅

（中國對外經貿大學教授）

張企申

（中國對外經貿大學博士候選人）[2]

摘要

　　全球價值鏈體系推動了東亞生產網絡的形成，並呈現出內部聯繫緊密、中國大陸成為核心、中間品貿易突出的特徵。兩岸產業合作為國際產業轉移和生產分工模式所主導，台灣在中國大陸融入東亞生產網絡的過程中，擔當了重要的「二傳手」角色，形成「台灣接單—大陸生產—出口歐美日」的「生產—貿易」格局。但是以台商大陸投資為主要特徵的兩岸產業合作，在東亞生產網絡中處於製造業低端，對價值鏈控制能力較弱，獲利能力不強之特質。東亞區域合作的發展和中國大陸比較優勢的變遷，是影響未來東亞生產網絡佈局和兩岸產業合作的重要因素，機遇挑戰並存。未來兩岸產業合作應在合作模式和合作領域尋求創新，提高經濟一體化程度，開發內部市場，加強產業鏈合作，推動新興產業領域的共同研發。

關鍵字：全球價值鏈、東亞生產網絡、兩岸產業合作

---

[1] 本論文部分內容來自「全球價值鏈視角下兩岸產業合作研究」課題研究成果之一，論文「全球價值鏈與東亞生產網絡」。

[2] 對外經濟貿易大學國際經濟研究院課題組負責人為華曉紅，主要成員有：楊立強、鄭學黨、周晉竹、宮毓雯、張企申、張裕仁等。

壹、全球價值鏈與東亞生產網絡

一、全球價值鏈的概念

價值鏈（value chain）作為商業管理概念，最初由美國管理學大師波特（Porter, 1985）在其著作《競爭優勢》中率先提出。他在分析企業行為和競爭優勢時，認為企業的價值創造由主要活動（含進料後勤、生產作業、出貨後勤、市場行銷和售後服務）和輔助活動（含採購、技術發展、人力資源管理和企業基本設施）兩部分完成，[3] 這些活動在企業價值創造過程中相互聯繫、相互依存，形成各種不同活動的集合體，並構成企業價值創造活動的行為鏈條，即價值鏈。[4]

隨著經濟和生產的全球化發展，世界各經濟組織與國家的垂直分工趨勢日趨明顯，價值鏈概念被拓展到了國際和區域層面，形成了全球價值鏈（Global Value Chain）的新概念。英國Sussex大學發展研究所（Institute of Development Studies, IDS）將全球價值鏈定義為：「產品在全球範圍內，從概念設計到使用直接報廢的全生命週期，所有創造價值的活動範圍，包括產品設計、生產、行銷、分銷以及對最終使用者的支援和服務等；組成價值鏈的各種活動可以包含在一個企業之內，也可分散在各個企業間，可以聚集在某個特定的地理範圍之內，也可散佈於全球各地。」[5] 毫無疑

---

[3] Michael Porter，李明軒、邱如美譯，競爭優勢（台灣：天下遠見出版股份有限公司，2010年3月），頁78-83。

[4] 朱妮娜、葉春明，「全球及東亞區域生產網絡研究文獻綜述」，雲南財經大學學報：社會科學版，第6期（2011年），頁18-23。

[5] 張宏、王建，中國對外直接投資與全球價值鏈升級（北京：中國人民大學出版社，2013年3月），頁8。

問，這種片段化（fragment）（Arndt and Kierzkowski，2001）[6] 的生產過程空間分割現象，將跨國界或區域界的生產網絡組織起來，形成了全球價值鏈分工體系。從貿易角度觀察，全球價值鏈的興起，一定程度上反映出國際貿易模式的改變，即從傳統的「貨物貿易」（Trade in Goods）發展為「任務貿易」（Trade in Tasks）。[7] 一種產品不再是「某國製造」，而成為「世界製造」，由一個「貿易網絡」完成。而身處這個「貿易網絡」中的不同經濟體，藉由完成全球價值鏈分配的「貿易任務」，使得相互之間的貿易依賴日益深化。

二、全球價值鏈推動東亞生產網絡的形成

Ernst and Guerrieri（1998）提到：「近40年來，東亞區域已經成為世界範圍內最重要的加工製造基地，國際加工生產最初只起源於東亞的個別國家，之後其重心很快轉移到東盟區域（ASEAN），隨之轉移到中國大陸，並由此形成了一個完整的區域生產網絡。」[8] 實際上，正是生產垂直專業化（vertical specialization）所形成的全球價值鏈體系，催生了東亞生產網絡，即東亞生產網絡是基於價值鏈生產過程的分割及聯接之上的。[9] 跨國公司是全球價值分工的媒介，大型跨國公司將價值鏈上的每個環節進行拆分，然後從全球範圍內尋求最適當的生產地，以此來創造其產品新的

---

[6]　Sven W. Arndt, Henryk Kierzkowski. Fragmentation: New Production Patterns in the World Economy: New Production Patterns in the World Economy. Oxford: Oxford University Press, February 2001, pp. 1-16.

[7]　WTO & IDE JETRO, Trade Patterns and Global Value Chains in East Asia: From trade in goods to trade in tasks, Geneva: World Trade Organization June 2011, p.10.

[8]　Ernst, D. and Guerrieri, P. International production networks and changing trade patterns in East Asia. The case of the electronics industry. Oxford Development Studies, 1998, 26(2), pp. 191-212.

[9]　陳勇，「區域生產網絡：東亞經濟體的新分工形式」，世界經濟研究，第2期（2006年），頁82-88。

利潤空間。這種行為體現為三次大規模的產業轉移，即上世紀60年代美國將勞動密集型產業轉移到日本和德國，80年代日本將勞動密集型產業轉移到亞洲四小龍，以及90年代中國大陸的大規模承接國際產業轉移。國際產業轉移過程中，東亞各經濟體的垂直產業分工特徵日益明顯，開始接收來自世界各地的訂單，承擔了全球價值鏈上大部分的生產環節，除部分核心零部件外，形成了目前區域內參與經濟體最多、收入層次最多、產業鏈條最密集、產品最多元化的東亞生產網絡。

（一）東亞生產網絡的特徵與變化，突出體現在以下兩個方面：

1. 內部聯繫日益緊密，中國大陸逐漸成為核心。

中國大陸加入WTO以來，積極參與國際分工，憑藉著與香港、台灣以及東亞經濟體之間的緊密生產聯繫，進入了東亞生產網絡，逐漸成為東亞生產區域最重要的核心國家之一。新世紀開始的十年間，東亞經濟體的貿易流向，說明中國大陸已經取代日本和美國，成為東亞各主要經濟體出口的終端市場，經過中國大陸組裝加工的產品再出口歐美市場。與此同時，東亞內部的貿易依存度[10] 不斷上升，由2001年15.94%上升到2011年的25.97%。東亞各經濟體對中國大陸的貿易依存度也在同步上升。2011年台灣對中國大陸的貿易依存度為21.63%，香港最高為48.34%，日本20.61%，韓國20.43%，東盟11.91%。

---

10 貿易依存度（Dependence Degree of Trade），一國對貿易的依賴程度。存在兩個經濟體X和Y，X對Y的貿易依存度=X與Y之間的貿易量／X與世界的貿易量。

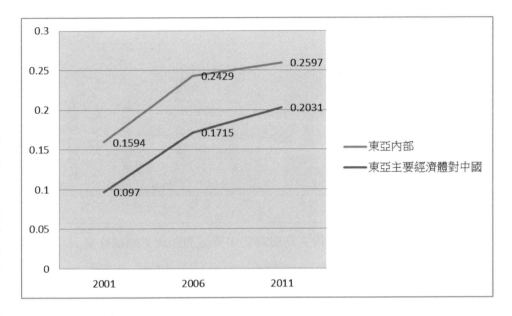

圖1　東亞內部相互貿易依存度與東亞主要經濟體對中國貿易依存度

資料來源：根據UN Comtrade Database資料計算繪製。

2. 內部貿易日益擴大，中間投入品貿易成為主流。

中間投入品貿易及其在貿易總額中比例的變化，是衡量國際生產網絡發展變化的重要指標。近十年來，東亞中間投入品（intermediate input products）的國際流動增長迅速，充分反映出產業內貿易發展、離岸活動（offshore activities）的影響，和跨國企業所構造的全球價值鏈網絡在東亞區域貿易中的突出作用。WTO資料顯示，1995年到2009年間，亞洲中間投入品出口增速為7.2％，遠高於4.8％的世界平均水準。如圖2所示，2011年東亞經濟體的中間投入品貿易佔其貿易總額的比重，明顯高於美國和歐盟。

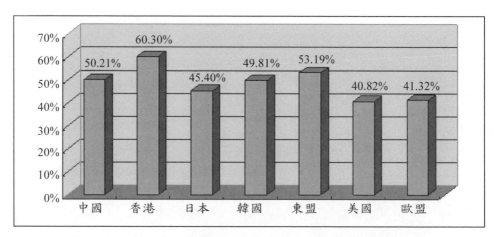

圖2   2011年中間投入品貿易佔主要經濟體貿易總額比重

資料來源：根據Comtrade Database資料計算繪製。

　　東亞生產網絡的發展，增強了區域內各經濟體貿易投資的相互聯繫，使東亞區域分工的專業化程度不斷提高，並帶動了出口與經濟增長。東亞區域生產網絡的日漸成熟和完善，促使東亞成為世界經濟發展的新引擎。

　　但是有兩點需要注意：一是東亞生產網絡並不是東亞各經濟體主導建立的，而是在國際大型跨國公司基於全球價值鏈的佈局下推動的，東亞生產網絡只是其全球價值鏈中的某些環節，所以東亞各經濟體對東亞生產網絡的控制力很弱；二是東亞生產網絡對外部市場的需求依賴性較大。從貿易流向來看，東亞出口分為區域內和區域外貿易，同時區域內外貿易又可分為最終需求和再生產，由再生產所生產出來的產品的最終需求又來自區域內和區域外市場，而區域外市場佔主要部分。這就導致東亞生產網絡具有外部主導性與內部脆弱性特質。

　　外部主導性表現在：東亞生產網絡雖然以外商直接投資和中間投入品貿易為紐帶，在東亞地區創造了多樣性和充滿活力的產業鏈群，但是卻體現出一種「兩頭在外」的型態，即創新研發、核心零部件等價值鏈上游在北美或者歐盟，同時製成品的行銷與消費等價值鏈下游也在北美或者歐

盟，東亞生產網絡真正產生增值的部分主要是生產與組裝的價值鏈中游。內部脆弱性體現在：首先，東亞區域內生產環環相扣，中國大陸目前所處於最底層的組裝位置，但是中國大陸正在努力進行產業結構升級，試圖提高在全球價值鏈中的地位，其龐大的經濟規模與在東亞內部過高的貿易比重，有可能改變東亞生產網絡現有的格局，對東亞其他的主要經濟體形成局部的產業替代與轉移。其次，東亞區域內能夠創造完整的全球價值鏈條並具有管控能力的領導企業較少，造成東亞各經濟體只能接單、生產、組裝、再出口的被動局面。日本和韓國相對情況較好，有一定的自主品牌，台灣也可以進行接單設計，中國大陸與東盟在這方面的情況比較被動，領導企業的數量與生產能力嚴重不匹配。第三，東亞區域內缺乏有效的最終消費市場，使東亞生產處於被動局面。經濟危機之後歐美市場的消費受到遏制，需求不振，銷路受阻，不可避免的對東亞的生產造成負面影響。而東亞內部雖然人口眾多，但平均收入水準不高，還沒有哪一個經濟體能有足夠大的市場來消化東亞的生產能力。

貳、兩岸產業合作在東亞生產網絡中的地位

在全球生產分工體系下，依照貿易結構反映生產結構的邏輯，一國或地區的出口技術複雜度（PRODY）（Hausmann et al, 2007）[11]，可反映出該國和地區在全球價值鏈和區域生產網絡所處的地位。經過比較，亞洲各主要經濟體相互間，以及與美國、歐盟等市場的貨物貿易中，進出口數額最大的基本上都是國際貿易標準分類第三次修訂（SITC Rev.3）中的第77

---

[11] 出口技術複雜度公式為：$PRODY_k = \sum_j [\ (x_{jk}/X_j)/\ (x^w_k/X^w)\ ]\ Y_j$，其中 X_{jk} 代表 j 國 k 產品的出口額，X_j 代表 j 國所有產品的總出口額，X^w_k 代表世界 k 產品的出口額，X^w 代表世界總產品出口額，Y_j 代表 j 國的人均GDP。因此，公式表明某一產品的技術複雜度為該產品各出口國的人均GDP的加權平均，權重為各國在該產品出口方面的顯示性比較優勢（RCA, Revealed Competitive Advantage）。

章產品。具體來說，台灣、日本、韓國、東盟等向中國大陸出口最多的產品是第77章的7764電子微電路，而中國大陸向美國和歐盟出口最多的產品則是7522電子自動數文書處理器。本文選取在亞洲內部貿易數額最大的77章產品，比較兩岸以及亞洲主要經濟體在價值鏈上所處的地位。

依據計算（見表1），中國大陸在SITC第77章產品的顯示性比較優勢（Revealed Comparative Advantage, RCA）雖然達到1.5183，高於美國的0.9529，屬於具有比較優勢，但是在與亞洲各主要經濟體的比較中卻排名最末。在第77章的生產中，台灣的RCA最高，為3.8094，遠高於日本（1.6136）、韓國（1.8422）和東盟（2.2055），顯示了台灣在電子設備和零部件等產品上的卓越的生產能力。香港的RCA也很高，但考慮到香港有相當一部分的轉口貿易，所以香港在77章產品的RCA與PRODY指數在這裡僅做參考。在第77章產品的PRODY指數方面，台灣仍然是高居榜首，說明台灣在77章的產業鏈條裡，處於比較核心的地位，擁有相當高的技術複雜度；其次是日本、韓國和東盟；中國的PRODY指數與亞洲其他主要經濟體相比較低，說明中國大陸在77章的產業鏈條裡仍然處於技術含量較低的組裝階段。從貿易流向看（見圖3），SITC第77章產品的淨出口流向，先是經過日本、韓國、台灣、東盟出口到中國大陸，再由中國大陸出口到美國、歐盟和香港，而且數額十分巨大；台灣在SITC第77章產品的貿易流向方面對中國大陸、日本、東盟、歐盟和美國也都處於淨出口狀態，不過有少量從韓國的淨進口。

表1 亞洲主要經濟體SITC第77章比較競爭優勢與出口複雜度（2011年）

	中國大陸	台灣	日本	韓國	香港	東盟	美國	歐盟
RCA	1.5183	3.8094	1.6136	1.8422	3.3543	2.2055	0.9529	2.3375
PRODY	4,008.40	125,289.52	63,864.23	30,734.55	125,289.52	19,501.78	35,914.61	41,327.06

資料來源：根據聯合國UN Comtrade資料庫、世界銀行WDI資料庫、台灣國際貿易局貿易統計系統資料計算得出。

（單位：百萬美元）

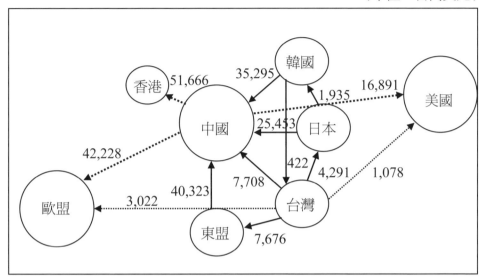

圖3　2011年中國大陸、台灣SITC第77章產品貿易流向

　　可見，兩岸產業合作處於全球價值鏈的製造端，是亞洲生產網絡的重要組成部分。兩岸產業合作的重要特徵為台商對大陸的成建制、成規模的投資，但是國際產業轉移所造成的產業結構差距和對技術轉移的封鎖，使得大陸台資明顯處於價值鏈低端。以美國蘋果公司產品iPhone4為例：

　　iPhone4除了軟體發展和外形設計是由蘋果公司總部自己完成以外，整部手機、包括零部件的製造及組裝都是在美國以外的其他地區完成的，其中東亞是其重要生產基地。在整個iPhone4的生產製造過程中，只有45％的觸控式螢幕製造和最終人工組裝的環節被安排在中國大陸進行，其價值增值僅佔總製造成本的5.87％，其中組裝費用僅佔3.37％。iPhone4的關鍵零部件仍是由美國、歐洲、韓國、日本、台灣（本土）等較為發達的經濟體生產，再運至中國大陸組裝，承擔此項任務的為大陸台資企業富士康公司，最後出口至美國和世界其他地區。表2是iPhone4供應商名單

表明，兩岸在該領域的產業合作在全球生產網絡中所處的地位和角色，仍然是以低技術水準的組裝為主，正如每台iPhone背面印有的「Designed by Apple in California, Assembled in China」所說明的，iPhone僅僅是「Assembled in China」而不是「Made in China」。

表2 iPone4（16G）生產製造的主要供應商及成本表

製造商	所在地	零部件細分	成本
三星電子（Sumsung electronics）	韓國	快閃記憶體	$27.00
		DRAM記憶體	$13.80
		應用處理器	$10.75
英飛淩（Infineon）	台灣	基帶	$11.72
		收發器	$2.33
村田（Murata）	日本	SAW模組	$0.50
Skyworks & Trin Quint	美國	PAM	$5.00
德州儀器（Texas Instruments）	美國	觸控式螢幕控制	$1.23
宸鴻科技（TPK）、勝華科技（Wintek）、奇美電子（Chimei Innolux）	中國大陸、台灣[12]	觸控式螢幕	$10.00
戴樂格半導體（Dialog Semiconductor）	台灣	電源管理	$2.03
博通（Broadcom）	美國	GPS定位系統	$1.75
		藍牙 & wifi	$7.80
凌雲邏輯（Cirrius Logic）	美國	聲卡	$1.15
旭化成半導體（AKM Semiconductor）	日本	電子羅盤	$0.70

[12] iphone4的觸控式螢幕製造中，宸鴻科技生產45％，勝華科技生產40％，奇美電子生產15％；其中，宸鴻科技的工廠設在中國廈門，其餘均在台灣地區。

製造商	所在地	零部件細分	成本
意法半導體（ST）	義大利	加速器	$0.65
		陀螺	$2.60
豪威科技（Omnivision）	美國	相機配件	$9.75
LG[13]	韓國	顯示幕	$28.50
大立光電（Largan Precision）	台灣	相機鏡頭	$1.00
恒憶（Numonyx）	美國	記憶體	$2.70
其他未知公司	未知	電池	$5.80
		工業製品	$25.20
		其他配件	$15.55
富士康（Foxcoon）	中國大陸	組裝	$6.54
成本總計			$194.05

資料來源：iSuppli定期公佈的iPhone's BOM。

　　如果以增值法[14]計算，可以更清楚的看清iPhone4價值鏈中各參與經濟體的真實獲利（圖4）。

---

[13] 此前顯示幕的生產一直都是由日本東芝（Toshiba）承擔。

[14] 去除進口成分，僅以當地增值計算的貿易統計方法。

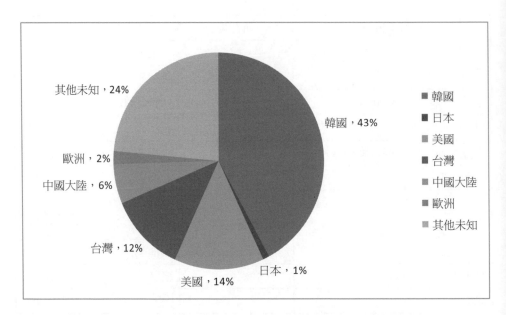

圖4　iPhone4供應鏈中各經濟體的價值增值分佈圖（2011年）

資料來源：根據Statista資料繪製。

　　圖4顯示，在iPhone4生產中，大陸（主要為台商投資企業）獲利僅6%，遠低於韓國（43%），說明兩岸產業合作還有巨大空間。

　　自兩岸加入WTO以來，台灣產業鏈的製造端加快向大陸轉移，形成大陸主要從事生產製造環節，台灣主要從事管理、研發、財務運作、市場行銷等為主的功能性分工。多數大陸台商的母公司繼續在台灣營運，並在兩岸設立製造部門，台商大陸投資成為台灣全球佈局的重要一環。

　　台灣廠商依據本身所具有的所有權和內部化優勢，利用兩岸區位特長，大多採取如下分工型態。即台灣母公司著重承擔全球運籌管理功能，包括經營管理策略、財務調度、研發和行銷，大陸台企則專注於製造組裝環節，尤其產量大、附加值相對較低、勞動密集度相對較高，以及大陸具有技術、人才優勢，或符合大陸市場特定需求的產品，而台灣母公司製造活動僅保留少量高階、高附加值產品。台資企業在兩岸的佈局結構使得兩

岸產業合作呈現明顯的功能性分工的特徵。

參、影響東亞生產網絡和兩岸產業合作的因素與對策

一、影響東亞生產網絡格局和兩岸產業合作的因素

（一）區域經濟一體化

　　據WTO統計，截至2013年1月10日，全球向WTO通報的區域貿易協定（Regional Trade Agreement，RTA）達到546個，其中生效的RTA有354個，在這些區域貿易協定當中，自由貿易協定（Free Trade Agrement, FTA）佔比達到90%左右。亞太區域經濟合作發展更為迅猛，呈現出「多框架並存、競爭性合作」的特點。[15] 東亞區域經濟一體化對東亞生產網絡的維繫至關重要，一方面透過區內要素流動障礙的降低，加深成員間經濟聯繫，另一方面透過對區外成員要素流動的壁壘，增加其與區內經濟合作的成本。因此，控制東亞區域經濟合作組織，成為控制東亞供應鏈的重要手段。

　　由於東亞生產網絡參與者眾多，價值鏈結構複雜，造成東亞各經濟體利益關係錯綜複雜，更由於目前東亞供應鏈的主要控制者來自美國、日本、歐洲等，他們在東亞地區的不同利益訴求加劇了該地區的複雜性，目前東亞地區區域合作組織重複交叉，山頭林立，正是這種複雜關係的反映，無論是10加n、RCEP（Regional Comprehensive Economic Partnership），還是TPP（Trans-Pacific Partnership Agreement），都在一定程度上表明推動者試圖控制東亞供應鏈的意圖。

---

[15] 莊芮，「亞太區域經濟合作下的中國FTA戰略」，國家行政學院學報，第3期（2012年），頁26-30。

雖然東亞各類區域合作組織的整合可以帶來更大效益，但是希望成為領導者，以制定更有利於自身利益的規則的本能，使得整合非常困難。保障自身利益的動機要遠大於維護區域利益的動機。

因此，東亞區域合作的複雜局面對未來東亞生產網絡格局的影響不可低估，其發展對兩岸產業合作既是機遇也是挑戰。

（二）新一輪國際產業轉移

二次大戰後三次國際產業轉移，造就了當前的國際分工與跨境生產體系，形成了相關國家和地區之間密切聯繫的供應鏈。而這一供應鏈又由於企業外包（代工）活動、直接投資活動等不斷擴展，生產分工的層次不斷增多，分佈於不同國家和地區的產業鏈上下游企業之間的相互依賴日益增強，兩岸產業合作正是在這一過程中形成，並且日益深化。

產業轉移的基本因素是科技創新與比較優勢的變遷。全球金融危機後，國際上新的科技創新和產業革命正在悄然醞釀，同時伴隨各經濟體內部比較優勢的變遷，新一輪產業轉移正在逐漸展開。這一輪產業轉移最值得關注的可能是新興生產和商業模式改變現有供應鏈結構，促使其降低成本，減少環節，從原有的不斷擴張走向不斷收縮。隨著中國大陸經濟發展和產業結構調整，中國大陸的比較優勢也在逐漸轉變，傳統的比較優勢漸趨喪失，而諸如高端勞動力成本、內銷市場和產業集聚等新的比較優勢日益顯現。

東亞生產網絡供應鏈結構的變化與中國大陸比較優勢的變遷，將衝擊兩岸產業合作傳統模式，以台商大陸投資為主要特徵的兩岸產業合作，已經或將要面臨新的考驗，兩岸產業合作需要探索新思維。

二、深化兩岸產業合作的對策建議

綜上所述，兩岸產業合作為國際產業轉移和亞太分工模式所主導，兩

岸產業合作在東亞生產網絡中處於製造業末端，缺乏對價值鏈的控制能力，缺乏有效的終端市場，對外部依賴較大。為改變這一弱勢，深化兩岸產業合作，共同提高產業在價值鏈上的地位，兩岸可能需要著力在以下幾個方面：

（一）抓住後危機時代機遇，創新兩岸產業合作模式和領域

全球經濟危機在一定程度上抑制了兩岸產業合作的效益，但是也帶來兩岸產業合作轉型升級的機遇。國際市場競爭加劇，生產要素成本上升，將在不同程度上進一步降低製造環節的利潤，使得主要位於全球產業鏈製造環節的兩岸產業合作面臨更大壓力，從而尋求轉型升級的動力更加迫切，進而要求兩岸產業合作模式創新和合作領域創新。

所謂合作模式創新，在現階段就是要尋求合作模式的多元化和多樣性，即突破原有的台商大陸投資以獨資為主，以海外供應商為主，以跨國公司供應鏈管理為主，上下游企業全產業鏈複製（或轉移）大陸的模式，改變需求（市場）、供應（原材料、零部件）兩頭在外的國際分工格局，逐步發展與大陸企業更廣泛的合作，擁有更多本地（大陸）供應商，具有自主品牌，掌握核心技術，控制市場網絡，共同開拓兩岸市場，高效配置兩岸資源的新模式。新模式將彌補原有模式的弱點，增加兩岸企業對產業鏈的控制能力，減少對外部的依賴，提高技術創新能力與利潤水準。

所謂合作領域創新主要涉及三個方面：一是共同研發核心技術，提升現有產業水準，提高產業鏈控制能力，爭取成為產業鏈中的核心廠商；二是共同開發新興產業，準備承接新興產業規模化生產，為新一輪全球產業競爭籌謀佈局；三是合作培養人才，提高技術創新能力和勞動力水準，提高產業效益。

（二）深化兩岸產業分工，加強產業鏈合作

在全球經濟環境、大陸內銷市場和產業集聚能力、以及ECFA的共同作用下，兩岸產業合作（或台商大陸投資）模式出現了明顯的「當地化」趨勢。

根據台灣經濟部投審會樣本調查[16]，在機械設備和零部件方面，大陸台商在大陸當地採購約占2/3，但是這並不能完全表示採購來自大陸供應商，根據台商投資特點，估計大部分供應商為大陸台商和外商。

在銷售方面，台資服務業企業以當地銷售為主，這些企業的服務對象主要在當地市場，說明台資服務企業多為消費型服務業，以及主要針對台企的生產性服務業。傳統產業當地銷售接近73%，說明該產業轉移大陸程度較深，與台灣關聯較低，而台資最重要的優勢產業資訊電子產業當地銷售不到50%，台灣銷售近30%，其餘為其他地區銷售，說明該產業鏈在大陸較短，與台灣產業關聯密切，國際化分工程度較高，對外依賴也較高，該產業在大陸具有合作發展空間。

台商大陸投資受跨國公司全球供應鏈控制較深，在亞洲生產網絡中處於製造環節，無論是接單、技術、品牌、市場對外依賴較大。由於缺乏產業鏈主導企業，對產業鏈控制能力較弱。在核心零部件生產上，甚至不如日韓企業。

如前文案例，大陸台企作為蘋果的供應商，雖然在整個價值鏈中所佔份額有限，但是因為可以獲得技術專利和市場，所以相關大陸台企始終堅守原有的封閉式供應鏈，而缺乏擴大與大陸合作的動力，這類大陸台企對當地產業開發和技術溢出效益是有限的。

但是也正因為如此，為兩岸深化產業鏈合作預留了空間。從未來發展

---

[16] 台灣經濟部投資審議委員會委託中華經濟研究院報告，「2012年對海外投資事業營運狀況調查分析報告」，2012年12月，頁60。

看，擁有品牌、技術、市場，是企業立於不敗之地的基礎，也是兩岸產業合作的基礎。兩岸攜手，深化產業鏈合作，共同提高創新能力，發展產業鏈主導企業，提高對產業鏈的控制能力，不僅在具有優勢的電子資訊業，在傳統製造業，以及新興產業都具有未來意義。兩岸應適度引導兩岸企業多種形式的相互參與，減少當地供應商進入產業鏈的障礙，擴大投資領域，鼓勵資金雙向流動。

（三）擴大內部市場，推動在新興產業領域的合作

全球金融危機後，主要經濟體都制定了未來產業發展的國家戰略。這些產業發展戰略的共同點是鼓勵產業創新，發展新興產業。兩岸也制定了新興產業發展規劃，並且表現了高度的重疊性，[17] 成為未來兩岸產業合作的新領域。

新興產業的開發投入大、週期長、風險高，與美日歐等發達經濟體相比，在科研、人才、技術、環境等方面兩岸並不具備特別優勢，要想佔領未來新興產業制高點，贏得競爭先機，兩岸應該轉換思維，充分發揮自身優勢。目前兩岸所具有的最大優勢就是巨大的內需市場潛力和規模化生產的能力。

首先，兩岸合作開發新興產業要與開發內需市場結合起來。大陸的內需市場潛力一旦釋放，將有可能減少新興產業對外部市場的依賴，支持新興產業在初創時期的發展，降低實驗室到規模化生產的成本和風險。其次，由於主要經濟體生產要素成本高昂，其新興產業的開發可能促進新一輪產業轉移，大陸的產業集聚能力、高端人才數量成本優勢，及其他競爭優勢將成為最佳承接地，為兩岸產業合作提供新的機會，兩岸產業緊密關

---

17 台灣六大新興產業為：醫療照護、生物科技、精緻農業、觀光旅遊、文創產業、綠色能源產業；大陸七大新興產業為：節能環保、新興資訊產業、生物、新能源、新能源汽車、高端裝備製造業和新材料等。

係也為新興產業規模化生產準備了平台。

　　為此兩岸在政策層面上應重在開放市場，鼓勵內需，出台鼓勵和支持新興產業的研發政策，擴大開放教育培訓資源，鼓勵和支持學術交流。同時對本地新興產業要有一定的保護措施，防止國際競爭者的衝擊。

（四）加強技術交流，提升企業研發合作潛力

　　從大陸台商的技術來源看，2008至2010年，從台灣母公司轉移的比重高達85％左右；當地自行研發的比例正逐步上升，從32％上升到35％；當地研發機構提供技術佔3.18％；當地合資企業提供技術佔3.03％。[18] 這反映出大陸台資企業與台灣母公司在創新活動的連接程度較深，儘管台商研發比例不斷提高，但大多數企業仍局限在設立獨立研發中心，與大陸企業研發合作比例較低。因此，大陸一方面應積極出台鼓勵政策，吸引台灣科研人員赴大陸從事研發活動，吸引台資企業在大陸設立研發中心；另一方面，鼓勵台灣科研院所與大陸科研院所合作設立研發機構，透過集聚兩岸創新要素，資源分享，共建科技公共服務平台，加強科技研發的深度與廣度。

（五）擴大雙向開放，充分發揮ECFA效應

　　ECFA實施時間尚短，覆蓋面有限，目前對企業的影響更多的表現在對未來的預期。為達到上述促進兩岸產業合作的目標和效益，兩岸還應共同努力，擴大雙向開放，提高貿易投資自由化和市場一體化程度。

　　第一，加快ECFA單項協議的簽署與執行，全面開放兩岸市場，提高

---

[18] 台灣經濟部投資審議委員會委託中華經濟研究院報告：《2009年對海外投資事業營運狀況調查分析報告》，2009年12月，頁56；《2010年對海外投資事業營運狀況調查分析報告》，2010年12月，頁66；《2011年對海外投資事業營運狀況調查分析報告》，2011年12月，頁66。

市場一體化程度。

　　第二，台灣方面，儘快取消對大陸的歧視性待遇，減少直至取消對大陸進口的限制，給予陸資與其他海外投資者同等待遇。

　　第三，大陸方面，在深化體制改革中，完善市場機制和市場環境。制定兩岸投資保障和促進協定實施細則，促進雙向投資。在可能的情況下給予台商國民待遇，尤其在服務貿易領域。

　　第四，建立兩岸法律和司法協調機制，加強保護智慧財產權，鼓勵共同研發。協調貿易救濟措施和應對國際貿易摩擦措施，保護本地市場和企業，保護公平競爭。

　　第五，擴大開放兩岸教育科研資源，建立共同培養人才機制。

台商轉型升級的政治經濟分析

耿曙

（上海財經大學公共經濟與管理學院副教授）

林瑞華

（上海財經大學公共經濟與管理學院助理教授）

許淑幸

（國立政治大學東亞研究所博士候選人）

摘要

　　中國大陸的產業轉型，攸關經濟持續增長，大陸當局也針對此一方向，宣示實施各種獎勵政策。作者從2000年中期以來，便開始鎖定上述發展。就大陸台商部分的調查所得，發現這類政策成效不彰，並未有效扶助勞力密集產業的升級或創新。作者將調查所得，條理為三種政策落空的類型，並各以典型案例說明。總結作者調查發現，提出「動員扶持」與「創造環境」兩種發展策略，並認為處於早期的追趕階段，前者可能較為有效，待到之後的領創階段，後者才不致揠苗助長。有鑑於此，大陸應該逐步調整發展策略，並建議透過兩岸產業合作，促進上述政策調整。

關鍵字：產業政策、產業轉型、產業升級、中國經濟、自主創新

壹、轉型升級：經濟增長的第一要務

毫無疑問，在過去的20、30年裡，中國大陸經濟的快速發展，廣受世人矚目與承認，這方面的成就是毋庸置疑的。但涉及中國大陸經濟的未來，卻是一個引發廣泛討論與爭辯的問題。越來越多的學者，對中國大陸能否持續發展優勢存疑，因此也興起一波針對「中等收入陷阱」的討論。[1] 學界習慣於以此為源頭，一則承認中國大陸從低收入國家邁向中等收入國家的成就，另方面順勢提出中國大陸能否繼續發展提升的疑慮，藉此對中國大陸的發展策略有所反思與檢討。

所謂「中等收入陷阱」，當然是全面的問題，但集中體現在所謂產業轉型問題上。尤其是中國大陸沿海的勞力密集產業，曾經帶領中國大陸從「低收入國家」走向「中等收入國家」，創造出所謂「中國奇蹟」，[2] 但這些中小規模、外銷導向的企業，若無法持續轉型升級，一時之間又難有替代的增長支柱，中國大陸的經濟恐怕就將「陷」在中等收入階段；況且，若內需無法支撐，投資信心頓挫，甚至不易維持一個「不進則退」的增長速度，會連帶造成各種政治結構壓力。[3]

換言之，如何推動產業轉型升級，是當前中國大陸經濟所面臨的第一要務。由於各種制度的慣性，這是當前中國經濟面臨的第一難題。本文且以幾個「轉型升級」的案例為例，說明當前轉型升級的困難，現有政策的

---

[1] 耿曙、陳瑋，「有關中等收入陷阱的兩種理論視角」，復旦大學陳樹渠比較政治研究中心研究課題結項報告（上海：復旦大學，2012年）。

[2] 林毅夫、蔡昉、李周著，中國的奇蹟：發展戰略於經濟改革（上海：上海人民／上海三聯，增訂版，1999年）。

[3] 同註1，並參考耿曙、林瑞華，「解讀珠三角台商逃亡潮」，發表於「中國區域經濟發展與台商未來」研討會（台北：國策研究院等主辦，2008年4月24日）。

失靈，進而提出發展策略的反思，以及整體經濟體系的一些理論假說。[4]

　　近年之前，有關中國大陸經濟的研究，主要圍繞「如何理解中國大陸的高速增長」問題。[5] 此類研究的背景源於「外向型發展」的成就。從1990年代初期，中國大陸開始利用廉價勞力為資源憑藉，引入短缺的資金技術，開始大量製造出口，締造人類空前的經濟奇蹟，同時也驅動中國大陸社會的快速轉型。[6] 此類「外向型發展」的榮景，直到2000年中期或晚期之後，方才逐漸浮現隱憂。由於出口環境早已丕變，政府又強力主導轉型，先出現勞力密集外商的「珠三角逃亡潮」或「珠三角倒閉潮」，然後又因為工資提升、勞工短缺，整個出口部門獲利銳減，連帶使得中國大陸經濟漸顯蕭條。但最壞的情況也許尚未到來，因為近年沿海省市最低工資每年調增15%左右，加上各類強迫「產業升級」的政策，整個「外向型發展」前景堪慮，而這才是不斷帶領中國大陸創造產值、飛躍經濟的主力。[7]

　　由於中國大陸過往採取的「比較優勢」策略（結合「廉價勞力」與

---

[4] 作者所關注的焦點，主要是技術升級帶來的產業結構轉型。其具體界定，可以參考瞿宛文、安士敦（Alice H. Amsden），超越後進發展：台灣的產業升級策略（朱道凱譯，台北：聯經出版社，2003年）；Stuart Peters, 2006, *National Systems of Innovation: Creating High-Technology Industries*, UK & New York: Palgrave Macmillan；UN ESCAP, 2007, *Enhancing the Competitiveness of SMEs: Sub-national Competitiveness of SMEs: Sub-national Innovation Systems and Technological Capacity-Building Policies*, New York: UN Economic and Social Commission for Asian and the Pacific.

[5] 張軍、周黎安編，為增長而競爭：中國增長的政治經濟（上海：上海人民出版社，2008年）。

[6] David Zweig, 2002, *Internationalizing China: Domestic Interests and Global Linkages*, Ithaca, NY: Cornell University Press. 耿曙、周強，2012，「書評：謝德華，中國的邏輯」，復旦政治學評論，第10輯，頁165-172。

[7] 參考前註3，以及蔡昉、王德文、曲玥，「中國產業升級的大國雁陣模型分析」，經濟研究，第9期（2009年），頁4-14；耿曙、林瑞華、許淑幸，「地方政府驅動的轉型升級：以富士康為例的台商考察」，載陳德升編，大陸台商轉型升級：策略案例與前瞻（台北：印刻出版社，2013年），頁127-163。

「加工生產」），[8] 昔日雖為經濟增長的法寶，未來卻恐怕前景堪憂。[9] 首先，中國大陸發展模式所賴以維繫的「廉價勞動」、「沿海土地」、「政策優惠與放鬆管制」都將逐漸耗竭。尤其前者，一則農村可以持續釋放的勞力有限，新一代的勞動力量，也將要求更好的待遇——不論工資、福利、或者工作條件，都將不同於之前的世代。這就與所謂「路易斯拐點」的討論有關。[10] 另方面，就土地與資源方面，中國大陸也不再能夠忍受揮霍耕地、大量污染、肆意採掘，或者維持現有的粗放發展、低效生產。再向外看，「中國模式」情況同樣不妙，首先面臨原料與能源，不但日漸短缺，而且價格攀高，其他新興經濟也各具優勢，伺機崛起，準備搶奪中國大陸的國際訂單。西方國家則或者設下貿易障礙，或者施壓匯率，處處提防中國大陸崛起。換言之，即便中國大陸安於廉價生產，恐怕機會還未必可得。內憂外患，哪還能突破「中等收入陷阱」？中國大陸經濟是否已經進入蕭條、停滯階段？[11]

即便如此，但直到2008年下半年的金融危機，才將辯論已久的「產業結構」問題，迅速提上議事日程。[12] 雖有學者側重保增長，廣東卻仍屬行

---

[8]　同註2，林毅夫、蔡昉、李周著，中國的奇蹟，第一章。

[9]　薛湧，中國不能永遠為世界打工（昆明：雲南人民，2006年）；吳敬璉，中國增長模式抉擇（上海：上海遠東，2008年）。

[10]　蔡昉，路易斯轉捩點：中國經濟發展新階段（北京：社科文獻，2008）；蔡昉，超越人口紅利（北京：社會科學文獻出版社，2011年）；蔡昉、楊濤、黃益平編，中國是否跨越了路易斯轉捩點？（北京：社會科學文獻出版社，2012年）；蔡昉、王德文、曲玥，「中國勞動力密集型產業的區域延續」，載郜若素、宋立剛、胡永泰編，全球金融危機下的中國：經濟、地緣政治和環境的視角（北京：社科文獻出版社，2010年），頁173-189。

[11]　參考注1.

[12]　如林毅夫，經濟發展與轉型：思潮、戰略與自生能力（北京：北京大學出版社，2008年）；劉志彪、張傑等，全球化中中國大陸東部外向型經濟發展：理論分享和戰略調整（北京：中國大陸財政經濟，2009年）。

產業、勞動的「雙轉移」政策。[13] 之後出台的一系列政策，仍積極鼓勵企業創新升級（趙振華等，2010；國務院發展研究中心產業經濟研究部課題組，2010），[14] 加上國際、國內經營環境持續惡化，根據珠三角、長三角、台、港資企業調研，發現大約從2006年下半所得稅制統一，之後《勞動合同法》頒佈，這些企業便開始面臨了巨大的成本壓力。至於如何應對？未來大概只有三種因應策略：轉型升級、區域轉移、不然就剩倒閉滅亡。這些企業將如何抉擇？根據作者之前的研究，多數企業走向了區域轉移之路。[15] 但中國大陸所積極鼓勵，提出各類獎勵的產業升級，為何沒有得到這些企業的青睞？他們是基於什麼樣的考量，做出如此的抉擇？我們又如何從這些抉擇當中，觀察「發展型國家」引領成就與不足？本文將透過台商轉型升級的案例，利用作者近年的實地材料，論證政府引導發展的優劣。

貳、產業升級理論與中國產業升級：文獻回顧

　　針對產業升級問題，吳敬璉首先提出所謂「工業化道路」的問題，主張中國大陸必須調整之前的「粗放型發展模式」。[16] 約莫在此同時，林毅夫接續發展了所謂「新結構經濟學」。[17] 根據他的看法，已開發國家和開發中國家發展的時間有所不同，在全球產業鏈中所處位置不同，產業發展

---

[13] 汪以洋編，廣東「雙轉移」戰略：廣東經濟轉型之路（廣州：廣東經濟出版社，2010年）。

[14] 趙振華等，加快經濟發展方式轉變十講（北京：中共中央黨校出版社，2010年）；國務院發展研究中心產業經濟研究部課題組，中國產業振興與轉型升級（北京：中國發展，2010年）。

[15] 張欣、蔣長流、范曉靜編，中國沿海地區產業轉移浪潮：問題和對策（上海：上海財經大學出版社，2012年），同時也可參考註3所引文獻。

[16] 參考前註9，吳敬璉，中國增長模式抉擇。

[17] 林毅夫，蘇劍譯，新結構經濟學：反思經濟發展與政策的理論框架（北京：北京大學出版社，2012年）。

的歷史道路也不同。前者處於全球產業鏈的前段，對於如何取得技術領先的先機，牢握產業的發展規律，無論企業抑或政府，都缺乏有效的資訊，也無法形成具體的共識。因此，已開發國家的產業升級只能依靠市場，因為其能隨時提供最新的資訊。而開發中國家則處於全球產業鏈的中後段，所參與的產業都是生產技術成熟、產品市場穩定，發展的模式已經相對清晰者。因此，後者的企業與政府都不難掌握產業獲利情況與發展前景，也容易形成國家發展的共識。其中尤以政府相對於企業具有相當的資訊優勢，大可藉此優勢制定前瞻性的「產業政策」，投入社會資源，引導產業升級。

　　基於上述的思路，林毅夫進一步提出「新結構經濟學」，強調政府、市場各自在產業升級過程中的協調作用，並認為政府應該透過一整套的財政政策、貨幣政策、科技政策、對外經貿政策等，塑造個別企業的「成本－效益」函數，承擔主導產業發展的關鍵角色。[18] 先是政府可以透過財政政策，來改善基礎設施，對產業多樣化和產業升級提供因勢利導的支援，那些刺激新製造業發展、產業多樣化、提供就業和帶來產業持續升級潛力的項目是財政支出的重點投向；其次是利率與金融發展政策，透過實施低利率政策可以刺激企業投資，進而提高生產率和促進產業升級；透過發展多元化的金融結構體系，可為各類企業提供適宜的金融信貸支援；最後是外資引進和貿易開放政策，透過引進外資可以帶來技術、管理、市場管道和社會網路，透過參與全球貿易則可以利用後發優勢，達到比處於世界技術前沿的國家更快的技術進步速度。

　　上述是產業升級的方向，但就具體情況如何，涉及中國大陸的產業轉型升級問題，主要可見兩類研究。一類側重升級困難。主要認為沿海的加

---

[18] 林毅夫，新結構經濟學：反思經濟發展與政策的理論框架，頁11-75。

工貿易企業，深深嵌入在「全球生產網路」中，[19] 造成學者所說「網路俘獲」困境：結果無論資源技術、競爭結構，均由國際下單大廠決定，整合其中的加工貿易企業，只能俟機逐步上挪。[20] 因此，真正支持扶助產業升級力量，主要還是來自政府作為。[21] 根據東亞「發展型國家」經驗，政府往往是產業升級的關鍵，[22] 而且中央政府也的確出台多項鼓勵政策。但此類產業升級政策，是否有效發揮其預期的成效，能夠大範圍的鼓勵企業自主創新、技術升級？

　　針對上述問題，現有研究相對不足，只看到對少數成功樣板的描述。[23] 由於對產業升級的獎勵，採取「政府許可」制，根據公共選擇角度，其中存在大量「政策租金」（policy rents）的空間。因此，承諾投入「技術創新／升級」的產業，是否部分因尋租動機而來？是否真心誠意的引進技術升級？此外，對於扮演「扶助之手」角色的地方政府而言，創新升級能否及時轉化為官員的政績表現？升級後的產業是否會因其地位提升，而在績效、財稅上與地方政府脫鉤？因此，能否真正落實上述產業升級的目標，其實唯有透過實際案例，觀察政府與企業的互動，方能掌握其真實情況。

---

[19] Shan-Ling Pan, ed., 2006, *Managing Emerging Technologies and Organizational Transformation in Asia: A Casebook*, Singapore: World Scientific.

[20] 劉志彪、鄭江淮，衝突與和諧：長三角經濟發展經驗（北京：中國大陸人民大學，2010年）。

[21] 馬子紅，中國區際產業轉移與地方政府的政策選擇（北京：人民出版社，2009年）；卜國琴，全球生產網路與中國產業升級研究（廣東：暨南大學出版社，2009年）；王傳寶，全球價值鏈視角下地方產業集群升級機理研究：以浙江產業集群升級為例（杭州：浙江大學出版社，2010年）。

[22] 參考註4文獻以及瞿宛文，全球化下的台灣經濟（台北：唐山，2003年）與Banji Oyelaran-Oyeyinka & Rajah Rasiah, 2009, *Uneven Paths of Development Innovation and Learning in Asia and Africa*, Cheltenham, UK & Northampton, MA: Edward Elgar. 另可參考OECD專案報告對中國大陸的建議OECD, 2008, *OECD Reviews of Innovation Policy China*, available at http://www.oecd.org/document/44/0,3746,en_2649_34273_41204780_1_1_1_1,00.html.

[23] 如毛蘊詩、吳瑤，中國企業：轉型升級（廣州：中山大學出版社，2009年）；朱仁宏等，移植、升級與本土化發展：東莞石龍電子資訊產業集群成長模式研究（廣州：廣東人民，2010年）。

　　另一類型的文獻，涉及企業的遷移抉擇，這部分比較複雜，因為促成遷移有結構的促成力量（如工資結構、運輸成本等），[24] 但由於多數產業嵌入全球／當地生產網路之中，存在遷移過程中的「集體行動」問題。[25]雖然蔡昉、王德文、曲玥曾據全要素生產率，預期大陸產業的梯度轉移（或國內「雁行模式」），[26] 但經濟成本從來就不是企業家唯一的考慮。[27]也因此在上述產業遷移過程中，中央、地方政府扮演著非常關鍵的角色，其中周文良（2008）特別強調，在錢穎一式的「財政聯邦」制與周黎安式的「晉升錦標」制下，地方政府的激勵結構，可能有助解答為何企業傾向於遷移式的轉型？[28] 但在這樣的見解之後，作者仍然語焉未詳，在企業轉型抉擇的背後，地方政府到底發揮何種作用？又為何扮演此種角色？

---

[24] 例如俞國琴，中國地區產業轉移（北京：學林，2006年）；付保宗，中國產業區域轉移機制問題研究（北京：中國市場出版社，2008年）；陳建軍，要素流動、產業轉移和區域經濟一體化（杭州：浙江大學出版社，2009年）；龔雪，產業轉移的動力機制與福利效應研究（北京：法律出版社，2009年）；劉志彪、張傑等，全球化中中國東部外向型經濟發展：理論分享和戰略調整（北京：中國財政經濟，2009年）；王雲平，產業轉移和區域產業結構調整（北京：中國水利水電出版社，2010年）；魏後凱、白玫、王業強等，中國區域經濟的微觀透視：企業遷移得視角（北京：經濟管理出版社，2010年）。

[25] 如俞國琴，中國地區產業轉移（北京：學林，2006年）；劉春生，全球生產網路的構建與中國的戰略選擇（北京：中國人民大學出版社，2008年）；尹建華，嵌入全球價值鏈的模組化製造網路研究（北京：中國經濟，2010年）；李勇，產業集群創新網路與升級戰略研究（上海：上海社科院出版社，2010年）；林濤，業集群合作行動（北京：科學出版社，2010年）；梅麗霞，全球化、集群轉型與創新型企業：以自行車產業為例（北京：科學出版社，2010年）。

[26] 蔡昉、王德文、曲玥，「中國勞動力密集型產業的區域延續」，載郜若素、宋立剛、胡永泰編，全球金融危機下的中國：經濟、地緣政治和環境的視角（北京：社科文獻出版社，2010年），頁173-189；另可參考梁文光，「雁行模式在廣東欠發達地區「雙轉移」戰略中的運用」，南方農村，第1期（2010年），頁32-35。

[27] 這部分的論證可以參考喆儒，產業升級：開放條件下中國的政策選擇（北京：中國經濟，2006年）；馬子紅，中國區際產業轉移與地方政府的政策選擇（北京：人民出版社，2009年）。

[28] 周文良，「產業轉移中地方官員行為的博弈分析」，商場現代化，第8期（總547期）2008年8月，頁297-298。

　　綜合上述兩類文獻，根據作者的調查所得，我們一方面考慮企業的激勵，另方面這樣的「成本－效益」函數，又深受地方政府所影響。因此，在解讀中國大陸的產業升級問題上，政府與企業缺一不可，而具體的企業策略與發展成效，也就在政府與企業互動的關係中，逐步成型。針對上述議題，本文作者主張必須對個別企業的決策歷程，進行比較細緻的紀錄與考察，方有助對於上述政企關係的解讀。因此，本文特別就各種產業升級政策的落實情況，將調查所得條理為三種政策落空的類型，並各以典型案例說明。

參、「發展型國家」式的產業升級模式

　　中國大陸啟動改革開放，迄今已30餘年，期間締造出讓人矚目的經濟增長，尤其自「九二南巡」後，以廉價的勞力和土地為憑藉，引入短缺的資金技術，開始大量製造出口。此類以出口貿易為主的「外向型發展」，將大陸經濟帶上又一個高峰，創造出林毅夫等所謂的「中國奇蹟」，這都得歸功於大陸成功的發展政策。然而，從2000年代中期以後，一方面國際環境丕變，代工出口獲利極其微薄；另方面，過往經濟增長倚賴的「廉價勞工」與「沿海土地」正逐漸耗竭，導致沿海生產成本迅速攀升。對此，大陸不得不調整原先的「外資－出口引導」政策，其中學者一致認為，中國大陸經濟未來的出路，主要在「轉型升級」。[29]

　　這類相關政策開始於2000年代中期。一方面認識到產業升級是中國大陸經濟持續發展的必由之路，也是大陸可持續發展的的重大挑戰，大陸政府於是展開一連串的政策，推動沿海產業的結構調整，先是在2004、

---

[29] 代表觀點如前引吳敬璉，中國增長模式決擇（上海：上海遠東，2008年）；林毅夫、新結構經濟學，以及楊世偉，國際產業轉移與中國新型工業化道路（北京：經濟管理出版社，2009年。

2005作用，部分地方政府（如東莞、昆山）便展開了促進產業轉型的思考，2006年的「十一五規劃」則提出「自主創新」作為中國大陸的發展目標。[30] 到了2008年，即便面對全球金融危機的壓力，廣東還是決心推出勞動和產業的「雙轉移」戰略。2011年開始施行的「十二五規劃」更是提出產業的發展方向，指引產業結構變動。此後，所謂「調結構，促轉型」已成為地方政府工作的重中之重，紛紛提出改造提升傳統製造業、培育發展戰略性新興產業、推動轄區產業結構變動。

誠如之前林毅夫的規劃，中國大陸的產業轉型策略，主要以各種財稅與金融政策為核心，扶助以科技、外貿政策，結合為整體的產業政策。究其內容，大概又可以分為兩大類：其一是所謂「倒逼升級」，例如(1)調低部分商品出口退稅率（2007）、調整加工貿易限制類目錄（刪除所謂「兩高一資」類出口獎勵，2007），以及日趨減少的各種政策優惠；(2)內外資所得稅並軌（2008），配合不斷調升的各種稅負；(3)攸關重大的勞動合同法的公佈實施（2008），配合上年增率15%的最低工資；以及(4)日趨強化各種管制，例如環境污染、職工社保、土地指標、稅負減免等。其目的都在逼使所謂的「夕陽產業」加速升級改造。若企業終負隅頑抗，不但將面對各種成本壓力，還可能將面臨(5)地方政府的各種政策手段，典型如「騰籠換鳥」式的征地外遷政策。[31]

另一類政策則透過各種計畫與許可，給予各種稅收獎勵、優惠貸款，以及其他各種政策上的優惠，還有包括地方政府的各種扶助手段。由於中央政府厲行產業調整政策，地方政府也紛紛針對地方的「高新科技」產業，規劃各種「入園發展」策略（科技園、工業園）等，提供許多看不見

---

[30] 參考中共東莞市委政策研究室編，東莞轉型（北京：人民出版社，2010年）；鄭江淮、張二震等，昆山產業轉型升級之路（北京：人民出版，2013）。

[31] 參考附註3。

的支援與輔導。茲以針對「高新技術和新興產業」的稅收政策，其犖犖大者例舉如下。

表1　常見的高新技術和新興產業稅收優惠政策

一、軟體和積體電路產業	二、技術創新
■ 軟體生產企業實行增值稅即徵即退政策所退還的稅款，由企業用於研究開發軟體產品和擴大再生產，不作為企業所得稅應稅收入，不予徵收企業所得稅。 ■ 我國境內新辦軟體生產企業經認定後，自獲利年度起，第一年和第二年免徵企業所得稅，第三年至第五年減半徵收企業所得稅。 ■ 國家規劃佈局內的重點軟體生產企業，如當年未享受免稅優惠的，減按10%的稅率徵收企業所得稅。 ■ 軟體生產企業的職工培訓費用，可按實際發生額在計算應納稅所得額時扣除。 ■ 企事業單位購進軟體，凡符合固定資產或無形資產確認條件的，可以按照固定資產或無形資產進行核算，經主管稅務機關核准，其折舊或攤銷年限可以適當縮短，最短可為二年。 ■ 積體電路設計企業視同軟體企業，享受上述軟體企業的有關企業所得稅政策。 ■ 積體電路生產企業的生產性設備，經主管稅務機關核准，其折舊年限可以適當縮短，最短可為三年。 ■ 投資額超過80億元人民幣或積體電路線寬小於0.25um的積體電路生產企業，可以減按15%的稅率繳納企業所得稅，其中，經營期在15年以上的，從開始獲利的年度起，第一年至第五年免徵企業所得稅，第六年至第十年減半徵收企業所得稅。	■ 企業為開發新技術、新產品、新工藝發生的研究開發費用，未形成無形資產計入當期損益的，在按照規定據實扣除的基礎上，按照研究開發費用的50%加計扣除；形成無形資產的，按照無形資產成本的150%攤銷。 ■ 企業由於技術進步，產品更新換代較快的固定資產；常年處於強震動、高腐蝕狀態的固定資產，可以採取縮短折舊年限或者採取加速折舊的方法。採取縮短折舊年限方法的，最低折舊年限不得低於規定折舊年限的60%；採取加速折舊方法的，可以採取雙倍餘額遞減法或者年數總和法。 ■ 一個納稅年度內，居民企業技術轉讓所得不超過500萬元的部分，免徵企業所得稅；超過500萬元的部分，減半徵收企業所得稅。 ■ 創業投資企業採取股權投資方式投資於未上市的中小高新技術企業二年以上的（含二年），凡符合條件的，可按其對中小高新技術企業投資額的70%在股權持有滿二年的當年抵扣該創業投資企業的應納稅所得額。當年不足抵扣的，可在以後納稅年度結轉抵扣。 ■ 國家需要重點扶持的高新技術企業，減按15%的稅率徵收企業所得稅。 ■ 對單位和個人（包括外商投資企業、外商投資設立的研究開發中心、外國

- 對生產線寬小於0.8微米（含）積體電路產品的生產企業，經認定後，自獲利年度起，第一年和第二年免徵企業所得稅，第三年至第五年減半徵收企業所得稅。已經享受自獲利年度起企業所得稅「兩免三減半」政策的企業，不再重複執行本條規定。
- 自2008年1月1日起至2010年底，對積體電路生產企業、封裝企業的投資者，以其取得的繳納企業所得稅後的利潤，直接投資於本企業增加註冊資本，或作為資本投資開辦其他積體電路生產企業、封裝企業，經營期不少於五年的，按40%的比例退還其再投資部分已繳納的企業所得稅稅款。再投資不滿五年撤出該項投資的，追繳已退的企業所得稅稅款。
- 自2008年1月1日起至2010年底，對國內外經濟組織作為投資者，以其在境內取得的繳納企業所得稅後的利潤，作為資本投資於西部地區開辦積體電路生產企業、封裝企業或軟體產品生產企業，經營期不少於五年的，按80%的比例退還其再投資部分已繳納的企業所得稅稅款。

- 企業和外籍個人）從事技術轉讓、技術開發業務和與之相關的技術諮詢、技術服務業務取得的收入，免徵營業稅。
- 鼓勵社會資金捐贈中小企業技術創新基金。對企事業單位、社會團體和個人等社會力量透過公益性的社會團體和國家機關向科技部科技型中小企業技術創新基金管理中心用於科技型中小企業技術創新基金的捐贈，企業在年度利潤總額12%以內的部分，個人在申報個人所得稅應納稅所得額30%以內的部分，准予在計算繳納所得稅稅前扣除。
- 對經國家批准的轉制科研機構，從轉制之日起或註冊之日起五年內免徵科研開發自用土地、房產的城鎮土地使用稅、房產稅；五年期滿後，經審定可延長二年。地方轉制科研機構可參照上述優惠政策，轉制科研機構的名單由省政府確定和公佈。

三、鼓勵軟體產業積體電路產業發展	四、其他稅負減免作為
- 軟體生產企業實行增值稅即徵即退政策所退還的稅款，由企業用於研究開發軟體產品和擴大再生產，不作為企業所得稅應稅收入，不予徵收企業所得稅。 - 我國境內新辦軟體生產企業經認定後，自獲利年度起，第一年和第二年免徵企業所得稅，第三年至第五年減半徵收企業所得稅。	- 國家需要重點扶持的高新技術企業，減按15%的稅率徵收企業所得稅。 - 企業為開發新技術、新產品、新工藝發生的研究開發費用，未形成無形資產計入當期損益的，在按照規定據實扣除的基礎上，按照研究開發費用的50%加計扣除；形成無形資產的，按照無形資產成本的150%攤銷。

- 國家規劃佈局內的重點軟體生產企業，如當年未享受免稅優惠的，減按10%的稅率徵收企業所得稅。
- 軟體生產企業的職工培訓費用，可按實際發生額在計算應納稅所得額時扣除。
- 企事業單位購進軟體、凡符合固定資產或無形資產確認條件的，可以按照固定資產或無形資產進行核算，經主管稅務機關核准，其折舊或攤銷年限可以適當縮短，最短可為二年。
- 積體電路設計企業視同軟體企業，享受軟體企業的有關企業所得稅政策。
- 積體電路生產企業的生產性設備，經主管稅務機關核准，其折舊年限可以適當縮短，最短可為三年。
- 投資額超過80億元人民幣或積體電路線寬小於0.25um的積體電路生產企業，可以減按15%的稅率繳納企業所得稅，其中，經營期在15年以上的，從開始獲利年度起，第一年至第五年免徵企業所得稅，第六年至第十年減半徵收企業所得稅。
- 對生產線寬小於0.8微米（含）積體電路產品的生產企業，經認定後，自獲利年度起，第一年和第二年免徵企業所得稅，第三年至第五年減半徵收企業所得稅。

- 創業投資企業採取股權投資方式投資於未上市的中小高新技術企業二年以上的，可以按照其投資額的70%在股權持有滿二年的當年抵扣該創業投資企業的應納稅所得額；當年不足抵扣的，可以在以後年度結轉抵扣。
- 企業由於技術進步，產品更新換代較快的固定資產，可以採取縮短折舊年限或者採取加速折舊的方法加速折舊。
- 科技機構、高等學校轉化職務科技成果以股份或出資比例等給予個人獎勵，獲獎人在取得股份、出資比例時，暫不繳納個人所得稅。
- 對個人獲省政府科學技術獎取得的獎勵，免徵個人所得稅；對於報經省政府認可後發放的對優秀博士後等高技術人才、特殊人才的獎勵，免徵個人所得稅。
- 積極支持科研體制改革，鼓勵科研機構轉制。對轉制科研機構從轉制註冊之日起對其科研開發自用土地、房產免徵城鎮土地使用稅、房產稅七年。
- 符合政府政策的企業利用老廠房翻建多層廠房和利用廠內空地建造三層以上廠房，建成使用後三年內按規定納稅確有困難的，報經地稅部門批准，可減免房產稅。

資料來源：作者整理自地方政府網路。

　　根據上述，中國大陸的所謂「轉型升級」策略，仍然如從1949年以來的發展模式一般，以政府為核心，政策為手段，透過政府許可與資源配置，引導企業與個人加入前瞻的發展方向，創造出高速而且持續的經濟增長。回顧過去的經驗，不論改革開放之前或改革開放之後，中國大陸靠政

府介入取得了巨大的成功。[32] 那麼當又一次面對新形勢、新挑戰，大陸是否能再次依靠所謂的強政府、「發展型國家」、「產業政策」等，再次有所突破，順利帶領中國大陸走向轉型升級、走向高收入國家。這便是本文所關切的核心問題。

肆、轉型升級政策的落實與落空：三個政企互動的案例

　　中國大陸既然上至中央，下達地方，各級政府紛紛祭出各種獎勵政策，引導鼓勵產業的轉型升級，但這類政府政策是否達到預期的成效？對此政策落實與成效問題，我們必須進行個案觀察，才能確切掌握政府扶助政策對於產業技術創新與技術升級的作用。根據作者近年的研究，我們可以將所掌握的情況，分為以下三種類型，本文將各以相應典型企業為案例加以解析。

　　在這三類情況中，每家企業都曾經（起碼宣稱）力圖升級轉型，政府也提出相關政策，但結果均不如預期：其中Q企業身處政商網路之外，難以接引政府提供的各種支持，表現為停滯不前。L企業則善於經營政商關係，卻無意將接引的資源投入研發與創新，反而另闢生財的管道。F企業則雖有能力談判優惠，卻也因為內陸省份的優惠誘惑，再次鼓勵其回到「棄升級、純代工」的路子。換言之，在上述三個典型案例中，即便已經規劃相關政策、投入不菲資源，但大陸支持產業轉型升級的政策，並未引導這些企業脫離原有的生產模式，這些政策也未獲得所預期的成效。其中原因為何，本文以具體案例說明。

---

[32] 改革之前，可參考Chris Bramall, *In Praise of Maoist Economic Planning: Living Standards and Economic Development in Sichuan since 1931* (Oxford & New York: Clarendon Press/Oxford University Press, 1993)；改革開放後則可參考註2，林毅夫、蔡昉、李周著，中國的奇蹟。

1. Q企業案例：無緣網路，缺乏資源，難以升級

Q企業為台商獨資，位於浙江寧波，屬於紡織織染領域，員工人數原有將近4,000人，近年幾經自動化生產的洗禮，目前約剩下1,000人左右，但在面臨職工工資與相關資源（如用水、用電）快速調漲的情況，加上國際競爭日趨激烈，曾經叱吒風雲，接下Wal-Mart、GAP大單的Q企業，經營前景不佳，似乎已經淪為「夕陽產業」之林。

當被詢及為何不積極進行產業升級時，經營者首先提到體制問題。根據現行制度，相關的獎勵必須透過「專案許可」的形式，而這牽涉一個曠日費時，而且逐級打通關的過程，「看了就怕了，太麻煩了」，而且「耗費太多的時間精力，等到真拿到時，可能已經緩不濟急。」但進一步考察其中原因，除了制度問題外，更深刻的是體制問題，「這一類的資源，地方政府自己先要抽成，又要分給他們的科研單位，真正分到企業裡頭的，大都是他們『自己人』拿了，像國企有它的發言權，你不能不給，還有一群整體圍繞在政府身邊的企業，整天喝酒吃飯的。……有這些資源，你根本知道都不知道。」「我們玩不起這個遊戲的。……我認識很多台商，也有想看看有沒有政府支持的，我印象中好像沒有人拿到過。」在缺乏政府的支持下，產業面對高風險、長時間的「技術升級」過程，除非別具雄心的經營者，否則自然不免望而卻步，被「鎖死」在既有的低階生產的產業網路中。

換言之，同Q企業的經營者所言，「這與內資、外資無關，」主要是關係與權力。在行政體系的決策中，政府會根據關係上的親疏遠近，與權力上的是否過硬，決定其如何進行資源配置。但對缺乏體制權力，又不耗費大量時間、精力經營政商關係的台商，即便亟須轉型升級，而且企業體制頗佳，還是無法獲得政府的扶助，促成企業的脫胎換骨。長此以往，類似Q企業的優質台商企業，遲早會走向轉移或退出之路。

2. L企業案例：政策尋租，取得資源，無意升級

L企業為中德合資項目，位於山東濟南，屬於新能源產業，有國內四個太陽能熱水器生產基地，員工共約6,000人。此一企業近年發展很快，就產業本行來說，已經成為國內前三大的領導產業，也逐步發展多角經營，組建八個二級集團產業，涉及太陽能、光伏、生物工程（中藥研究）、有機化工、太陽能與建築一體化等產業專案，集團擴張的速度非常驚人。

根據作者綜合相關財務報表、媒體特寫發現，L企業的技術基本上轉移自德國企業，由於技術水準較高，因此能夠通過ISO9001國際品質認證、ISO14001環境管理體系認證等，也因此獲得「中國名牌」、「國家免檢」、「全國使用者滿意產品」等諸多稱號。在政府針對高新技術產業的支援方面，L企業多所斬獲，不但擁有國內新能源行業裡唯一的「國家火炬計畫」，其產品同時榮獲《國家高新技術產業化可再生能源和新能源專項》專項資金支持。此外，其熱水器內部所標榜的「不破壞臭氧層發泡材料」也得到國家環保總局、國際環保專案PU合作基金支持。也同時獲得山東省政府節約能源辦公室、山東省太陽能行業協會的「工業綠動力」計畫。與前述Q企業相較，L企業以其新能源、高技術套取了大量的政府資源。

但進一步觀察，L企業耗費了大量時間、精力在嫁接資源上，其「多功能廳」每天都迎接一批又一批來自國內外的訪客（上至國家領導人，還包括德國外長），企業負責人也不厭其煩的逐批接待，同時將各種會見的照片，放在企業的各個角落。為了提升其知名度，L企業耗費鉅資與古巴簽署技術輸出合同，首次實現中國大陸太陽能技術的國際輸出。但在光鮮亮麗的背後呢，媒體也揭發其除了購自德國的技術外，其製作工藝本身並無技術含量，甚至有部分比例的熱水器其實來自小廠的「代工貼牌」。L企業真正的「經營」，在利用科技產業的名頭，設局套住各種優惠與利益

（先是取得貸款，轉移後又伸手土地開放），發展多角經營，尤其藉太陽能與建築的一體化專案，涉入房產開發。結果企業雖然經營得有聲有色，但政府所提供的各種「科技」獎勵，卻沒有真正達到目的。追究其中原因，在職司科技創新的行政部門，一方面缺乏技術考核的能力；另方面也開放許多尋租的空間，企業乃被誘惑到尋求「政策租金」的方向上，無心於高風險、低回報的研發投資。

3. F企業案例：鼓勵轉移，替代升級

F企業的深圳廠為台資投資，位於廣東深圳，屬於IT代工製造性質，該廠員工經常有所變動，大約在20餘萬職工左右。此深圳廠屬於國際知名的代工業龍頭，單單該企業出口佔中國大陸整體出口6%，整體發展很快，也屬於多角經營，但主體仍然是製造裝配領域。

由於F企業身為代工龍頭的子公司，其規模帶來了政治影響，但是即便如此，由於產業屬於勞力密集部門，F企業今年也面臨到工資上漲，與勞工換代造成的各種壓力。為因應這樣的挑戰，該企業也曾在2009、2010年前後，宣佈兩大轉型升級的方向，其一是大量大陸運用機器人參與生產，計畫在短期內達到納入百萬台機器人。其次為「萬馬奔騰」計畫，瞄準國內市場，計畫開設10,000家「萬馬奔騰電器超市」，搶佔通路市場，並逐步建立品牌地位。這些方向本來都可以帶來脫胎換骨的改變，加上以F企業的資金與人脈，本當逐一推動，完成產業的轉型升級。但結果，前者只聞樓梯響，後續發展不得而知；後者則初步受挫，也未持續推動。

但是F企業的深圳廠，對於所在地的深圳地方政府而言，卻屬於無意支持，甚至不斷排擠的產業。因此，根據訪談，深圳地方政府不但對於上述機會毫不配合支持，甚至有意無意有所打壓，希望以「騰籠換鳥」的方式，將F企業逐步轉移出去（符合該省產業結構的「雙轉移」政策）。而另方面，內地各地方政府，則儘於F企業的威名，將其引進不但將帶來大量就業，而且也會發展地方的契機，創造出地方領導的顯著政績。因此紛

紛向F企業招手，允諾以各種優惠，並承諾為其招工，F企業藉此談判地位，自然樂得佈局內遷。於是回顧過去數年，只見F企業大舉內遷，其轉型升級卻無突破發展，原因在其透過「內遷」的方式，部分緩和了成本壓力，削弱了「轉型升級」的必要。

綜合上述，中國大陸以其強有力的政府，明確的誘導升級的政策，結果就上述三類企業考察所得，其產業升級的部分均未能有所突破。就迄今的成果來看，發展政策基本落空，其中關鍵何在？能否就這部分的經驗，進一步提升到理論層次進行總結？

伍、代結論：升級政策的落空與兩岸產業合作

在2003、2004年之交，大陸學者楊小凱與林毅夫曾有一場辯論，辯論的主題雖然緣起於後發優勢、後發劣勢問題，但真正的討論焦點在後發國家的發展策略；或者說中國大陸的發展策略，究竟應該維持「國家主導」，還是讓步於「市場協調」？根據楊小凱的看法，後發國家傾向透過政府主導，快速展開技術與制度的模仿，此種策略雖然能夠帶來快速增長，但結果則造成長期的路徑依賴：一方面只能抄襲，二方面國家長期主導，這將使得落後國家的發展，無法突破提升，甚至發展難以持續。這就是楊所謂「後發劣勢」，也基本上是中國大陸經濟目前所面臨的制度問題。[33]

根據楊小凱所引Olson的分析，這其實是「對後進者的詛咒」（curse to the latecomer）。因為，後發國家容易模仿「技術」而非「制度」，模仿初期的成功，經過「制度化」後，卻給後期的持續發展留下隱患，因此

---

[33] 楊小凱，「經濟改革和憲政轉軌：回應」，經濟學，第2卷第4期（2003年）頁，1005-1008；楊小凱，「後發劣勢」，新財經，第8卷（2004年），頁120-122。

很難走出模仿，主動創新，並藉創新維持持續的增長。楊小凱將這樣的思路意譯為「後發劣勢」。他認為，中國大陸經濟轉軌中的「雙軌制」對憲政轉軌造成的傷害，可能遠遠超過了這種「平順轉型」的短期好處。同樣的，目前大量引進技術、廉價製造也會發生同樣的「路徑依賴」，如果不能有效突破，中國大陸將被「鎖死」在低技術的生產中。證諸歷史，諸如蘇聯計畫體制的快速工業化、日本的國家主導的工業發展，均有難以突破的瓶頸。這是因為類似的國家干預會制度化「國家機會主義」，因為「政府同時是規則的制定者、執行者、仲裁者和參與者。」而企業則會群起尋求「政策租金」，這樣的片面模仿技術，而忽視「遊戲規則」，延誤憲政轉軌，將會可能導致激勵扭曲，資源誤置，喪失經濟長期發展的動力。

　　針對楊小凱的論點，林毅夫不久後就做出回應。[34] 依照他的看法，後發國家在技術發展水準上與發達國家存在差距，可以透過引進技術加速後發國家的技術變遷，從而使經濟發展更快。他認為：楊小凱所謂的「憲政體制」，通常會在經濟發展的過程中，在實踐過程中調整適應而來（這是所謂的「制度內生」）。換言之，後發國家可以先靠採納先進國家的制度，逐步追趕英美的發展水準，然後透過發展策略的逐步調整，進而突破上述「制度的陷阱」。換言之，對林毅夫而言，過渡時期的制度，不一定會使國家機會主義制度化，萬一不幸如此，也可以透過發展本身而逐步改善。基於上述的思路，林毅夫進一步提出其「新結構經濟學」，[35] 強調政府、市場各自在產業升級過程中的協調作用，並認為政府應該透過一整套的財政政策、貨幣政策、科技政策、對外經貿政策等，塑造個別企業的「成本－效益」函數，承擔主導產業發展的關鍵角色。

　　但是根據我們的研究，似乎楊小凱的「陷阱」時時刻刻發生在左右，

---

[34] 林毅夫，「後發優勢與後發劣勢：與楊小凱教授商榷」，經濟學，第2卷第4期（2003年），頁989-1004。

[35] 林毅夫，新結構經濟學，頁11-75。

林毅夫的樂觀卻沒有得到經驗的佐證。其中關鍵何在？根據作者的看法，中國大陸之前處於模仿追趕階段，需要的是大量的資源動員，並透過國家的配置扭曲（set the price wrong），將資源動員至具有前景的部門中（例如重工業、高科技），這樣的發展策略，顯然可以在短期內取得重大的突破，無論史達林的快速工業化、東亞式的國家主導的工業發展，均獲得了重大快速的發展。但是這些經濟體在完成模仿，走向創新的時刻，由於缺乏市場這個揭露資訊的制度安排，都存在嚴重的資訊問題。[36] 根據前述的案例，政府其實無法真正判斷：何種創新有其需要？何種創新才是真正的創新？結果透過政府介入的方式來獎勵「創新」與「研發」，其成果就自然失去其效率。例如之前訪問Q企業負責人所言，

〔之前，外資投資時〕有關投資多少，政府清清楚楚，當然可以該怎麼獎勵怎麼獎勵〔換言之，政府是能把事情做好的〕。到了技術創新上面，根本沒人能夠判斷，專家也不行，官員當然更不行，哪些錢該花，哪些不該花？沒有人知道。結果就成了關係與權力主導。〔換言之，此時政府是沒能力做好獎勵的〕。

這充分反映出「動員－模仿」階段，與「鼓勵－創新」階段的不同，中國大陸還想憑藉之前的動員手段，恐怕將面臨所費不貲，成效不彰的結果。日本在80年代動員舉國之力，投注到幾個產業方向，美國卻藉由自由市場，創造出矽谷奇蹟，徹底決定了日後逐鹿全球的勝敗之勢。其經驗可以作為我們論點的支持。根據作者的看法，中國大陸在部分領先的產業領域，應該要思考逐步調整發展策略，從國家主導、產業政策讓位給自由市

---

[36] Friedrich von Hayek, "The Use of Knowledge in Society" *American Economic Review*, 35: 4 (Sept., 1945), pp. 519-30.

場、競爭機制。否則仍然死抱著之前成功的法寶，卻不能隨產業發展的階段有所變通，那麼中國大陸的經濟，也終將面臨難以突破的瓶頸。

　　根據以上論證，中國大陸持續繁榮之道，關鍵在「與時俱進」，然而這並不容易，必須不斷創造與突破，這在人類的發展經驗中，其實並不算常見。誠如奧爾森（Mancur Olson）所言，持續的發展模式容易形成僵化的「利益結構」，終而泯滅社會自我調適與持續發展的能力。[37] 又如楊小凱所言，每個階段的發展策略會將社會導入「制度的鎖定或慣性」（institutional lock-in or inertia），不斷強化「路徑依賴」式的掣肘。這也是為何許多學者診斷中國問題時，認為其中關鍵在「改革殘缺的陷阱」（the trap of partial reforms），[38] 也就是改革過程中的既得利益問題。換言之，無論東方、西方，無論市場、轉型，一個經濟社會很容易就為利益團體所攫取，終而積重難返，發展停滯不前。回顧過往，中國大陸也曾數度淪為既得利益的犧牲，但也曾多次為有遠見的改革者所打破超越。改革者慣用的手段就是「透過開放來促進變革」，這也是為何在中國大陸的經濟轉型中，「開放」可以與「改革」相提並論的緣故。眼前的中國大陸，亟須適時調整發展策略，當然政治強人早已不在，既得利益又虎視眈眈，進一步調整十分不易。那麼大陸經濟治理究竟如何突破？最終能否有效超越現有的桎梏？

　　就本文作者看來，一個值得建議的方向在於兩岸的產業合作。誠如我們所知，無論中國大陸總體的發輾轉型，抑或個別地區的經濟治理，台灣經驗均曾發揮過一部分引導的作用。而展望未來，大陸需要的已經不再是經濟發展的方向，而是經濟治理的模式。也因此，我們能否參考類似「平

---

[37] Mancur, Olson, 1982, *The Rise and Decline of Nations: Economic Growth, Stagflation, and Social Rigidities.* New Haven, Yale University Press, 1982, Chapter One.

[38] Minxin Pei, *China's Trapped Transition: The Limits of Developmental Autocracy*, Cambridge, MA: Harvard University Press, 2006.

潭綜合實驗區」的經驗，以各種開發區／經濟園區為單元，並逐步走向「職業經理人」治理經營的模式，並在試點城市上逐步向包括台商麇集的地區如昆山、東莞等地區擴展。這樣既挑選基礎良好的定點，加上產業模式相近、產業聯繫深厚的區域，容易創業有成。然後便能透過重點突破，四周擴散的方式，也許可以在利益縱橫的經濟社會，開發出具有擴散效應的試點，為大陸走向機制轉換、產業轉型，提供一些全新的作法，創造一些轉型的契機，促成中國大陸的產業轉型。

當前兩岸經濟合作發展：
存在問題、影響因素與深化路徑[1]

唐永紅

（廈門大學台灣研究院經濟研究所所長）

摘要

當前海峽兩岸制度化合作進展緩慢，兩岸貿易、投資、產業合作仍然面臨較高的政策壁壘，未能充分展開，而有助於兩岸整體層面合作進程推進的兩岸區域合作，仍未能啟動。造成這些問題，既有兩岸經濟關係發展步入深水區等客觀層面的因素，更有合作理念偏差、保護主義與歧視性作法等主觀層面的原因。而國際、國內客觀環境正在發生的巨大變化，也明顯影響到兩岸經濟合作深化發展。因此，為深化兩岸經濟合作，有必要相應調整當前推進兩岸經濟合作的理念、拓展兩岸經濟合作的領域、開闢兩岸經濟合作的路徑，重點是要推進兩岸產業對接合作與整合發展。

關鍵字：兩岸經濟合作、兩岸貿易合作、兩岸投資合作、兩岸產業合作、兩岸經濟關係

---

[1] 基金專案：中央高校基本科研業務費專項資金資助專案（Project Supported by the Fundamental Research Funds for the Central Universities）「大陸對台經貿政策措施的社會政治效應研究」（2011221034）；教育部人文社會科學重點研究基地重大專案「海峽兩岸民間社會橋接模式和路徑研究」（13jjd810011）；國家社會科學基金重大專案「豐富一國兩制實踐和推進祖國統一研究」（13&ZD052）。

自2008年國民黨再次執政以來，海峽兩岸在「九二共識」的基礎上實現了全面直接雙向「三通」，開啟了陸資入台投資與產業合作的步伐，並實施了ECFA早期收穫清單確定的部分貨物與部分服務的貿易自由化，兩岸經濟關係的發展因此翻開了嶄新的篇章。但與此同時，當前兩岸經濟合作在發展中明顯存在許多問題，特別是兩岸經濟合作的制度化進展緩慢，影響到兩岸經濟關係持續發展的動力。因此，有必要釐清當前兩岸經濟合作存在的主要問題，闡明影響兩岸經濟合作深化發展的主要因素，探討如何推進兩岸經濟合作深化發展。

壹、當前兩岸經濟合作存在的主要問題

儘管近年來兩岸經濟關係在兩岸全面直接雙向「三通」的基礎上繼續發展，但兩岸經貿活動正常化與自由化進展緩慢，兩岸貿易、投資、產業合作因面臨較高的政策壁壘，未能充分展開，而有助於兩岸整體層面合作進程推進的兩岸區域合作未能啟動。

一、兩岸貿易正常化與自由化協商艱苦，進程緩慢

商務部（2012）統計顯示，[2] 2012年兩岸貿易額為1,689.6億美元，大陸逆差達954億美元，兩岸貿易不對稱性繼續擴大。儘管兩岸貿易因兩岸經濟體本身在規模上的不對稱性，與在主要交易夥伴上的差異性，不太可能實現完全的對稱性格局，但兩岸貿易長期非正常化，特別是台灣當局歧視性的、限制性大陸貿易政策，顯然是形成這種不對稱格局的一個重要因素。這也使得兩岸貿易未能實現其可能的發展規模，並遠未充分發揮其對

---

[2] 商務部台港澳司，「2012年1-12月大陸與台灣貿易、投資情況」（2013年），http://www.mofcom.gov.cn/article/tongjiziliao/fuwzn/diaoca/201301/20130100016608.shtml。

兩岸經濟發展的促進作用。事實上，台灣當局至今還禁止2,114項產品從大陸進口；已准許的進口項目8,574項，除了台灣當局在ECFA早期收穫清單中和在其他協定中承諾減免關稅進口的部分專案之外，絕大部分仍然面臨較高的貿易壁壘，並有703項屬於有條件進口專案。[3] 兩岸貿易正常化與自由化進程緩慢，還體現在ECFA下兩岸貨物貿易協定協商艱苦，進展較慢。

二、陸資入台投資面臨歧視性政策壁壘，不如預期

　　眾所周知，台灣當局對台商赴大陸投資實行的是嚴格管制下的逐步有限開放，至今仍然設置投資限額與技術轉移管制。而在陸資入台投資方面，台灣當局更是遲至2009年6月底才予以有限開放，而且實質性開放進程緩慢：其一，在長達二年九個月的前二階段的開放中，台灣當局開放給陸資投資的業別專案相當有限，對陸資投資有吸引力的行業領域更少；其二，台灣當局對陸資投資人資格限制過於嚴苛，能夠入台投資的陸資企業有限，並設定嚴苛的管理門檻與歧視性的限制條件；其三，台灣當局關於陸資來台投資的相關規範及配套措施不力，損及陸資入台投資的便利性，降低陸資入台投資意願。這些限制性與歧視性作法，加之存在兩岸關係穩定性之虞、資訊不對稱等其他因素，制約了陸資入台投資的意願、步伐與規模。[4] 據台灣「經濟部投資審議委員會」（2013）統計，[5] 截至2012年底，核准陸資入台投資案僅342件，投資金額約5.03億美元，遠不如預期。

3　台灣「經濟部國際貿易局」，「貨品分類及輸出入規定」（2013年），https://fbfh.trade.gov.tw/rich/text/indexfh.asp。

4　唐永紅，「陸資入台投資政策檢視：開放過程、執行現狀與調整趨勢」，載於童振源、曹小衡主編，兩岸經貿關係的機遇與挑戰（台北：新銳文創，2013年），頁47-72。

5　台灣「經濟部投資審議委員會」，「2012年12月核准僑外投資、陸資來台投資、國外投資、對中國大陸投資統計速報」，2013年，http://www.moeaic.gov.tw。

三、兩岸產業對接合作步履艱難，成效不彰

　　較之於貿易投資合作，兩岸產業對接合作更是步履艱難，成效不彰。一是產業對接合作機制不健全。兩岸產業對接合作，至今仍然是在限制性產業投資准入政策約束與扭曲下，靠民間力量、市場機制展開，存在著產業投資准入政策扭曲、產業規劃未對接、產業政策不協調等問題。即便在兩岸公權力介入的合作方面，至今仍然局限於幾個試點產業項目，而其他眾多的產業項目還在拭目以待；二是產業對接合作領域不夠寬。至今仍然側重於製造業合作，並以勞動力密集型製造業為主，而新興產業與服務業領域的合作還較少；三是產業對接合作層次不夠高。至今仍然以基於生產要素互補性的生產合作為主，通常是大陸提供勞動力與土地，台灣提供資金與技術的合作，而鮮有在研發、銷售（通路）、標準與品牌建設等方面的合作；四是產業對接合作模式欠優化。表現之一，至今仍然以台灣接單或上游基地—大陸中下游組裝製造基地—最終產品出口國際市場的分工與合作模式為主。這種分工與合作模式造成產業鏈中附加值較高、具備技術與市場壟斷性的前端關鍵技術、產業標準、品牌，以及後端的通路、服務和市場，均以歐美日發達經濟體為主導；兩岸則主要承擔附加值較低、依靠低成本價格競爭的中端加工生產部分，兩岸在整個國際產業鏈中處於較低地位，並深受國際（歐美）市場變動的影響。表現之二，藉由直接投資與產業轉移進入對方形成的企業與當地企業，至今少有緊密的合作關係，多數仍是「你是你，我是我」，類似「飛地經濟」，[6] 尚未形成「你中有我，我中有你」的整合發展格局。

四、兩岸區域合作先行先試未能啟動

　　當前，兩岸經濟體確有制度化合作，以推進兩岸經貿活動自由化的內

---

[6] 張冠華，「兩岸產業合作的回顧與前瞻」，載於童振源、曹小衡主編，兩岸經貿關係的機遇與挑戰（台北：新銳文創，2013年），頁137-154。

在動力與外在壓力，但與此同時，兩岸經濟體在經濟結構、發展水準、開放程度與關稅作用等各個層面的差異較大，這必將對在兩岸整體層面推進的兩岸經貿活動自由化的步伐形成相當程度的制約。鑑此情形，也基於區域合作「先行先試」是雙邊經濟關係發展的一個重要作法。兩岸有識之士一直在呼籲，可以在兩岸各自有條件的局部區域「先行先試」較高程度的經貿活動自由化，並開展區域合作，以為將來在兩岸整體層面合作推進這種較高程度的經貿活動自由化，探索經驗，累積互信，奠定基礎。[7] 大陸方面採納建言，自2009年以來，先後出台了海峽西岸經濟區發展規劃、平潭綜合實驗區發展規劃、廈門綜合配套改革試驗區規劃等有助於啟動兩岸區域合作的單邊舉措。然而，台灣方面至今對大陸這些區域戰略規劃一直是抱持戒備與抵觸的心態，至今沒有採取相應措施積極因應，使得有助於兩岸整體層面合作進程推進的兩岸區域層面合作未能啟動。

貳、影響兩岸經濟合作深化發展的主要因素

造成兩岸經濟合作存在上述問題，既有兩岸經濟關係發展步入深水區等客觀層面的因素，更有合作理念偏差、保護主義與歧視性作法等主觀層面的原因。而國際、國內客觀環境正在發生的巨大變化，也明顯衝擊到兩岸經濟合作深化發展。

一、兩岸經濟關係步入深水區，結構性問題凸顯

其一，兩岸互信不足構成兩岸經濟合作的障礙。

當前兩岸互信不足，深刻制約著兩岸經濟合作進程。兩岸互信不足，

---

[7] 唐永紅、林高星，「兩岸ECFA下海峽西岸經濟區對台先行先試問題探討」，亞太經濟，第6期（2011年），頁140-144。

台灣方面擔心伴隨陸資入台投資、陸貨入台銷售、陸客入台觀光，可能會有經濟安全甚至「國家安全」之虞，因而對陸資入台資、陸貨入台銷售、陸客入台觀光等大陸經貿政策，至今仍然抱持保護主義心態與歧視性作法，使得如前所述兩岸在貿易、投資等經貿活動的正常化與自由化甚至便利化方面步伐遲滯，在先導產業、主導產業，甚至支柱產業等重要經濟與技術領域的開放與合作進展緩慢。

此外，兩岸互信不足，台灣方面對海西、平潭等大陸區域戰略規劃一直是做泛政治化的解讀，並抱持戒備與抵觸的心態：一是認為海西等大陸區域戰略規劃是大陸方面的一種統戰策略；二是顧慮台灣與海西等區域的合作將會矮化台灣的政治地位；三是擔心台灣與大陸的合作被局限於海西等區域而失去經濟意義。這使得有助於兩岸整體層面合作進程推進的兩岸區域合作，至今未能啟動。

其二，兩岸經濟競爭性，增加兩岸經濟合作的難度。

隨著兩岸經濟體發展與結構的自然演變，兩岸經濟分工已經從過去垂直型分工為主，過渡到混合型分工狀態，且水平型分工在不斷加強，兩岸經濟體產業結構在不斷趨同，互補性（產業間分工、微笑曲線環節間分工）在不斷下降，競爭性（產業內分工、微笑曲線同一環節競合）在不斷增強。目前，兩岸經濟體不僅在兩岸市場上存在競爭性，而且在國際市場中的競爭性也在不斷強化。

在大陸市場上，現階段兩岸經濟體不僅在商品市場競爭日益激烈，在資本、人才與技術等要素市場的競爭也開始顯現。以商品市場為例，隨著大陸產業結構的演進，兩岸在商品生產結構上不斷趨同。兩岸商品市場的競爭，不僅體現在先前的農產品、農工原料上，而且主要體現在部分加工產品上，如電機設備及其零件、機器及機械用具、光學照相儀器及器具等。

兩岸經濟體在國際市場上也存在競爭，而且呈現此消彼長的局面。兩

岸經濟體在國際市場上相互競爭與替代的產品，先前主要涉及成衣、鞋類等屬於勞力密集型，以及技術層次較低的輕工業消費品，當前主要涉及電子、電器、電機與光學製品等熱門出口產品。兩岸出口商品在美國、日本的市場佔有率的變化（參見圖1）一定程度上反映了兩岸經濟體在國際市場的競爭態勢（台灣「行政院陸委會」，2013）。[8]

　　兩岸經濟體間的上述競爭性態勢，一方面制約著兩岸經濟關係的和諧發展，相應提出了兩岸制度性合作與協調的必要，另一方面無疑也成為兩岸合作與協調的一個制約因素，增加了合作與協調的難度。

　　其三，利益分配複雜性制約兩岸經濟合作協商進程。

　　兩岸經濟體的競爭性本身，也代表著兩岸之間存在經濟合作的利益分配問題。即便在兩岸各自內部，不同利益群體的利益也會因推行某一合作政策而受到不同的影響。例如，減免關稅進口對內部生產者有競爭性衝擊，但內部消費者會因進口產品價格下降而受益；開放外資進入會有助於增加就業，但對同行的內資可能有競爭性衝擊；開放境外觀光客進入會有利內部的旅遊相關業者，但可能會衝擊到內部觀光客的觀光旅遊品質。顯然，兩岸經濟合作中利益在兩岸之間分配關係的複雜性，以及在兩岸各自內部不同群體之間分配關係的複雜性，也使兩岸經濟合作的難度以及ECFA後續協商的難度相應提高。[9]

---

[8] 台灣「行政院陸委會」，「兩岸經濟統計月報」，第83、181、217、229、239期（2013年），http://www.mac.gov.tw/lp.asp?ctNode=5990&CtUnit=3996&BaseDSD=7&mp=2。

[9] 左功葉、王建民，「海峽兩岸經濟合作機制建構主要障礙問題的探討」，台灣研究，第2期（2011年），頁20-25。

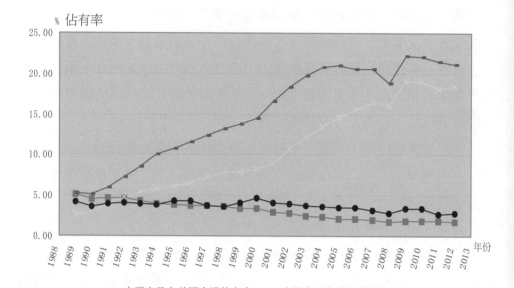

圖1　兩岸出口商品在美、日進口市場佔有率變動態勢圖

註：兩岸出口商品在國際市場佔有率的變化一定程度上反映了兩岸經濟體在國際市場的競爭
　　態勢。

資料來源：根據台灣「行政院陸委會」編訂的《兩岸經濟統計月報》，第83、181、217、
　　　　　229、239期資料繪製。

二、台灣方面合作理念有偏差，保護主義嚴重

　　兩岸經濟關係發展過程中，台灣當局迄今尚未給予大陸WTO會員待
遇，對大陸經貿政策沒有遵守WTO的最惠國待遇原則，表現為如上所述
的禁止或限制進口大陸產品，限制台商投資大陸、陸資入台投資。除此之
外，在兩岸經濟交流合作中，台灣方面存在明顯的合作理念偏差，一個主
要的表現就是台灣當局大陸經貿政策的保護主義心態，影響兩岸經貿活動
正常化、自由化與便利化及其協商進展。

　　其一，在推進兩岸經濟合作中，台灣方面較多注重自身經濟利益，而
對兩岸共同利益重視不夠。兩岸經濟合作協商談判中，台灣當局及業者多

希望大陸單方面持續「讓利」，多向台灣業者開放市場，而不太考慮也須將台灣市場相應開放給大陸業者；比較重視將台灣生產的產品與提供的服務出口銷售給大陸，較少考慮與大陸進行生產與經營合作，以整合兩岸互補性優勢與比較優勢，共同提升兩岸的國際競爭力，並形成「你中有我、我中有你」的整合發展格局，增進兩岸共同利益。

其二，在推進兩岸經濟合作中，台灣方面較多注重台灣生產者利益、短期利益與靜態利益，而對消費者利益、長期利益、動態利益重視不夠。兩岸經濟合作協商談判中，台灣方面比較重視貿易合作，而不太重視進行投資、生產、經營、研發合作；希望大陸能夠減免關稅進口更多的台灣產品，而不太願意減免關稅進口大陸產品；希望大陸多開放服務貿易市場給台灣的服務業者，而不太願意開放台灣服務貿易市場給大陸服務業者。這種心態與做法，表明台灣當局較多注重台灣企業生產者利益、短期利益與靜態利益，而對事關台灣民眾消費者利益、長期利益與動態利益的台灣自身市場開放方面，特別是兩岸產業對接合作與整合發展方面，明顯重視不夠。

三、國際國內客觀環境變化，帶來衝擊

如前所述，台灣接單或上游基地─大陸中下游組裝製造基地─最終產品出口國際市場，這一兩岸在國際產業分工與合作中的現行模式，使得兩岸貿易、兩岸投資的發展，因國際經濟危機、歐美消費市場的衰退而受到較大衝擊。2012年，由於國際經濟不景氣問題，兩岸貿易、兩岸投資出現增長放緩，甚至低於兩岸對外貿易、對外投資的增長。這凸顯了兩岸在國際產業分工與合作中的現行模式在國際產業分工與國際市場競爭中的不利一面。這也表明，需要調整兩岸在國際產業分工與合作中的模式。

此外，大陸經濟經過長達30年的持續快速發展，目前需要並正在經歷多個層面的發展轉型，必然對兩岸經濟合作發展特別是大陸台資企業再發

展產生相應影響，提出相應要求。其一，生產要素投入層面的轉型與影響。當前大陸經濟發展正在從粗放型發展向集約型發展轉型。在引進外資方面，體現為從過去的招商引資到現在的挑商選資。這顯然衝擊到粗放型生產經營的台資企業，衝擊到許多科技含量不高的中小台資企業。新形勢下，需要走集約化生產經營道路；需要調整兩岸產業的分工格局，進行研發、生產與行銷等業務的重構與戰略整合；其二，市場需求拉動層面的轉型與影響。當前大陸經濟發展正從外需拉動發展為主向內需拉動發展為主轉型；從過度依賴公共投資拉動發展向更多依賴民間投資、消費需求拉動發展轉型。顯然，在此過程中，台資企業將面臨新的投資與合作機會，而且需要並可以轉向內需市場；其三，產業結構層面的轉型與影響。當前大陸經濟發展的產業結構正在從工業化向後工業化發展。這顯然會衝擊到先前的製造業台資企業，但在服務業方面將帶來新的投資與合作機會；其四，效率與公平層面的轉型與影響。當前大陸經濟發展正在從先前的效率優先、兼顧公平向縮小收入差距、構建和諧社會的方向發展。這將導致勞動力成本的上升，衝擊到勞動力密集型產業的台資企業，但與此同時，大陸內需市場將進一步成長，帶來新的投資與合作機會。

參、兩岸經濟合作深化發展的路徑建議

當前兩岸經濟合作發展面臨上述問題與環境，顯示兩岸經濟合作要深化發展，有必要相應調整兩岸經濟合作的理念、拓展兩岸經濟合作的領域、開闢兩岸經濟合作的路徑，重點是要推進兩岸產業對接合作與整合發展。

一、調整兩岸經濟合作的理念

其一，推進兩岸經濟合作，應以形成兩岸經濟共同體、厚植兩岸共同

利益為導向，以積極開放、平等互利為原則，不宜過分強調單方利益。如此，兩岸共同利益才能不斷增進，兩岸經濟合作才能持續發展，也才能形成「你中有我、我中有你」的整合發展格局，從而才能鞏固和深化兩岸關係和平發展的經濟基礎，更能有助於共同觀念乃至國家認同的形成。事實上，只有相互開放，才能充分整合兩岸經濟的互補性優勢與比較優勢，才能擴展和深化兩岸經濟合作；從長期上看，只有在兩岸共同利益不斷增進的基礎上，兩岸經濟合作才能持續推進，合作雙方也才能持續獲得自身經濟利益。

其二，兩岸經濟合作是否推進，應以宏觀整體利益為依據，不宜僅以企業生產者利益為依據，而不顧消費者與民眾的利益。如此，一方面才能切實並及時推行總體上利大於弊的經濟開放政策，以推進兩岸經濟合作；另一方面，也才能讓兩岸經濟合作的成果惠及兩岸社會各界，特別是廣大的兩岸基層民眾，以有助於經濟社會的均衡發展。

其三，兩岸經濟合作的推進，應兼顧長期利益與短期利益、動態利益與靜態利益，而不宜僅以短期利益與靜態利益為依據。如此，才能推行總體上利大於弊的兩岸經濟合作政策，進而也才能整合發揮雙方互補性優勢與比較優勢，在獲取短期利益與靜態利益的同時，培育並提升可持續的國際競爭力，以有助於經濟社會的持續發展。

二、拓展兩岸經濟合作的領域

基於減免關稅與非關稅壁壘的貿易合作，雖然有助於各自現行產業的增資擴產，進而增加GDP、薪資與就業，但無法充分整合運用兩岸互補性要素與比較優勢。兩岸互補性要素與比較優勢的充分整合運用，需要在投資、研發、生產、經營合作中實現。因此，新形勢下兩岸經濟合作，應基於上述合作理念，圍繞提升兩岸產業在國際分工與合作的地位，以及培育並提升可持續的國際競爭力，在貿易合作的基礎上，透過產業投資准入政

策的相互開放，積極推進兩岸在投資、研發、生產、經營等經濟活動領域的合作，重點是要推進兩岸產業對接合作與整合發展。

三、開闢兩岸經濟合作的路徑

　　當前，推進兩岸經濟合作的主要政策措施是，推進兩岸經貿活動自由化。經貿活動自由化是一個利弊兼存的漫長過程，需要探索切實可行的途徑與措施，化解經貿活動自由化過程中可能產生的各種不利衝擊、摩擦與矛盾，增強兩岸的互信與共識，從而在確保成本與風險最小化的同時，促進兩岸經貿活動自由化快速並穩健發展。一個可行的路徑，就是在兩岸整體層面透過ECFA等協議，推進一定程度的自由化的同時，在有條件的兩岸區域層面（例如大陸的特殊經濟區與台灣的自由經濟示範區）「先行先試」較高程度的自由化，為將來兩岸在整體層面推進這種較高程度的自由化探索經驗，累積互信，並構築必要的經濟、社會和政治基礎與動力。[10]也就是說，兩岸經濟合作宜同時從兩岸整體層面與兩岸區域層面推進，在有條件的兩岸區域層面行「先行先試」。

四、推進兩岸產業對接合作與整合發展

　　當前兩岸經濟合作重點是要推進兩岸產業對接合作與整合發展，包括完善產業對接合作的機制，拓展產業對接合作的領域，提升產業對接合作的層次，優化產業對接合作的模式。

　　其一，健全產業對接合作的機制。

　　兩岸產業對接合作以往主要是民間力量、市場機制在作用下進行的，存在著產業投資准入政策扭曲、產業規劃未對接、產業政策不協調等問

---

[10] 唐永紅、林高星，「兩岸ECFA下海峽西岸經濟區對台先行先試問題探討」，亞太經濟，第6期（2011年），頁140-144。

題。新形勢下，兩岸當局應積極建立彼此之間的產業投資准入政策開放機制、產業規劃對接機制、產業政策協調機制，攜手合作，充分發揮「看得見的手」的作用，以引導和促進兩岸產業對接合作與整合發展。

其二，拓展產業對接合作的領域。

兩岸產業對接合作以往主要側重於製造業，並以勞動力密集型製造業為主。這有其歷史的必然性與正確性。但隨著兩岸產業經濟發展的演進，海峽兩岸都在鼓勵發展服務業與新興產業，而且台灣產業對外轉移也在進入以服務業為主的時代。因此，新形勢下的兩岸產業對接合作，不能局限於製造業，應向新興產業與服務業拓展，逐步實現兩岸產業的多面向對接合作。在兩岸製造業對接合作中，應逐步轉向資金、技術密集型產業，強化大陸的支柱產業與台灣的優勢產業的對接合作。

其三，提升產業對接合作的層次。

兩岸產業分工與合作，目前以產業間分工、產業內垂直分工為主，主要體現為台灣接單或上游基地（大陸中下游組裝製造基地）最終產品出口國際市場的模式，使得兩岸貿易、投資發展，因國際經濟危機、歐美消費市場的衰退而受到較大衝擊，也使得兩岸主要居於低附加價值環節，這也有其歷史必然性。隨著大陸內需市場的逐步興起與開拓，新形勢下兩岸產業對接合作宜瞄準大陸內需市場，在鞏固加工製造環節優勢的同時，逐步邁向研發設計與市場行銷環節，並共建品牌與標準，共同提升兩岸在國際產業分工中的位置，共同提升兩岸產業的國際競爭力。

其四，優化產業對接合作的模式。

現階段在大陸的台資企業以獨資經營為主，與大陸當地企業合作鬆散，接近「飛地經濟」。這也雖有其歷史必然性，但這種模式不利於兩岸企業相互學習、共同提高與融合發展。隨著大陸內需市場的逐步興起與開拓，隨著台灣開放陸資入台投資，新形勢下進一步深化兩岸產業對接合作，應著力於兩岸產業在兩岸的分工佈局與整合發展，應透過政策引導兩

岸企業互相參股、合作研發、相互協作，形成「你中有我、我中有你」的發展格局。當然，兩岸的業者也要轉變先前獨資取向的觀念，積極尋求合資合作，以揚長避短，整合發揮各自的互補性優勢。畢竟，創造更多財富（而非獨自擁有公司）才是最終目的。更何況兩岸的企業特別是台灣的企業多屬中小企業，以一己之力實難應對全球化下的市場與競爭；而作為後進入者，面對已被卡位的通路，也難以獨自開拓兩岸各自的內需市場。

肆、結語

　　當前，海峽兩岸正在透過制度化合作，以推進兩岸經貿活動的正常化與自由化，但進展緩慢，集中體現在兩岸貿易、投資、產業合作仍然面臨較高的政策壁壘，未能充分展開，而有助於兩岸整體層面合作進程推進的兩岸區域合作仍未能啟動。儘管總體上有利於台灣服務業發展的兩岸服務貿易協定完成商談並簽署，但遭到台灣內部以綠營政黨帶頭的激烈杯葛，能否順利通過「立法院」審查，尚未得知。而兩岸貨物貿易協定協商談判，因台灣方面依然不太願意開放和減免關稅進口大陸貨品包括農產品，更是異常艱苦，進展緩慢，能否如期完成商談簽署更不可知。台灣當局雖然表示願意以「特區對特區」的方式，開啟台灣自由經濟示範區與大陸經濟特區的對接合作，但在自由經濟示範區的對外開放方面對大陸依然不足，恐將有損於未來「特區對特區」合作的空間與機會。

　　造成兩岸經濟制度性合作深化發展困難，既有兩岸經濟關係發展步入深水區等客觀層面的因素，更有合作理念偏差、保護主義與歧視性作法等主觀層面的原因。而國際、國內客觀環境正在發生的巨大變化，也明顯影響到兩岸經濟合作深化發展。為深化兩岸經濟合作，有必要相應調整當前推進兩岸經濟合作的理念。畢竟，在大陸成為經濟全球化的一個中心之時，台灣繼續對大陸採行保護主義與歧視性的作法，不僅直接有礙於兩岸

經濟合作深化發展，更讓台灣自身處於邊緣化地位，有損於自身投資環境與發展環境。事實上，只有在相互開放、合作共贏、增進兩岸共同利益、造福兩岸民眾福祉理念的基礎上，兩岸才有可能在相互開放，擴展貿易合作與雙向投資的基礎上，進一步拓展兩岸經濟合作的領域，進入到生產合作、通路合作、研發合作、標準合作和品牌合作，推進兩岸產業的對接合作與整合發展。也才有可能實質性啟動兩岸在區域層面的合作，充分發揮「特區對特區」合作的作用，為兩岸經濟合作深化發展開闢新路徑。

參考書目

左功葉、王建民，「海峽兩岸經濟合作機制建構主要障礙問題的探討」，**台灣研究**，第2期（2011年），頁20-25。

行政院陸委會，「兩岸經濟統計月報」，第83、181、217、229、239期（2013年），http://www.mac.gov.tw/lp.asp?ctNode=5990&CtUnit=3996&BaseDSD=7&mp=2。

唐永紅，「陸資入台投資政策檢視：開放過程、執行現狀與調整趨勢」，載於童振源、曹小衡主編，**兩岸經貿關係的機遇與挑戰**（台北：新銳文創，2013年），頁47-72。

唐永紅、林高星，「兩岸ECFA下海峽西岸經濟區對台先行先試問題探討」，**亞太經濟**，第6期（2011年），頁140-144。

商務部台港澳司，「2012年1-12月大陸與台灣貿易、投資情況」，2013年，http://www.mofcom.gov.cn/article/tongjiziliao/fuwzn/diaoca/201301/20130100016608.shtml。

張冠華，「兩岸產業合作的回顧與前瞻」，載於童振源、曹小衡主編，**兩岸經貿關係的機遇與挑戰**（台北：新銳文創，2013年），頁137-154。

經濟部投資審議委員會，「2012年12月核准僑外投資、陸資來台投資、國外投資、對中國大陸投資統計速報」，2013年，http://www.moeaic.gov.tw。

經濟部國際貿易局，「貨品分類及輸出入規定」，https://fbfh.trade.gov.tw/rich/text/indexfh.asp。

共同研發、品牌、通路與開拓國際市場 〉

跨域治理：深化兩岸產業
合作的園區管理體制探討

殷存毅

（清華大學台灣研究所副所長）

許焰妮[*]

（清華大學公共管理學院博士研究生）

摘要

　　進一步深化兩岸產業合作既是深化兩岸關係的要求，也是兩岸共同因應國際經濟環境變化的要求。鑒於產業發展的集群規律，以及目前兩岸產業互動主要集中於大陸的各類產業園區，通過園區形式來深化兩岸產業合作是一種符合規律及現狀的路徑選擇。

　　本文基於跨域治理理論，探討深化兩岸產業合作的園區管理體制創新問題，並提出設立非政府的專業化管理機構來引入台灣專業人士參與管理，以克服兩岸客觀存在的政治障礙。將兩岸的優秀企業家、社會組織、仲介組織等利益相關者等共同納入園區治理網路，鼓勵多元利益相關者之間的互動與協力。採用市場化的合作治理模式和利益分享方式，使利益相關者共用收益、共擔風險，共同推動兩岸產業在供應鏈和價值鏈方面的分工和整合。

關鍵字：產業合作、跨域治理、兩岸關係、供應鏈、價值鏈

---

[*]　殷存毅為清華大學公共管理學院台灣研究所副所長、教授、博導，郵箱：cunyiy@mail.tsinghua.edu.cn；許焰妮為清華大學公共管理學院博士研究生。

壹、前言

　　自1990年代以來，大陸相繼建立了約50個各類國家級兩岸產業合作園區，推動了兩岸產業交流與合作。然而，這些產業合作園區大體呈現出一個共性，即園區基本成為了台商在大陸生產經營的「飛地」（enclave），未能真正實現兩岸產業「你中有我，我中有你」的相互分工整合格局。與此相應的是，已有的兩岸產業合作園區沒有共同管理的機制，大多是大陸單方面成立、經營和管理，這種管理體制強化了園區「飛地化」和招商引資的片面功能。

　　進一步深化兩岸產業合作既是深化兩岸關係的要求，也是兩岸共同因應國際經濟環境變化的要求，為此大陸方面提出了推進兩岸園區合作的倡議，進而在昆山市成立了「深化兩岸產業合作試驗區」。深化兩岸產業合作就是要使兩岸相關產業形成基於供應鏈或價值鏈的分工與整合。根據產業理論，供應鏈和價值鏈的整合勢必涉及技術知識和管理知識的溢出問題，由此鏈條上的相關方需要共同組織和管理，這是與要素資源交換式投資最大的不同，尤其是以園區作為深化兩岸產業合作的平台，就必然涉及園區管理體制的創新，這也就是本文研究的重點問題。

　　鑑於兩岸關係存在的某些政治障礙，透過園區形式來深化兩岸產業合作，要更多的考慮如何克服政治障礙，建構一種適合兩岸關係特殊性的共同管理機制。1990年代以來興起的以新區域主義為特色的跨域治理理論，倡導多元主體參與治理、夥伴關係構建、共用利益共擔風險等理念，賦予企業部門與社會組織以重要角色，有助於克服兩岸在跨域合作中面臨的制度性障礙。因此，本文將基於跨域治理理論，探討深化兩岸產業合作園區的管理體制創新問題。

貳、兩岸產業合作研究文獻綜述

　　關於推動兩岸產業合作，學界已經進行了不少探討，並提出了一些真知灼見。從宏觀來看，對於兩岸產業合作的現狀和深化兩岸產業合作的意義、挑戰和機遇等，學者們普遍認為，目前兩岸產業分工模式比較單純，需要實現深度融合，而深化兩岸產業合作，對於促進兩岸經濟深層次合作和夯實兩岸關係和平發展具有重要的政治與戰略意義，但當前深化兩岸產業合作面臨兩岸政治與經濟、內部環境與外部環境等多種困難與挑戰。[1,2]

　　從中觀來看，主要包括三個視角的分析：第一，從產業鏈、供應鏈的角度考慮加強兩岸產業整合度與關聯度。這類分析認為，需要透過有效的政策工具，改變兩岸以加工出口為主的產業分工模式型態，改變台商在大陸的「飛地」狀態，[3] 將兩岸產業供應鏈的垂直分工，轉變為水平分工與垂直分工並存的多層次產業分工體系；[4] 第二，從招商引資的思路出發，考慮構建良好投資環境的政策措施，如繼續在稅收、土地、補貼、審批和行政管理等方面提供支援。[5] 第三，從產業合作型態、合作領域等方面來考慮調整兩岸產業合作的重心。如兩岸透過共建產業聯盟來深化合作，[6]以ECFA平台與機制大力促進兩岸服務業合作，使兩岸產業向微笑曲線兩端移動；[7] 從促進傳統產業轉型升級、合作提升高新技術產業、相互支援

[1]　劉震濤、殷存毅，「兩岸產業合作的必要性與可行性」，綜合競爭力，第4期（2010年）。

[2]　王建民，「深化兩岸產業合作的戰略意義與發展形勢」，北京聯合大學學報（人文社會科學版），第10卷第3期總37期（2012年7月）。

[3]　陳麗明、張冠華，「新形勢下加強兩岸產業交流與合作的思考與探索」，台灣研究，第3期（2009年）。

[4]　同註2。

[5]　樊萬選、唐海峰，「金融危機及全球化生產網路演化下的兩岸產業合作研究」，經濟研究參考，第52期（總第2252期），2009年。

[6]　殷存毅，「對兩岸產業合作與產業聯盟問題的探析」，台灣研究，第6期（2010年）。

[7]　張冠華，「後ECFA時期兩岸經濟關係發展方式的轉變」，台灣研究，第6期（2010年）。

發展戰略性新興產業、共同發展節能環保產業、加快發展和擴大開放現代服務業等方面，著力加強兩岸產業合作與轉型升級。[8]

　　從微觀來看，有的學者結合具體的產業特點或選擇代表型企業，討論深化合作的方式，提出了需要結合企業所處的全球價值鏈的特點來定位產業合作重點。[9,10]

　　相關研究成果對促進深化兩岸產業合作研究具有較好的理論和政策參考價值。然而，總體來看，已有研究對兩岸產業合作的溢出效應，尤其是溢出效應對產業合作的組織管理的影響或要求關注不夠，因此對迄今為止各類型兩岸產業園區這種合作型態，為什麼未能有效地促進兩岸產業深度合作的問題研究不夠。要推動兩岸產業深度合作，兩岸產業合作的組織管理體制，就是不可迴避的理論和政策研究課題。

　　由於兩岸分屬不同的關稅區，儘管在政治上台商屬於中國人，但在經濟上台資對於大陸而言就是外來投資，並且實際上台資也基本是按外資來管理的。根據FDI理論，FDI對投資地的經濟增長，主要有兩個方面的促進作用：一是直接資本效應，即彌補投資地的資本缺口，作為基礎生產要素推動投資地經濟發展；二是間接溢出效應，即在生產和經營過程中，投資來源地的技術、管理等知識逐步轉移和擴散，促使兩地形成供應鏈或價值鏈上的密切聯繫，提高投資地的生產效率和競爭力。[11,12] 改革開放以

8　朱磊，「後ECFA時代加速推動兩岸產業合作與轉型升級」，今日中國，2010年7月。

9　羅加德，「兩岸垂直分工抑或水準分工？──一個全球商品鏈分析之觀點」，公共管理評論，第2卷。

10　李月，「新形勢下兩岸產業合作的模式、區域與戰略選擇──基於全球價值鏈動力機制視角的分析」，台灣研究集刊，第2期（總第114期），2011年。

11　Dunning, J. H, *American Investment in British Manufacturing Industry*, London: Allen and Unwin, 1958.

12　榮岩，「FDI的資本效應與溢出效應之比較──基於中國資料的協整分析」，國際商務──對外經濟大學學報，第6期（2010年）。

來，大量湧入的FDI彌補了中國大陸的資金缺口，在促進中國大陸經濟增長中發揮了重要的作用，2012年中國吸收外資總額為1,117.2億美元，居世界第二。[13] 其中，大陸實際使用台資金額28.5億，約佔2.6％，截至2012年12月底，大陸累計實際利用台資570.5億美元，在我累計吸收境外投資中佔4.5％。[14] 然而，儘管投資金額巨大，台商與大陸當地產業體系的關聯度並不高，形同「飛地」，大陸台商中從事加工出口業的比重較高，其原料、設備取得及產品出口最終市場重心不在大陸，[15] 這恰恰反映了知識溢出效應不彰的問題。因而深化兩岸產業合作，關注的重點不應是台商投資的直接資本效應，以及延伸基於要素資源貿易的投資（亦即傳統的招商引資），而應著力於推動兩岸產業形成基於供應鏈或價值鏈的分工與整合，而這就涉及到直接和間接的知識溢出問題。

　　技術和管理知識是內嵌於FDI的兩種主要類型的知識。[16] 在生產技術知識為人們所密切關注的同時，管理知識，包括企業的管理思路及其管理和組織實踐，對於企業的競爭力也至關重要。[17] 根據Polanyi（1966）對於知識的研究，知識可以分為兩類，可編碼的顯性知識（Explicit Knowledge）和不可編碼的隱性知識（Tacit Knowledge），前者可以透過書面語言、圖表、數學公式等表達出來，而後者則是高度個人化的、與實

---

[13] 「中國FDI資料，2012年中國吸收外資總額為1,117.2億美元，世界第二」，世界GDP網，http://www.sjgdp.cn/show.php?id=436

[14] 「2012年1-12月大陸與台灣貿易、投資情況」，國家發改委網站，http://www.sdpc.gov.cn/jjmy/dwjmhz/t20130131_525337.htm

[15] 同註7。

[16] Xiaolan Fu: "Foreign Direct Investment and Managerial Knowledge Spillovers through the Diffusion of Management Practices," Journal of Management Studies, Vol. 49, Issue 5, July 2012, pp.970-999.

[17] Teece, D. and Pisano, G: "The dynamic capabilities of firms: an introduction," Industrial and Corporate Change, Vol. 3, 1994, pp.537-56.

踐相關的、難以清晰表達的知識。[18] 因此，隱性知識的溢出，則要求人與人之間面對面的直接交流與合作。與要素資源交換式投資不同，供應鏈或價值鏈的分工與整合要求的技術知識和管理知識的溢出，需要透過鏈條上的相關各方密切合作實現。深化兩岸產業合作園區作為促進兩岸產業在供應鏈或價值鏈上整合的重要載體，顯然不能繼續做台商在大陸生產經營的「飛地」，而是迫切需要進行管理體制的創新，構建共同管理機制，以利知識溢出。

　　關於兩岸產業合作園區管理機制創新的研究，有學者對於當前已有的兩岸產業合作園區的現狀特點和存在的問題進行了一些分析，[19,20,21] 並提出了理順管理體制、透過具體產業和科研專案合作、機構共建、人才交流和借助中間載體對接台灣相關機構等推進園區合作的思路。這些研究對於政府在構建和管理合作園區中的主導角色討論較多，但由於兩岸現存的政治障礙，政府部門直接合作困難重重，過於強化政府的主導作用無疑會增大產業合作的難度，其結果就是難免形成大陸單方面成立、管理和經營合作園區的現狀，這種現狀在地方政府利益驅使下，也就必然形成簡單的招商引資園區。政府的作用儘管很重要，但畢竟僅是產業合作園區管理中一個主體，對於遵循市場規律的產業合作取向而言，企業部門、社會組織在產業合作園區治理中也具有不可或缺的作用。

　　對於兩個不同關稅區之間產業合作的組織管理，跨域治理理論為我們思考兩岸產業合作園區的管理機制提供了啟示。在美、歐等一些西方國家和地區，跨域治理（Across-boundary Governance）的理論研究和實踐運作

---

[18] Polanyi, M, *The Tacit Dimension*, London: Routledge and Kegan Paul, 1966.

[19] 鄭啟明、周繼慧、熊德平，「台灣農民創業園：兩岸農業合作的重要實踐與策略選擇」，第2期（2012年）。

[20] 單玉麗，「海峽兩岸跨世紀農業科技合作之探析」，台灣研究集刊，第4期（1999年）。

[21] 同註5。

由來已久，並從20世紀90年代中期起，隨著新區域主義的興起，成為了區域治理研究的關注焦點。[22] 跨域治理即指兩個或兩個以上的不同區域，為了處理跨行政區劃的公共事務，由地方政府、企業、非營利組織等主體共同參與和聯合治理的過程，一般包括三個層面：(1)地理空間中的跨區域治理，由於需要跨域治理的事務往往需要跨越不同的行政區劃，導致治理權分屬不同區域，所以需要雙方（或多方）治理主體協調合作；(2)行政單位中的跨組織治理；(3)優勢互補的跨部門治理。所以，跨域治理就是一種以同心協力和互助合作方式而形成的跨區域、跨組織和跨部門的治理模式。[23]

深化兩岸產業合作面臨的一個突出問題是，由於眾所周知的政治互信不足，導致兩岸在正式制度的合作上有障礙。例如，台灣方面規定凡台灣公職人員或接受台灣官方資助的專案不能到大陸參與合作，這勢必對兩岸產業合作所需的共同管理造成障礙。根據1990年代以來興起的「新區域主義」觀點，跨域治理有以下幾點屬性有助於克服政治障礙的思考：(1)強調在政策制定和資源動員上，著力點從政府的正式結構配置轉移至非正式結構和過程，強調過程（process）更勝於正式結構（structure）的安排，把過程看作是發展一整套區域願景和目標、形塑許多利益相關者的共識，以及動員資源以達成目標；(2)重視跨部門參與而非單一部門涉及，有效的跨域治理不只是公共部門的職責，同時也要求企業部門以及第三部門的參與，從而實現有效的治理；(3)強調網路更優於正式結構，新區域主義所強調的協力過程是透過類似網路組織（networks）而非正式結構（formal structure）的安排。建構一種適合兩岸關係特殊性的產業合作共

---

22 張成福，李昊城，邊曉慧，「跨域治理：模式、機制與困境」，中國行政管理，第3期（2012年），總第321期。

23 李長晏，區域發展理論與跨域治理——理論與實務（台灣：元照出版社，2012年版）。

同管理機制，核心在於透過整合兩岸相關專業人才資源，充分利用官方色彩較弱的社會網路組織型態，形成推動深化產業合作的園區組織管理機制。因此，跨域治理宣導的治理思想，將是本文研究分析的主要理論觀點。

參、兩岸產業合作園區的現狀及特點

一、園區種類多樣、分佈較廣

　　兩岸產業合作園區，是海峽兩岸進一步發揮要素與資源互補優勢、深化產業合作的重要平台。1997年7月，國台辦、原外經貿部、農業部批准福建福州、漳州兩市為大陸首家海峽兩岸農業合作試驗區，為兩岸農業的進一步交流與合作提供了有益的模式和經驗，也為探討新的兩岸經貿合作模式和平台提供了有益的嘗試。[24] 此後，大陸陸續建立了海峽兩岸科技工業園、海峽兩岸農業合作試驗區、台灣農民創業園、台商投資區和其他涉台試驗區等五大類近50個國家級兩岸產業合作園區。

---

[24] 張濤、袁弟順、鄭金貴，「在新形勢下加速構建海峽兩岸農業合作新格局──基於對7個海峽兩岸農業合作試驗區和台灣農民創業園的調研」，福建農林大學學報，第12卷第2期（2009年）。

表1　當前已有國家級兩岸產業合作園區的類型

園區類型	審批部門	產業定位	數量	分佈區域
海峽兩岸科技工業園／產業開發園	國台辦、科技部[25]	工業	4	工業園（瀋陽、南京）；產業開發園（成都、武漢吳家山）
海峽兩岸農業合作試驗區	國台辦、農業部和商務部	農業	11	福建全省；廣東（佛山、湛江）；廣西玉林；海南全省；山東平度；陝西楊淩；黑龍江全省；上海（南匯、奉賢、金山、松江、青浦、嘉定、崇明七區縣）；江蘇（昆山、揚州）
台灣農業創業園	國台辦、農業部	農業	29	福建（漳州漳浦、漳平永福、莆田仙遊、三明清流、福州福清、泉州惠安）；江蘇（無錫錫山、南京江甯、淮安淮陰、南通江海、鹽城鹽都）；浙江（溫州蒼南、台州仙居、寧波慈溪）；廣東（珠海金灣、汕頭潮南、梅州梅縣）；四川（攀枝花鹽邊、新津）；安徽（巢湖和縣、廬江）；廣西（欽州欽南）；雲南（昆明石林）；重慶（重慶北碚）；湖南（岳陽）；湖北（武漢黃陂）；山東（棲霞）；河南（焦作修武）；黑龍江（鶴崗五道崗）
台商投資區	國務院	工業	4	福建（福州、廈門杏林、廈門集美、廈門海滄）
其他涉台園區	國務院	綜合性	2	福建平潭綜合試驗區；昆山深化兩岸產業合作試驗區

資料來源：兩岸農業網http：//agri.taiwan.cn/service/gardon/；國台辦網站http：//www.gwytb.gov.cn/lajm/tstz/intro/

---

[25] 瀋陽海峽兩岸科技工業園於1995年10月由國務院批准；南京海峽兩岸科技工業園於1997年9月由國台辦和原國家科委批准；武漢吳家山海峽兩岸高科技產業開發園於2000年1月19日由國務院台辦和科技部批准成立；成都國家海峽兩岸科技產業開發園創立於1992年。1998年經國台辦和科技部正式批准納入成都高新技術開發區。資料來源：國台辦網站，http://www.gwytb.gov.cn/lajm/tstz/。

　　各種類型的園區分佈在大陸眾多省市，表明企業集聚是兩岸產業交流與合作的重要路徑依賴。兩岸產業交流與合作不僅數量較大，產業領域也較為廣泛，積極推動了兩岸產業的交流與合作，對促進兩岸各自經濟發展發揮不可忽視的作用。

二、園區對推動兩岸產業合作成效不彰

　　儘管上述兩岸產業合作園區分屬不同類型，其審批部門、產業定位、分佈區域等方面存在差異，但他們具有一個顯著的共性，即這些園區基本上是基於要素資源貿易的投資（trade-cum-investment）模式，亦即所謂的「招商引資」園區，這樣的園區的內涵就是大陸負責園區的建設與管理，並提供土地、勞動力等要素資源，台商投入資本和技術要素資源，園區內基本上是台資企業集聚，與大陸企業沒有太多產業或技術關聯，園區內台資企業在金融支援、技術支援、人員培訓、生產協力、行銷通路等方面的聯繫基本上都發生在他們內部，或大陸台資企業與台灣島內企業之間，從而使園區形成了台商在大陸生產經營的「飛地」，未能對兩岸產業基於供應鏈或價值鏈的分工與整合發揮有效的支持與推進作用。

三、園區管理模式缺乏推動產業整合的機制

　　目前已有的各類兩岸產業合作園區的管理體制，以行政化管理和政府主導為主要特點，大陸地方政府是主要的治理主體。這樣一種管理模式有如下不足：(1)缺乏市場機制和社會網路的治理活力，企業部門、社會組織等在現有的管理體制中相對「缺位」，非政府職能或技能範疇內的資源動員及組織就難免成為「短板」，反映到現實中就是政府對促進兩岸產業整合心有餘而力不足。(2)政府主導的管理體制就使園區發展要與地方政府的目標取向為是，在「增長就是硬道理」的約束下，地方政府在稅收、土地、補貼等政策工具上著力，重視資本要素的投入以迅速提升當地GDP

的增長，對兩岸產業的整合能力不夠，更重要的是意願也不足。(3)園區管理缺乏台灣方面的參與。已有各類園區雖產業定位有所不同，但都具有兩岸產業合作的功能目標。既然是兩岸產業合作就需要由兩岸共同參與管理，尤其在涉及產業的供應鏈和價值鏈的培育或整合問題上，更需要台灣的企業家和相關專業人士參與組織管理，因為參與組織管理本身就是一個知識溢出的過程，這個過程對於產業供應鏈和價值鏈的形成不可或缺。但目前在絕大多數已有園區中，台商的角色基本還是被協調的「投資者」而非協力的「合作者」、「管理參與者」，是「被服務」的對象。即使園區管委會偶爾會與台灣仲介組織、同業公會等部門合作，但基本上是致力於專案推薦，服務於招商引資。因此，儘管台灣在管理園區方面積累了先進知識和經驗，具有許多優秀管理人才以及成熟的仲介組織和產業協會等，許多台商對於產業鏈的延伸與整合也有有價值的專業想法，但限於目前的園區管理模式，這些珍貴的管理資源都未能得到有效利用，致使產業合作園區未能真正發揮促進兩岸產業整合的平台功能。

誠然，兩岸產業合作園區的現狀有其客觀原因，即台灣方面的政治障礙使得兩岸共同管理、共同經營的理念難以實現。同時，也有大陸在建立兩岸產業合作園區方面觀念不到位的緣由，即缺乏跨域治理的理念及體制。但是，要深化兩岸產業合作，實現兩岸產業基於供應鏈和價值鏈的分工和整合，就必須克服政治障礙和更新觀念，在園區管理上進行體制創新，構建兩岸共同管理的跨域治理模式，這對於承擔深化兩岸產業合作先行先試任務的試驗區尤其重要。

肆、兩岸產業合作園區管理體制創新的思考

對於突破行政區劃疆界以及體制或政策障礙，促進跨域資源的整合和跨域生產體系的構建，構建政府與企業部門和社會組織協力合作的多元治

理體制，國內外已經進行了相當多的實踐探索，大致可以歸納以下四種類型：

一、股份合作模式

股份合作模式是目前在長三角地區的跨域園區合作中比較典型的一種模式。具體表現為，在一方地方政府已設立的開發區中或轄區內設立共建產業園區或產業基地，由合作雙方成立的合資股份公司進行管理，公司負責園區規劃、投資開發、招商引資和經營管理等，收益按投資雙方股本比例分成。典型的案例有中國和新加坡合作的蘇州工業園區、上海漕河涇經濟技術開發區與江蘇蘇北地區的共建園區等。股份合作模式的特點是，合作雙方可以公司形式來共同管理和組織資源整合，從一定意義上說是使雙方政府帶上了公司的「白手套」。

二、委託合作模式

它具體又可以分為託管和委託招商兩種模式。託管模式即委託方在已有開發區內劃出一塊園區，託管給具有管理、資金和產業基礎等優勢的受託方，全權委託其操作。受託方在一定時期內可獲得園區開發所有收益（一般為五年），之後收益則由合作雙方按比例分享，如上海寶鋼集團公司與江蘇南通的海門市政府合作共建的南通海門海寶金屬工業園。委託招商模式即委託方在開發區內劃出一塊園區，全權委託給受託方，由其進行招商引資。委託方通常提供相當於到位投資的一定比例的獎金給受託方，或按招商項目產生的地方稅收的一定比例給受託方，上海漕河涇經濟技術開發區與江蘇鹽城的合作中就引入了這種模式。這種模式的特點是，合作雙方實質上是一種委託—代理關係，合作雙方中有一方不需要政府出面。

三、政府採購模式

　　政府採購模式主要指政府將一些跨域合作時涉及到的行政事務及服務功能分離出去，透過政府獨資或控股設立企業或專業管理組織，然後由政府機構特定授權，使企業或專業組織承擔某些行政性事務職能，按工作量獲得政府機構支付的費用。例如，中新合作蘇州工業園區組建時，根據精簡、統一、效能和「小政府、大社會」的原則，借鑑新加坡的經驗，將傳統體制下政府職能某些部分分離出去，轉移給企業或社會專業組織。這種模式實質上是一種服務外包，透過服務外包把政府之外的力量或組織納入管理體系。

四、網路合作模式

　　網路合作模式是指參與合作的不同主體，共同成立跨地區、跨部門、跨組織的協作網路，進行資訊溝通以及協調合作中的矛盾。例如，2010年在上海市政府有關機構支持下，由上海漕河涇開發區、蘇州工業園區、無錫國家高新區、合肥高新技術產業開發區等30多家園區和大型企業集團共同成立長三角園區共建聯盟。聯盟的經費來源主要包括兩個方面，一是政府的服務採購，如承擔地方政府對於園區發展、產業轉移等方面的一些研究課題；二是為盟員提供服務，如向盟員推介招商資訊或說明盟園申請項目等，收取適當的仲介服務費。作為一個非政府的、企業化運作的專業組織，長三角園區共建聯盟在長三角地區面對新一輪的產業結構調整壓力下，對產業在不同行政轄區之間的轉移和引進發揮積極作用，有效地突破了行政區劃之間的藩籬。這種模式的特點是，它以民間組織的形式來突破不同行政轄區間的制度性障礙，並且能有效地透過跨域專業組織網路來處理某一類跨域問題。

表2　跨域治理與傳統治理的比較

	跨域治理的要求	傳統的園區管理體制
治理主體	強調治理而非政府； 重視跨部門參與而非單一部門涉及	強調政府而非治理； 重視政府部門主導而非跨部門參與
治理結構	強調網路更優於正式結構	強調正式結構更優於網路
決策過程	強調過程更勝於結構； 著力於協力而非協調	強調結構更勝於過程； 著力於協調而非協力

伍、結論與建議

　　以上四種模式儘管在合作形式及程度上有所不同，但一個共同點是在園區管理體制上都凸顯了企業式運作特點，以及非政府組織的管理參與，充分體現了跨域治理理論的核心內涵，其功能主要是能有效克服正式制度存在的合作障礙。正是基於此，跨域治理的理念及實踐對於兩岸產業合作園區的管理體制創新極具參考價值。針對當前兩岸關係中存在的某些政治障礙，兩岸產業合作要考慮盡可能地降低政治干擾的可能性；針對目前兩岸產業合作園區管理體制存在的不足，以及由此而產生的產業合作缺乏深度的問題，要著力於推動產業合作園區共同管理體制的構建。因此，我們認為單純依靠大陸各級政府來主辦兩岸產業合作園區的模式，已很難適應當前深化兩岸產業合作的發展趨勢，在兩岸政治障礙短時間內難以有效解決的情況下，更需要引入跨域治理理論來構建有助於深化兩岸產業合作的產業園區新型管理體制。在借鑑已有的跨域治理實踐經驗的基礎上，對於創新兩岸產業合作園區管理體制，本文提出如下三點思考：

　　第一，設立非政府的園區管理組織機構。從已有的跨域合作實踐來看，無論是異地園區共建中採用的股份合作式或委託合作式，還是轉變政府職能時採用的政府採購式，以及促進資訊交流、矛盾解決時採用的網路合作式，都降低了政府對跨域合作事務的直接操縱和主導作用，在突破政

治罅隙、突破行政區劃障礙等方面具有獨特的優勢。因此，深化兩岸產業合作園區，可以設立非政府的專業化管理機構來引入台灣專業人士參與管理，以克服兩岸客觀存在的政治障礙。

　　第二，構建多元參與的治理網路。由於現有政治及行政體制的阻礙，傳統的政府主導模式不利於有效解決跨域事務。已有理論和實踐都表明，企業部門、社會組織因其的市場化導向或資訊及知識方面的優勢，可以有效的彌補政府在資訊、專業知識、社會網路等方面的不足。因此，深化兩岸產業合作園區應考慮將兩岸的優秀企業家、社會組織、仲介組織等利益相關者等共同納入園區治理網路，並賦以其相應的角色，鼓勵多元利益相關者之間的互動與協力。

　　第三，構建市場化的園區運營方式。從股份合作式和委託合作式來看，以市場為導向的合作治理模式和利益分享方式，一方面調動了參與主體的積極性、保證了合作的可持續性；另一方面，促進了合作雙方的知識溢出，因擁有知識優勢的一方，由於共用合作收益，會主動將自己的管理經驗推介給另一方，幫助另一方成長。因此，在深化兩岸產業合作園區中，借鑑這種市場化的運營方式，採用市場化的合作治理模式和利益分享方式，使利益相關者共用收益、共擔風險，共同推動兩岸產業在供應鏈和價值鏈方面的分工和整合。

兩岸產業合作：
共創品牌與運作機制

許加政

（資訊工業策進會產業情報研究所產業分析師）

摘要

　　中國大陸製造的時代已經過去，但要從代工模式轉換為自主創新模式實在不易。從自有品牌的創立角度來看，除從無到有自行開始品牌扶植外，亦可與知名廠商進行合作，以增加品牌的優勢。只是兩岸政府雖在品牌建立上都有一定的政策支持，但兩岸品牌在國際上競爭力仍然不夠。2011年Interbrand的調查，兩岸品牌在評價上均無法進入前100大。

　　從政策支持投入方面，兩岸方向是一致的，應進一步探討資源整合，共建民族品牌的可能性。若以現有中外品牌合作案例來看，依附在原有公司成為新系列產品，成立新公司以新的品牌模式運行，均是目前廠商的選項。但就政府參與程度來看，聯合品牌模式是兩岸政府較能給予政策支持的方向。

　　不過，目前兩岸政府對於品牌相關主管機關，尚未形成一個有效的對接機制。因此對於兩岸未來在品牌合作上，必須先在政府部會層級、法人智庫層級，以及企業級層級等三軌進行探討合理的對接機制，以期能迅速有效的達到兩岸品牌合作目標。

關鍵字：兩岸合作、產業對接、品牌合作、聯合品牌、共同品牌

　　面對中國大陸經濟結構轉變與調整，中國大陸製造的時代已經過去，中國大陸創造話題正持續發燒。然而，要從過去代工模式轉換為自主創新模式實在不易。從自主技術的研發與自有品牌的創立角度來看，在自主技術部分除自行研發外，亦可從國際大廠商取得。自有品牌創立亦有相同的模式，除從無到有自行開始品牌扶植外，亦可與知名廠商進行合作以增加品牌的優勢。

　　本文將對中國大陸所推動的品牌政策，與中國大陸廠商與國際知名大廠商進行合作的案例進行探討，以進一步了解中國大陸對於品牌推動的走向與模式。

壹、兩岸品牌政策探討

　　台灣開始重視品牌，主要可從1970年開始，但當時主要著重在設計與品質方面的提升。進入到1980年後，政策開始走向產品形象提升，與轉變為補貼性質的政策。及至2006年，政府單位開始著重廠商自創品牌，特別是從旁給予協助輔導，並於2012年完成第一階段政策任務，目前為品牌台灣第二階段時期。

一、台灣品牌政策

（一）品牌台灣2006~2012[1]

　　品牌台灣第一階段主要由國際貿易局主要負責，主要分成六個部分，分別是營運品牌創投基金、完善品牌發展環境、辦理品牌價值調查、擴大品牌人才供給、建構品牌輔導平台，與提升台灣產業國際形象。其中

---

[1]　經濟部國際貿易局推動「品牌台灣發展計畫」業務簡介，經濟部國貿局，http://www.idipc. chcg.gov.tw/gsa/C75.pdf。

在品牌價值部分仍與國際知名顧問公司Interbrand合作，以辦理台灣國際品牌價值調查。而在2011年之調查結果顯示，前二十大與前十大台灣國際品牌總價值分別為131.03億美元（成長40％）及115.59億美元（成長43.9％），提前達成品牌台灣發展計畫原定2012年前五大品牌價值皆突破10億美元、兩個品牌突破15億美元與前二十大品牌總價值突破100億美元等三大目標。就整體計畫來看，品牌台灣係整合台灣經濟部相關部會的資源，包括新產品開發（技術處、工業局）、設計開發輔導（工業局）、自有品牌經營與輔導（商業司、中小企業處、貿易局）、國際行銷與輔導（貿易局、新聞局、觀光局）。

　　由於台灣產業多為出口導向，也因此在國際行銷部分亦有較多的作為，但主要乃是宣傳與補貼企業為主，包括參加多項國際展覽，並設置台灣精品館。在媒體公關方面，配合政府出口拓銷重點市場與台灣產業佈局，洽邀各國媒體的新聞記者來台，作為行銷手法。此外，積極對國際發聲，採訪並撰寫多種語文的台灣產業新聞，促成近千篇以上的媒體報導。另針對台灣品牌企業進行個別海外行銷活動補助，共計39家業者獲補助在利基市場辦理品牌行銷活動。

（二）品牌台灣2013－[2]

　　品牌台灣第二期計畫，仍是以協助企業打造品牌為政策方向，其主導機構由經濟部工業局負責，但仍是一個整合型的產業政策，主要政策方向為企業品牌診斷輔導、全面品牌人才培訓、辦理品牌價值調查與智財、專利、設計管理診斷輔導。除上述參與相關政府部門，在項下的執行單位部分包括：台灣經濟研究院、智榮文教基金會、商業發展研究院、資策會科技法律所、工研院技轉中心、台灣創意設計中心與品牌管顧公司。其中與第一期不一樣的地方在於：增加了智財管理的診斷輔導，與專利佈局論斷

---

[2]　「品牌台灣發展計畫第二期」，品牌台灣推動辦公室，http://www.branding-taiwan.tw/。

輔導。其最大的原因在於希望進一步強化企業內部的競爭力，因為即使在外部形象打造出企業或產品品牌，但在智財或專利部分無法與其他企業競爭的話，恐讓品牌的效益會無法擴散或取得進一步的優勢，甚至會因智財或專利造成企業競爭力大幅減弱。

二、大陸品牌政策

　　建立品牌對於企業或是產品來說，都是一個很重要增加附加價值的方向，以2012年Interbrand的品牌評價來看，兩岸沒有任何一個品牌有進入前100大，但亞洲國家中，日本與韓國則分別有六家與三家企業進入前100大，其中韓國三星更是進入前10大的名次，顯見兩岸在品牌的發展仍需進一步強化。中國大陸從過去的代工，逐步走向自我品牌的創立，中國大陸總理更是將品牌消費視為擴大內需的重要途徑之一，只是從相關推動政策來看，成效上並不如預期。以Interbrand的調查，中國大陸在近幾年的品牌評價上都無法進入前100大。而就中國大陸品牌政策制定上看來，則必須要考量所屬產業之主管機關的不同。以下將以單位別進行探討。

（一）商務部

　　商務部是大陸相關政府單位較早投入品牌政策的推動機構，主要為落實「十一五規劃」中的品牌政策。於2006年起商務部以「品牌萬里行」政策著手自有品牌的建立、推廣、促進與保護；其後在「十二五」期間以「品質發展綱要（2011－2020年）與內貿發展十二五規劃」為依據，制定「商務部關於促進中國品牌消費的指導意見」的推動政策。

　　1. 品牌萬里行[3]

　　中國大陸品牌萬里行是由商務部依據「十一五規劃」中「落實創新型

---

[3]「品牌萬里行」，大陸商務部，http://brandpromotion.mofcom.gov.cn/?3895303943=3671639594。

國家戰略、加快自主品牌建設」所制定之政策行動方案，其主要內涵在於中國大陸各地方舉辦各項品牌活動，帶起中國大陸民眾對於本土品牌的認識與推廣。而商務部亦針對品牌發展制定較具體的推動方針，如商務領域品牌評定與保護辦法、商務部關於品牌促進體系建設的若干意見。

此外，大陸相關部門也依不同地區的經濟發展現況，訂定出不同主軸的推動措施，分別為東部開放品牌行、中部崛起品牌行、西部開發品牌行、東北振興品牌行和中國品牌海外行等五個方向。另外大陸中央則再給予地方政府在品牌推動近7億人民幣專項資金的支持。只是品牌萬里行的政策現在已不再落實，其中在品牌評價部分，雖於2006年進行選拔，2007年以「最具市場競爭力品牌」公佈其入選企業名單後便停止其評估動作，其主要原因在於評選標準之嚴謹度仍不足，特別是有人為的因素參與其中；其二在於許多山寨「最具市場競爭力品牌」產品的出現，大幅影響到原本取得品牌之企業的效益，同時也降低了既有品牌制度的影響力與觀感。

不過值得一提的部分，政策中協助地方發展品牌的專項資金仍持續在進行，因此有助於中國大陸各地方政府發展具地方特色的品牌企業。如上海市、浙江省、內蒙古、山東省等均有省級的專項資金投入，而地級市亦會編列屬於該地區的品牌發展專項資金。

2. 商務部促進中國大陸品牌消費[4]

近期商務部所公佈之最新品牌政策即為「商務部關於促進中國品牌消費的指導意見」。此政策以中國大陸本土市場為最主要訴求方向，更與總理李克強所說的六項消費的重要環節（安全消費、綠色消費、服務消費、品牌消費、網路消費和信用消費）相符。此政策主要是希望各地方能夠搭建服務平台，包括品牌營銷、品牌推介、品牌保護、品牌資訊等四大平

---

[4] 「商務部關於促進中國品牌消費的指導意見」，大陸商務部，http://www.mofcom.gov.cn/article/b/d/201301/20130108511628.shtml。

台。但此政策最大的重點在於建立「品牌消費集散中心」。其主要目的為跨業界間的整合，進行聯合行銷以達到品牌意識的建立，意即將商業、文創、休閒、旅遊與餐飲等不同領域的業者聚集，形成品牌消費集聚區；同時也在大型商場設立中國品牌銷售專區作為產品的出海口。另外政策也提出對於品牌上的保護，亦是服務平台相當重視的環節，未來將透過駐點、投訴點設立加強品牌防偽的工作，以增加消費者對於品牌的安全消費。此項品牌措施對於傳統商圈而言，將會帶來比較多的轉變，主要原因在於過去企業習慣單打獨鬥，未來在集聚區形成地方聯合品牌效果，勢必會造成群聚與排擠的效應，特別是外來企業。

（二）部委聯合發佈

2011年啟動的「十二五規劃」中，提及品牌部分並不多，僅在第九章「改造提升製造業」部分提及要引導企業兼併重組之際推動自主品牌建立，提升品牌價值和效應，加快發展擁有國際知名品牌和核心競爭力的大型企業，其中重點產業包括汽車、鋼鐵、水泥、船舶、電解鋁、稀土、電子資訊、醫藥與農業等九項產業。選擇此九項產業最主要原因在於，這些產業規模經濟效益較顯著，但是目前狀況是產業集中度不夠，企業不大且分散，缺乏大型企業作為產業領頭羊。因此中國大陸期望透過企業兼併重組進一步解決重複投資、產能過剩與惡性競爭的問題，並期望能引導企業打造龍頭企業，進而強化產業的品牌化。其中，「工信部」則扮演著重要角色，主要負責組織協調企業兼併重組工作，以達到合作與有效的整合。

另外一項由中國大陸13個部委聯合發佈的「關於加快我國工業企業品牌建設的指導意見」[5]，亦是由上述第九章之內涵所提出的品牌政策。

---

[5] 「關於加快我國工業企業品牌建設的指導意見」，大陸工信部，http://www.miit.gov.cn/n11293472/11293832/n12843926/n13917012/14005872.html。

1. 關於大陸工業企業品牌建設部分

此項政策在於中國大陸意識到要從代工轉為品牌的重要性，在政策上更直接提到要一半以上的大中型工業企業制定並實施品牌策略，顯見大陸對於品牌的重視，而工信部亦是此政策的主導單位。就政策角度來看，與商務部最大不同的地方在於此政策的相關產業涉及較多的出口型產品，面對的是更具品牌競爭力的企業，因此政策在品牌建立上考量多項因素，包括自主智慧財產權擁有量、先進標準的話語權、產品創新能力、製造能力和效率，與市場通路等因素，這也是為何此政策需要13個部委來共同發佈的原因。

此項政策主要內涵則著重在品牌環境的建置，包括增強品牌意識、加強品牌建設規劃、提高品牌建設能力、改善外部環境、加強對品牌建設的指導和服務。其中與地方上的連結仍是相當大，直接指出「有條件的地區和行業要組織實施與規劃配套的品牌建設工程，以培育區域性、行業性品牌優勢為重點」，顯見工業品品牌的建立，地方政府仍扮演執行落實的重要角色；另一方面對於企業輔導部分則強調要參與國際標準研究與制定。

（三）其他

中國大陸除了商務部與工信部所主導兼具整合與輔導形式的品牌政策外，在個別產業中亦有針對推動品牌建立的政策，如「家用電器工業十二五規劃」將自主品牌列為國際化指標，提出「自主品牌在國際市場中銷售的比重達30％；發展三至五個國際知名品牌，龍頭企業自主品牌出口比例達到本企業出口量的50％以上」；在「關於加快發展服務業若干政策措施的實施意見」則有整段說明如何加快實施品牌戰略，其中指出物流業與生產企業合作，強調服務品牌帶動產品品牌的推廣。

貳、大陸中外合資案例

　　無論是台灣還是國際廠商，要進入中國大陸市場就必須接受當地的市場規則，而為了能進一步切入中國大陸市場，許多國際大廠常以技術來換取市場。而雙邊的合作往往會有新產品的出現，其中可能會依附在原有公司成為新系列產品，另外亦會成立新公司以新的品牌模式運行。以下針對中國大陸中外共建品牌案例進行探討，分別是比亞迪的電動汽車、中國重汽的重型卡車，與長城集團的工具機。

一、比亞迪──騰勢電動汽車[6]

　　中國大陸比亞迪公司相當重視電動汽車產業，亦開發多款電動汽車，只是比亞迪電動汽車的意外事件頻傳。其中2012年5月比亞迪一輛E6的電動計程車與一輛跑車相撞後，因爆炸導致三人死亡，雖最終調查結果與車輛動力電池無關，但仍對比亞迪電動汽車產生負面影響[7]。近期則是在香港一輛比亞迪電動計程車E6進行快速充電時，發生輕微爆炸。但比亞迪對於電動汽車的開發仍持續投入，而為因應產品與市場的區隔，比亞迪於2010年10月與全球最大商用車製造商德國戴姆勒集團簽約合作開發新型電動汽車，並對新型電動汽車賦予新的品牌──騰勢，同時將其定位中高階型的電動汽車。

　　就雙邊合作模式來看，雙邊是各出資50%資金成立新的公司，50%比例則是中國大陸在汽車產業中外資能取得最大的合資上限，顯見比亞迪在引入戴姆勒時可談判的籌碼可能不多。另外就騰勢整車開發的合作上比亞迪主要負責內部動力系統部分，而戴姆勒則提供了整車架構、製造流程、

6　DENZA騰勢電動概念車亮相上海車展，http://jx.people.com.cn/BIG5/n/2013/0422/c348465-18513743.html。

7　比亞迪電動車出包，http://news.chinatimes.com/mainland/17180505/122013062100154.html。

品質管控與安全標準部分。由此可以看出雙邊的合作，比亞迪主要是希望能借重戴姆勒在商用車領域的聲譽與對於安全、品質的保證，進一步提升騰勢電動汽車的定位。

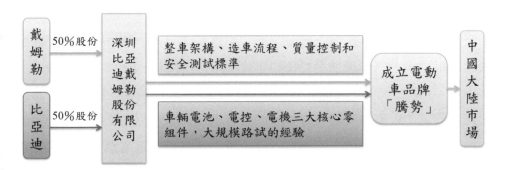

圖1　比亞迪與德國戴姆勒合作模式

資料來源：MIC，2013年8月。

　　最後在目標市場定位的部分，亦可以看出雙邊的合作上，比亞迪係從市場換取技術意圖。主要原因在於戴姆勒對於中國大陸以外的市場有另外的合作夥伴，因此騰勢電動汽車係以中國大陸為主要目標市場。而比亞迪亦要對騰勢電動汽車做出產品區隔，以避免既有電動汽車形象影響到騰勢電動汽車的品牌形象的建立。

二、中國重汽──賽得卡重型卡車[8]

　　中國重汽與德國曼（MAN）集團的合作可謂一拍即合，主要原因在於2009年正值雙方分別結束其他的合作夥伴關係，遂在尋求新合作夥伴之際很快的取得共識點。就雙方的需求點而言，中國重汽希望能夠取得新技

---

[8]　「德國MAN收購中國重汽股份」，鳳凰網汽車，http://auto.ifeng.com/topic/shgzhongqi/。

術以突破現有產品的局限性；德國曼集團則在面臨市場佔有率下滑的局勢中尋求新市場的突破口，曼集團的重型卡車市佔率為全球排名第三。

　　就雙邊合作模式來看，雙方在考量過往與其他廠商合作成果不佳的情況下，因而採取新的合作模式，不再採用合作成立新公司。而此種模式主要是以技術授權與資金入股方式進行合作，中國重汽取得曼集團授權獨家使用的三項先進引擎技術，進而開發新型重型卡車——賽得卡；而德國曼集團則是以資金入股後佔有1/4以上的股權，並得以在董事會上取得4席，其中1位是執行董事，並擁有否決權與針對產品的決策權。顯見雙方對於合作上的定位中國重汽仍主導整體的營運方向，曼集團則從技術層面給予支持，掌握的是自身核心技術智財權。雙方合作係為避免過去模式（以各50％股權比重進行合資）無法有效達到共識造成合作困難的問題。

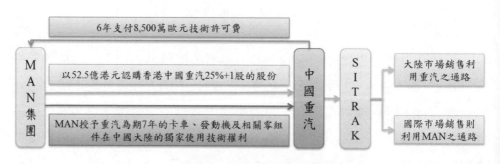

圖2　中國重汽與德國曼集團合作模式

資料來源：MIC，2013年8月。

　　就產品定位而言，此款合作之新型重型卡車亦定位為中高階重型卡車，而對於目標市場來看，合作雙方並不局限於中國大陸市場，而是以全球市場為目標。因此，在市場開拓上合作雙方亦進行整合分工，主要表現在通路上的分享，其中國大陸市場由中國重汽自有通路進行產品的銷售，而對於中國大陸以外的市場，則以德國曼集團的通路進行銷售。

三、長城機械──寧夏小巨人[9,10]

　　日本MAZAK集團是全球最大工具機製造商，而最早進入中國大陸市場是於上海設立技術中心，以推廣其高階產品的銷售。而與中國大陸長城集團的合作，主要是因應中國大陸大西部開發政策。寧夏為引進工具機產業帶動其製造業的升級，加上長城機械製造與MAZAK有長期的合作關係，因而與MAZAK集團合作成立工具機的生產中心──寧夏小巨人。

　　就雙邊合作模式來看，MAZAK以擁有技術的優勢在雙方合作上，以技術入股方式取得25%的股權比重，其主要提供工具機組的設計、配置與標準的建立等；而長城機械集團則負責廠房建廠的多數資金。就產品定位來看，此項合作以中低階產品為主，主要原因在於避免與MAZAK的高階產品產生衝突，也因此寧夏小巨人公司的定位不只是生產中心，亦規劃銷售部門進行產品的銷售，其目標定位即是以中國大陸內需市場為主。

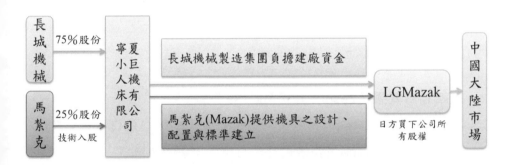

圖3　長城機械與日本MAZAK合作模式

資料來源：MIC，2013年8月。

9　「日本工具機的大陸發展策略與台商優勢」，大陸台商經貿網，http://www.chinabiz.org.tw/News/GetJournalShow?pid=162&cat_id=174&gid=132&id=1831。

10　「寧夏小巨人機床被外資利用」，新華網，http://big5.xinhuanet.com/gate/big5/news.xinhuanet.com/fortune/2007-07/04/content_6328545.htm。

　　然而，寧夏小巨人在順利進入投產之後，最終卻被MAZAK買下所有股權，成為完全外資公司，其主要原因在於長城集團雖然是MAZAK的長期合作夥伴（長城集團為MAZAK鑄件供應商），但對於工具機的產品與技術並非專業，加上MAZAK公司對於技術上保護，以致長城集團無法深入掌握工具機技術，進而退出該公司。而就最終結果來看，寧夏小巨人的設立確實替中國大陸的西部製造帶來自動化趨勢，但對於長城機械來說，退出前景看好的工具機產業應該不會是第一選項。

參、聯合品牌案例

　　就品牌合作案例來看，多數為企業之間的合作，有更多的商業之間的策略盟聯，雙方的合作互利，多屬於商業行為的一種，也因此政府單位通常不會介入。但對於兩岸而言，共創具有民族意義或有具備兩岸特色的品牌之際，若有政府角色的參與，將有助於兩岸在共創品牌上的合作，也因此以下將就聯合品牌的案例——紐西蘭奇異果（Zespri），進一步探討兩岸共創品牌與雙邊政府可以扮演的角色。

一、紐西蘭奇異果（Zespri）[11, 12]

　　紐西蘭奇異果（Zespri）是由為紐西蘭當地2,700多位奇異果果農所組成，亦是股東；而Zespri主要營銷則是有另外一個專業團隊。Zespri成功將產量過剩、面臨虧損的果農，成功扭轉為全球市佔近3成的農作產品。其中Zespri成立之時，紐西蘭政府扮演著協助成立進而成為監督者的角色。

　　1952年，因紐西蘭大量種植奇異果造成生產過剩而拓展外銷，但面臨眾多出口商於海外削價競爭，且適逢政府取消補助政策，幾臨破產的果農

---

[11] 「農業品牌與營運模式」，台灣經濟研究院，頁32-43。

[12] 朱鴻鈞、許嘉伊，「農業建立國際品牌的典範」，台經月刊，第36卷第3期（2013年3月），頁30-37。

們決定收回銷售自主權。在幾位有商業經驗之果農的引導下，各地果農組織投票後決定支持「單一出口」制度。1988年，紐國政府成立紐西蘭奇異果營銷局，為紐西蘭奇異果唯一的出口營銷商，專事紐西蘭奇異果的全球營銷，協調產銷秩序，擬定出口規範、研發新品種。1997年，紐西蘭奇異果創立統一品牌Zespri，為配合這個品牌，紐西蘭奇異果營銷局也更名為Zespri International。1999年再改制為Zespri Group。現今Zespri的股份為2,700多位紐西蘭奇異果果農所共有，為全球最大的奇異果行銷公司。目前市面上Zespri所販售的種類有：Zespri Green、Zespri Gold、Zespri Organic與Zespri Charm四種奇異果。

　　而就Zespri對於紐西蘭奇異果產業的定位，主要有三個重要項目。首先是在於負責奇異果的品種研發，並將研發成果擴散於所有果農以進行量產；其二在制定生產到配銷的流程、標準，其建立起奇異果的品牌，與果農所應遵循的規範；最後則在於奇異果全球行銷策略的制定，Zespri每年進行詳細的市場調查，了解不同國家消費者對奇異果不同口味、大小、種類和成熟度的需求與喜好情況，投其所好進行產品行銷。同時為滿足全球市場，與填補紐西蘭奇異果5-10月產季以外的空窗期，Zespri於北半球尋找適合奇異果生長的環境，例如：在日本、韓國、義大利等地，授權配合契作的海外果農栽種。

圖4　紐西蘭奇異果聯合品牌模式

資料來源：農業品牌與營運模式，MIC整理，2013年8月。

　　而就Zespri的營運、股東權益部分，其股東的利益與資格亦有嚴格的規範。在營運方式方面，雖然Zespri股東為紐西蘭果農，但實際主導是由果農委任之專業行銷管理團隊來經營。Zespri每年進行六次果農會議，確保產銷兩端之資訊能充分交流。生產品質管理上，Zespri制定「KIWIGREEN™」環保病蟲害管理法則，嚴格要求果農遵守；而農民之果園每年都需通過組織評量方能維持果農資格。在股東資格方面，Zespri的股份依紐西蘭果農近年的產量進行分配，果農在取得股份前，必須證明其奇異果生產過程確實按照規定執行，並完成註冊手續，方能取得股份。在股東利潤上，Zespri會在採收期將至時，先向農民收購奇異果，支付的費用為工資、包裝材料、運輸費用等。而之後每月之奇異果銷售金額扣除行政成本等固定支出後所得之盈餘，將再依供貨量多寡平均分配給果農。Zespri行政支出預算為每年營收之8.5%，而行銷預算為每年營收之10%。

肆、品牌合作案例延伸應用

　　本階段將針對前述的四個案例進行探討，嘗試從中找到可能的合作方向，與對於兩岸政府可以扮演之角色，提出可能合作機制與方向。

一、企業1+1合作模式多屬商業行為

　　從比亞迪騰勢電動汽車、中國重汽賽得卡重型卡車與長城機械寧夏小巨人工具機案例中可以發現，中國大陸企業與國際廠商合作均是為了取得更先進的技術，其產品亦有明確定位，以利與既有產品的區隔；另項共通點則是案例中的三家國際企業均是在該領域排名前列的大廠，足見中國大陸企業在與國際廠商合作上，其廣大的市場足以吸引國際知名大廠前來，並將市場作為合作談判的籌碼，以取得更多的技術。

　　但三個案例當中，雙邊合資方式不盡相同，主要原因在於國際廠商所

擁有的技術優勢，特別是在工具機的案例可以發現日本公司掌握著產品所有技術，也因此最後中方退出合資公司；而在騰勢電動汽車的案例，顯示戴姆勒所擁有的安全、品質與標準是比亞迪最缺乏的部分，也因此戴姆勒得以取得50％股權的合資模式；最後在中國重汽方面，則是剛好在雙方均需要進一步找到企業出口機會時，雙方一拍即合的合作。加上之前的合作失敗經驗，因此雙方不採用各50％股權的方式合作，而改採技術授權，部分資金入股方式進行。

最後就新產品的銷售部分，三個案例的合作雙方均擁有通路佈局的能力，特別是在中國重汽與德國曼集團的合作，採用合作雙方既有的通路行銷以更快速的切進市場；而比亞迪騰勢電動汽車則是為產品區隔而另行開設專屬的行銷通路。

因此，若對於兩岸產業合作共創品牌來看，政府能夠參與的機會不多，主要原因在於這些多屬企業之間的商業行為。因此雙邊企業彼此具有互補，且得以拿出對等的條件進行談判，或許合作機會相對會比較大。但就台灣中小企業來說，與中國大陸廠商規模差距大，因此可談判之機會不大，此際兩岸政府或可在兩岸中小企業間搭建合作平台，期促成可能的合作機會。然而就政策來說，雙方政策多屬於從旁輔導與協助企業的方向，特別是在大陸之政策，主要落實執行者，地方政府扮演著重要角色。因此若企業之間合作能進一步，能夠拉進地方政府單位，並以打造地方性品牌為訴求，或可能取得較大的支持，特別是在戰略性新興產業，因為戰略性新興產業是中央整體發展目標，地方亦會有比較大意願來支持，並投入較多的資源。不過整體來說，在共創品牌企業1+1模式中，雙邊政府所能介入的角色並不多。

二、化零為整之聯合品牌模式

就紐西蘭奇異果Zespri的案例來看，紐西蘭成功打造奇異果的品牌，

同時讓當地的果農得以轉虧為盈，甚至成為全球最大的奇異果公司。其中政府從中扮演著協助成立與監督的角色。因此若將紐西蘭奇異果聯合品牌合作模式，套用於兩岸共創品牌的合作，大概可分為三個部分，其一在於政府角色，其二為聯合組織角色，最後為參與之企業角色。

首先，在政府角色部分，雖然Zespri的前身最早是由果農來發起的，但最後紐西蘭政府輔導成立「奇異果營銷局」，且一開始奇異果營銷局的運作便是由果農來負責；其後便擔任監督的角色，在Zespri之營運上也會透過推派董事進行參與，政府仍保有監督的功能。因此兩岸政府在聯合品牌模式，可借鏡紐西蘭政府協助有意願之相關企業成立聯合組織，同時扮演監督的角色。畢竟兩岸企業經營方式與理念不盡相同，加上聯合組織不會只有少數企業參與，因此需要有更具公權力的政府角色出面協調與輔導。

其次，是聯合組織部分，就紐西蘭奇異果案例來看，Zespri扮演著研發、品質管控、標準制定與行銷策略研擬的重要角色。而就兩岸共創聯合品牌角度來看，兩岸品牌聯合組織所需扮演的角色，主要有二項，其一在於聯合組織的進入門檻制定，其二在於制定產品、系統或是服務的標準規範。對於聯合組織而言，除上制定企業參與組織的遊戲規則外，更重要的部分是在於組織內部的運作，特別是在權責劃分與資源分配的問題。簡言之，其聯合組織的組成單位彼此如果取得共識，與如何制定組織的遊戲規則均是在執行品牌塑造之前需要完成的部分。

最後在參與之企業角色部分，紐西蘭奇異果果農主要負責生產與包裝，但最重要的部分在於需要通過Zespri的標準才得以成為股東。因此，若在兩岸共創品牌上的應用，欲加入該聯合組織之企業必須要符合聯合組織的標準規範，以避免不具資格之企業造成品牌形塑上的困難，甚至是傷害。因此，企業的篩選亦是保持兩岸聯合品牌價值的重要因素。

伍、結論與建議

在「十二五」階段則希望藉由推動品牌消費，以期在擴大內需上提供發展動力，其中更以形成品牌消費集聚區為訴求。同時大陸各部會在政策推動上亦包括品牌政策在內。而在政策落實亦與地方連結，期望地方能組織實施與規劃配套的品牌建設工程，以培育區域性、行業性品牌。我國同樣在品牌政策推動上是以協助性質為主，包括給予資金的補助。雙方均對品牌給予一定的政策支持力度，但目前品牌競爭力仍然不夠，因此若能進行有效的合作與對接，將有助於增強兩岸的品牌競爭力。

特別是在產業鏈上的合作，就案例來看，大陸合作對象均為國際知名大廠，仍著重在技術與市場上的交換，但雙方仍會在行銷通路上進行市場區隔。因此兩岸若能在產業鏈上形成強強優勢，將有助於廠商在品牌上的建立。只是就產業鏈上的合作，政府介入的角度仍不多，因此或可考量化零為整的模式打造聯合品牌，主要原因在於兩岸企業欲成立聯合組織，勢必需要有較高層級的單位從旁協調，以解決雙邊多家企業在整合上可能面臨的合作問題，特別是在紛爭的解決。雙方若能由政府單位先行出面整合各自內部的品牌合作的議題，對於雙邊的合作將會把效率大大提高。

現階段兩岸共創品牌仍有不小的政策意涵在內，如建立具有兩岸特色的民族品牌。因此對於雙邊的合作政府單位可對於有意願或是潛力的產業，擔任協助以及監督的角色。並從共同標準規範著手，透過兩岸產官學研界針對某項產業，建立兩岸都認同的產業標準規範。同時對於通過規範之產品項目賦予共同品牌的認可，以期在兩岸與國際市場建立品牌知名度，提高品牌競爭力。

但整體合作機制，應分成幾個部分，首先在於兩岸政府在品牌合作上最高層級可由台灣經濟部與大陸發改委共同提出共同合作議題；其次針對篩選出之產業的相關主管機構共同探討合作方向與目標，如服務業部分即

可由我國商業司與大陸商務部共同探討；第三則是由雙邊智庫進行合作模式的探討，特別是與相關企業之間的溝通協調；最後則是在於企業可提供多項合作模式與對象作為未來兩岸進行共創聯合品牌的重要參與方向。而在對接機制，則可由現有交流平台為起點，包括政府層級的產業合作論壇，雙邊智庫論壇，與企業為主的海峽兩岸企業家紫金山峰會來進行兩岸的交流，形成一套可由上而下給予政策方向，亦可由下而上提供具體可行合作方案，以期達到兩岸在品牌合作的有效溝通與落實。

參考書目

「DENZA騰勢電動概念車亮相上海車展」，http://jx.people.com.cn/BIG5/n/2013/0422/c348465-18513743.html。

「日本工具機的大陸發展策略與台商優勢」，大陸台商經貿網，http://www.chinabiz.org.tw/News/GetJournalShow?pid=162&cat_id=174&gid=132&id=1831。

「比亞迪電動車出包」，http://news.chinatimes.com/mainland/17180505/122013062100154.html。

「品牌台灣發展計畫第二期」，品牌台灣推動辦公室，https://www.branding-taiwan.tw/。

「品牌萬里行」，大陸商務部，http://brandpromotion.mofcom.gov.cn/?3895303943=3671639594。

「商務部關於促進中國品牌消費的指導意見」，大陸商務部，http://www.mofcom.gov.cn/article/b/d/201301/20130108511628.shtml。

「農業品牌與營運模式」，台灣經濟研究院，頁32-43。

「寧夏小巨人機床被外資利用」，新華網，http://big5.xinhuanet.com/gate/big5/news.xinhuanet.com/fortune/2007-07-04/content_6328545.htm。

「德國MAN收購中國重汽股份」，鳳凰網汽車，http://auto.ifeng.com/topic/shgzhongqi/。

「關於加快我國工業企業品牌建設的指導意見」，大陸工信部，http://www.miit.gov.cn/n11293472/n11293832/n12843926/n13917012/14005872.html。

朱鴻鈞、許嘉伊，「農業建立國際品牌的典範」，台經月刊，第36卷第3期（2013年3月），頁30-37。

經濟部國際貿易局推動「品牌台灣發展計畫」業務簡介，經濟部國貿局，http://www.idipc.chcg.gov.tw/gsa/C75.pdf。

兩岸產業合作與台商轉型升級：
建立共同標準觀點

龐建國[*]

（中國文化大學中山與中國大陸研究所教授）

摘要

　　本文從海峽兩岸推動資通訊（信息）產業共同標準的經驗，說明兩岸產業合作必須面對的挑戰，並對台商轉型升級提出策略建議。首先，作者從交易成本、智慧財產權和全球價值鏈等概念和理論切入，闡明產業標準的作用與兩岸建立共同標準的意義。其次，敘述兩岸在推動產業共同標準方面曾經採取的作為，相關的制度安排，以及現階段的運作情形。第三，檢視中國大陸建立自主技術標準的作為和台灣的因應措施，分析兩岸建立共同標準和推動產業合作必須面對的挑戰。第四，正視兩岸在共同標準和產業合作上的障礙，探討建立產業共同標準，對於促進兩岸產業合作與升級可以發揮的作用，並提出大陸台商在追求轉型升級之時，可以採取的一些策略。最後，作者對於兩岸產業共同標準的推動，表達了反思和期許。

關鍵字：產業標準、交易成本、智慧財產權（知識產權）、全球價值鏈、產業升級

---

[*] 中國文化大學中山與中國大陸研究所教授、財團法人海峽交流基金會顧問。電子郵件信箱：pangck@ms11.hinet.net。

壹、前言

　　2008年5月，馬英九總統就職之後，兩岸關係出現明顯改善。2008年6月，台灣的海峽交流基金會和大陸的海峽兩岸關係協會恢復了中斷多年的交流協商，兩岸展開了日趨頻密的交流合作。到2013年7月為止，經過九次海基會與海協會的高層會談，海峽兩岸簽署了19項協議，為兩岸關係的和平發展奠定基礎。

　　在兩岸關係改善的同時，世界經濟情勢也產生了重大變化。2007年8月開始浮現的金融海嘯，不僅在2008年期間重創美國和歐洲的經濟，並使得歐盟深陷債務危機，美國復甦遲緩，日本繼續在長期低迷的態勢中挣扎。[1] 當前述三大經濟體舉步維艱的同時，中國大陸則以相當強勁的成長力道迅速崛起，在2010年超越日本，成為世界上第二大經濟體。不過，在經歷改革開放以來30多年的快速成長之後，中國大陸也開始面臨人口紅利不再、所得分配惡化、區域發展失衡和環境污染嚴重的問題，[2] 需要進行產業結構的調整升級。

　　與中國大陸一水之隔的台灣，則從1990年代末期開始出現成長趨緩的現象。[3] 在經歷過1960和1970年代以勞力密集產品為主的工業化，以及

---

[1]　安倍晉三自2012年12月就任日本首相以來，透過寬鬆貨幣、積極財政和補貼企業更新設備等「安倍經濟學」的措施，企圖振作日本經濟，但效果猶待觀察。

[2]　《中華人民共和國國民經濟和社會發展第十二個五年規劃綱要》（《十二五規劃綱要》）在第一篇第一章〈發展環境〉結尾部分表示，「我國發展中不平衡、不協調、不可持續問題依然突出，主要是，經濟增長的資源環境約束強化，投資和消費關係失衡，收入分配差距較大，科技創新能力不強，產業結構不合理，農業基礎仍然薄弱，城鄉區域發展不協調，就業總量壓力和結構性矛盾並存，物價上漲壓力加大，社會矛盾明顯增多，制約科學發展的體制機制障礙依然較多」。

[3]　1996年李登輝採取「戒急用忍」政策以前，台灣的經濟成長率大多能維持在6.5%以上。1996年之後，除了2010年由於2009年的成長率為－1.81%，基期較低，且世界各國普遍採取較大力度的刺激景氣措施，因而達到了10.76%的成長率之外，其他年度均低於6.5%。有關資料可參考行政院主計總處網頁，網址：http://www.dgbas.gov.tw/np.asp?ctNode=2826。

1980和1990年代以電子產品為主的產業發展之後，進入21世紀的台灣，在產業升級的道路上遭遇較大的障礙。如何在全球化和區域經濟整合的趨勢中，善用台灣的比較優勢，找到台灣下一階段的產業升級與發展之路，避免在全球分工體系中躊躇不前，乃至於向下沉淪，是台灣各界必須嚴肅面對的挑戰。

　　由於海峽兩岸具有文化和地理的親近性，又有台商在大陸多年經營形成的社會網絡，比較容易構建出低交易成本的產業供應鏈。所以，透過優勢互補的組合，共同打造面向全球的產業價值鏈，應該是台灣產業升級與發展的較佳路徑。但是，在經濟效益明顯的同時，兩岸產業合作有著其他層面的干擾因素存在，本文將從海峽兩岸推動資通訊（信息）產業共同標準的經驗，說明兩岸產業合作必須面對的挑戰，並對台商轉型升級提出策略建議。

貳、產業標準的作用與兩岸建立共同標準的意義

　　什麼是「產業標準」（industry standard）？它有什麼作用？讓我們先從「標準」談起。所謂「標準」，簡單的說，就是對於人類的行為或者人類所生產的貨品一致性的規範或要求。標準可以廣泛地應用到人、事、物的諸多面向，將它應用到貨品或服務時，就形成了產業標準。例如，為了提高生產效率和統整操作需求，工業產品需要訂定各種共用的規格。為了使用上安全無虞，節省能源，以及保護環境，世界各國或國際組織會對各種貨品訂定安全、節能和環保的相關標準，符合標準的產品才能銷售，或者發給標章，彰顯其品質水準。為了使貨品能夠互聯使用或發揮功效，產業界會制定由許多專利組合而成的技術標準，供生產者與消費者遵循或選擇。以下我們分別從交易成本、智慧財產權和全球價值鏈的概念和理論，來說明產業標準的作用與兩岸建立共同標準的意義。

　　首先，談到「交易成本」（transaction cost）。從經濟效益的角度來理解，產業標準的主要作用，就是可以降低交易成本。自從Ronald H. Coase在1937年發表〈企業的本質〉（The Nature of the Firm）一文，[4] 提出交易成本這個概念，用以說明市場機能的限制和企業成立的理由以來，隨著新制度經濟學的發展，交易成本這個概念已經在社會科學的研究中被普遍引用，[5] 產業標準的作用也可以從這個角度來理解。

　　從交易成本的角度切入，貨品的生產與銷售或者服務的進行與完成，乃是一連串交易成本累加的過程，這些成本包括了蒐集信息、討價還價、採行決策和監督執行等等環節，所必須支付的金錢和時間。[6] 從制度經濟學的立場來解釋，產業標準就是一套制度，有了產業標準、建立制度之後，大家遵循共同的產業標準，就可以節省許多蒐集信息、討價還價、採行決策和監督執行所支付的金錢和時間，降低交易成本。[7]

　　其次，談到智慧財產權（知識產權）。除了降低交易成本之外，產業標準中具有專利或智慧財產權含金量的技術標準（technical standard），還有另外一重要作用，就是組合成專利池（patent pool），獲取智慧財產權的報酬。現代產業發展的主要動力，是來自於發明或創新所帶動的技術

---

[4]　Ronald H. Coase, "The Nature of the Firm," *Economica*, vol. 4, no. 16 (1937), pp.386-405。

[5]　例如，Douglas C. North就將交易成本的概念導入政治現象的分析，修正政治學的理性選擇模型，提出交易成本政治學的一套論述，該論述見之於Douglas C. North, "A Transaction Cost Theory of Politics," *Journal of Theoretical Politics*, vol. 2, no. 4 (1990), pp.355-367。從交易成本分析政治現象較廣泛的討論，可參閱道格拉斯・C・諾斯等著，劉亞平編譯，交易費用政治學（北京：中國人民大學出版社，2011年）。

[6]　對於交易成本系統性的分析，可參閱Oliver E. Williamson, *Markets and Hierarchies: Analysis and Antitrust Implications*（New York: The Free Press, 1975）和Carl J. Dahlman, "The Problem of Externality," *Journal of Law and Economics*, vol. 22, no. 1 (1979), pp.141-162。

[7]　標準化或標準制度的建立能夠降低交易成本和擴大經營規模的討論，可參閱Douglas C. North, *Institutions, Institutional Change and Economic Performance*（New York: Cambridge University Press, 1990）一書。

進步，在技術進步的同時，我們看到，智慧財產權的保護機制也變得日益嚴密。透過智慧財產權的商業運營，專利授權可以成為高報酬的行業，專利的擁有者可以透過構築專利壁壘，阻擋競爭者進入市場，壟斷經濟租金（economic rent）。

　　尤其在資通訊（信息）產業的領域，因為要促成各種產品與功能的互聯互通，需要特定的技術標準作為共同的操作平台。因此，技術標準的影響力特別廣泛深遠。這可以從電腦和手機的軟體作業系統，如微軟的Windows、Apple的iOS和Google的Android；電信的傳輸標準，如無線通訊第二代的GSM和CDMA，第三代的WCDMA、CDMA2000和TD-SCDMA，以及第四代的FDD-LTE和TD-LTE；與影音的編解碼標準，如MPEG2和H.264等等，所牽涉的廣大使用範圍和龐大的專利授權費用看得出來。所以，大陸方面有「三流的企業賣勞動，二流的企業賣產品，一流的企業賣技術，超一流的企業賣標準」的說法。[8]

　　最後，談到全球價值鏈（global value chain）。由Gary Gereffi和他的同事所提出的全球價值鏈理論，融合了全球化、產品供應鏈、生產網絡、交易成本經濟學、以及技術能力和企業學習的相關學說，建立了一套處理開發中國家產業發展與升級的論述。這套論述告訴我們，在全球化和區域經濟整合的趨勢下，開發中國家的產業升級必須基於本身既有的資源稟賦，切入產品供應鏈中具有比較優勢的環節，先成為先進國家領導廠商的供應商，與國際經貿網絡掛鉤接軌。然後，再透過從做中學習的過程，獲得生產和行銷的技術及知識，努力進入高附加價值的環節，逐步往全球價

---

[8] 這是本文作者在中國大陸進行訪談時常聽到的一種說法，另一種說法是「三流企業做產品，二流企業做技術，一流企業做標準」，參見蘇邁德（Richard P. Suttmeier）、姚向葵（Yao Xiangkui），中國入世後的技術政策：標準、軟體及技術民族主義實質之變化（全美亞洲研究所特別報告，總第7期）（Seattle, WA：全美亞洲研究所，2004年5月），頁5。

值鏈中領導廠商的位置移動。[9]

不過，當後進國家的廠商企圖往高附加價值環節移動之時，全球價值鏈上的領導廠商會設法維持其本身的主宰地位，運用研發能量、專利技術、標準制定的能力，以及通路和品牌的掌控等，要求各式各樣的經濟租金，建立起阻擋競爭的壁壘，防止後進國家的產業升級行動影響到它們的既得利益。[10] 所以，後進國家的廠商必須能夠積累足夠的技術和品牌實力，才可能打破領導廠商的壟斷。

正是從打破先進國家領導廠商的壟斷和促進產業往高附加價值環節升級著眼，我們可以看到兩岸建立共同標準的意義。兩岸之間原本就具有同文同種和地理鄰近的合作利基，大量台商進入大陸經營多年所建立的社會網絡，讓雙方生產要素的串連比較容易，這些因素已經足以形成交易成本較低的生產網絡。如果兩岸之間還能夠建立足夠廣泛的產業共同標準，將可以進一步降低雙方生產要素流通與組合的交易成本，形成更有競爭力的合作關係。

同時，中國大陸有廣大的市場規模和厚實的科研能量可以支撐標準的制定，而台灣有技術商品化的活潑創意和特定領域的研發能量，可以對產業標準的推廣和優化做出貢獻。兩岸合作有機會在某些產業領域，特別是新興的產業領域，成為標準的制定者和領導者，而不再只是接受者和追隨者。所以，多年以來，一直有倡議兩岸建立共同標準的呼聲。

---

[9] Gary Gereffi, John Humphrey and Timothy Sturgeon, "The Governance of Global Value Chains," *Review of International Political Economy*, vol. 12, no. 1 (February, 2005), pp.78-104; Gary Gereffi and Karina Fernandez-Stark, *Global Value Chain Analysis: A Primer* (Durham, NC: Center on Globalization, Governance and Competitiveness, Duke University, 2011)。

[10] Kaplinsky和Morris曾梳理全球價值鏈的各個環節，找出各個環節可能存在的經濟租金，請見Raphael Kaplinsky and Michael Morris, "Governance Matters in Value Chains." *Developing Alternatives*, vol. 9, issue 1 (2003), pp.11-18。

參、兩岸推動共同標準的經驗與現況

　　海峽兩岸產業標準領域的交流接觸，是從電子資訊產業開始。1992年
2月，中國大陸為了爭取舉辦2000年奧林匹克運動會，計畫建立高畫質廣
播電視系統，透過「深圳技術引進評議會」邀請台灣廠商進行技術合作及
關鍵技術之建立。此事經媒體披露之後，引起政府和民間各界重視。其影
響除了拉開兩岸電子產業技術交流互動的序幕之外，也催化了《台灣地區
與大陸地區人民關係條例》之通過。其後，1992年8月，台灣經濟研究院
在北京舉辦了《兩岸產業科技合作交流研討會》，正式將標準議題列入兩
岸合作的重點方向之一。另外，行政院大陸委員會在1993年委託台灣經濟
研究院，進行兩岸電子產業技術發展互動關係的研究，其研究報告中，分
別對於消費電子、資訊、通訊、光電、電子零組件等產業類別，提出若干
標準合作之建議。[11] 1993年4月第一次「辜汪會談」前，海基會秘書長邱
進益和海協會常務副會長唐樹備在進行預備性磋商時，台灣方面曾經提出
「文教、科技交流」的議題。在科技交流方面，包含了產業技術標準的合
作。

　　然而，隨後兩岸關係產生變化，李登輝前總統在1996年9月提出對大
陸投資要「戒急用忍」的說法，反對以大陸作為腹地的「亞太營運中心」
的規劃，這項議題就沒有機會端上檯面。1999年7月，李登輝進一步拋出
兩岸為特殊國與國關係的「兩國論」，海基會和海協會的協商因而中斷，
兩岸產業標準合作的議題就更不可能出現在官方的議程中。

　　從1990年代中期開始，到2008年5月馬英九總統就職為止，雖然兩岸
官方對於產業標準交流合作的議題未曾有直接的接觸，但是台灣的企業和

---

[11] 此一背景說明，見於李仁芳、吳明機，「台灣電子資訊產業參與國際與大中華技術標準之
策略」，遠景基金會季刊，第八卷，第二期（2007年4月），頁144。

社團另闢蹊徑，做了一些民間形式的交流活動。這些交流渠道包括由前英業達集團副董事長溫世仁支持舉辦的《京台科技論壇》，由前立法委員龐建國結合藍綠兩陣營立法委員成立的「數位匯流立法推動聯盟」，由時任立法院副院長的前海基會董事長江丙坤號召企業界，於2005年6月成立的「華聚產業共同標準推動基金會」。

其中，大力推動兩岸建立數位產品共同標準的溫世仁，於2003年12月驟然去世。原擬透過「數位匯流立法推動聯盟」在立法院中提出質詢和法案，督促政府採取措施，以便與溫世仁合作推動建立兩岸資通訊產業共同標準的龐建國，乃央請與溫世仁情誼深厚的江丙坤繼續推動此一事宜，遂有華聚基金會的成立。

華聚基金會與大陸方面「中國電子工業標準化技術協會和中國通信標準化協會」，於2005年7月在北京召開第一屆《海峽兩岸信息產業技術標準論壇》（從2011年第八屆開始改稱《海峽兩岸信息產業和技術標準論壇》），針對第三代行動通訊標準TD-SCDMA、音視頻編解碼標準AVS、移動存儲，和高清晰度平板顯示技術等四項產業標準進行討論。其後，到2012年為止，《海峽兩岸信息產業（和）技術標準論壇》分別在海峽兩岸舉行了九屆會議，討論的產業標準項目除了原有的四項標準之外，另外增加了LED照明、太陽光伏、鋰離子電池、汽車電子、三網融合、泛在網／物聯網、和IPTV等項目。九屆論壇下來，累計發表的共識達到了227項。

2008年5月之後，兩岸關係好轉，兩岸官方透過海基會與海協會的渠道進行協商，於2009年12月第四次「江陳會談」中，簽署《海峽兩岸標準計量檢驗認證合作協議》，為兩岸建立共同標準奠定了制度化的基礎。《標準協議》開宗明義表示，兩岸在標準領域要「積極探索和推動重點領域共通標準的制定；開展標準資訊（信息）交換，並推動兩岸標準資訊（信息）平台建設；加強標準培訓資源共享」。同時，對於計量、檢驗、

驗證認證（認證認可）、以及消費品安全領域，都做了原則性的交流合作宣示。

有了《標準協議》的簽署，2011年6月舉行的第八屆《海峽兩岸信息產業和技術標準論壇》上，華聚基金會和中國電子工業標準化技術協會簽署《海峽兩岸推動LED照明共通標準制定合作備忘錄》、《海峽兩岸推動太陽光伏共通標準制定合作備忘錄》和《海峽兩岸推動平板顯示技術共通標準制定合作備忘錄》等三項合作備忘錄。同年11月2日，華聚基金會和中國電子工業標準化技術協會召開「海峽兩岸共通標準制定專家技術委員會」的成立儀式暨第一次工作會議，就LED照明、太陽光伏和平板顯示技術兩岸共通標準的制定展開研議。

2012年9月第九屆《海峽兩岸信息產業和技術標準論壇》上，兩岸專家委員會經過一年之籌備與合作，公佈了九本標準文本。另外，在此次論壇上，華聚基金會也與中國通信標準化協會洽簽《海峽兩岸推動4G/TD-LTE共通標準制定合作備忘錄》和《海峽兩岸推動4G/TD-LTE試驗室建設合作備忘錄》，希望能夠結合兩岸的晶片、系統、終端廠商、與研究單位，從標準框架的上游打造共同進軍世界市場的價值鏈合作模式。同時，架構TD-LTE實質試驗的環境平台，讓台灣的研發能量與電信運營商和設備生產廠商能夠在地進行TD-LTE的標準檢測，與大陸推動TD-LTE的行動接軌，提升台灣的全球競爭力。

回顧過去這些年來，兩岸在標準領域的交流合作，雖然已經有前述這些進展與成就，但是距離《標準協議》所期許的「積極探索和推動重點領域共通標準的制定；開展標準資訊（信息）交換，並推動兩岸標準資訊（信息）平台建設；加強標準培訓資源共享」的境界仍然有相當落差，其原因為何？值得我們認真探討，坦誠面對。

肆、從建立共同標準看兩岸產業合作的挑戰

　　中國大陸早在20世紀的末期就開始研議，要建立具有自主知識產權的標準體系。先是1995年5月，在《全國科學技術大會》上，江澤民發表講話，要全面落實鄧小平所說，科學技術是第一生產力的思想，正式制定和實施「科教興國」的戰略。接著，1998年3月，全國人民代表大會第九屆第一次會議，透過進行國務院的行政體制改革，合併郵電部和電子工業部，成立信息產業部，[12] 該部的職責即包括「組織制定電子資訊產品製造業、通信業和軟體業的技術政策、技術體制和技術標準；制定廣播電視傳輸網路的技術體制與標準」。[13] 顯示中國大陸官方開始注意到資通訊產業技術標準的重要性。

　　不過，將產業標準議題提升到戰略層次，積極朝向科技自主創新方向發展，則是2001年12月中國大陸正式成為國際貿易組織（WTO）會員之後的事。2002年1月30日，大陸國家主席江澤民在北京考察工作時，首次提到要「以信息化帶動工業化、現代化」的政策方向，並且要以擁有自主知識產權為目標，加快電子信息、軟件技術、生物醫藥、環保工程等高新技術產業的發展。接著，2月1日，國務院總理朱鎔基在《國家科學技術獎勵大會》發表講話，強調要增強原始性創新能力，更多地掌握具有自主知識產權的核心技術和關鍵技術。然後，3月8日之時，國務院副總理李嵐清在全國政治協商會議第九屆第五次會議中，科學界與科技界委員的聯合小組會議上，提出了要制定推動科技發展的人才戰略、專利戰略、標準戰

---

[12] 2008年3月，根據全國人民代表大會第十一屆第一次會議的決議，信息產業部再將國家發展和改革委員會的工業行業管理職責、國防科學技術工業委員會核電管理以外的職責和國務院信息化辦公室的職責併入，成立了工業和信息化部。

[13] 李仁芳、吳明機，「台灣電子資訊產業參與國際與大中華技術標準之策略」，頁148。

略，加強知識產權的保護、重視專利的申請、保護和使用。[14]

後來，國務院在2006年2月發佈《國家中長期科學和技術發展規劃綱要（2006-2020）》，在〈實施知識產權戰略和技術標準戰略〉的部分，提到要「根據國家戰略需求和產業發展要求，以形成自主知識產權為目標，產生一批對經濟、社會和科技等發展具有重大意義的發明創造。組織以企業為主體的產學研聯合攻關，並在專利申請、標準制定、國際貿易和合作等方面予以支援。」同時，「將形成技術標準作為國家科技計畫的重要目標。政府主管部門、行業協會等要加強對重要技術標準制定的指導協調，並優先採用。推動技術法規和技術標準體系建設，促使標準制定與科研、開發、設計、製造相結合，保證標準的先進性和效能性。引導產、學、研各方面共同推進國家重要技術標準的研究、制定及優先採用。積極參與國際標準的制定，推動我國技術標準成為國際標準。加強技術性貿易措施體系建設。」[15] 這些綱要性的主張，描繪了中國大陸產業技術標準發展的基本路徑，也展現了中國大陸要在產業技術標準領域開疆拓土的企圖心。

事實上，從第十個《中華人民共和國國民經濟和社會發展五年計畫》（《十五計畫》，2001-2005）開始，中國大陸官方就積極展開了技術標準發展戰略，重點支持包括WAPI（WLAN Authentication and Privacy Infrastructure，無線辨別和保密基礎結構）、微處理器「龍芯」、EVD（Enhanced Versatile Disc，增強型多用途光碟）、AVS（Audio Video coding Standards，數字音視頻編解碼技術標準）、閃聯（IGRS）（Intelligent Grouping and Resources Sharing，信息設備資源共享協同服

---

[14] 彭慧鸞，「從『中國製造』到『中國創造』：官僚政治、標準化知識社群與國際參與」，中國大陸研究，第52卷，第2期（2009年6月），頁51。

[15] http://www.gov.cn/jrzg/2006-02/09/content_183787.htm；查詢日期：2013年7月19日。

務）、IPv6（Internet Protocol version 6，網際網路通訊協定第6版）、RFID（Radio Frequency IDentification，無線射頻辨識）和TD－SCDMA（Time Division-Synchronous Code Division Multiple Access，分時－同步分碼多重進接）等標準的制定和推廣。[16]

　　其中，有一些標準的推動並不成功。像WAPI的推動，原先得到官方的大力支持，由中國國家標準化管理委員會於2003年5月正式頒佈為國家標準，要從2004年1月1日開始，在中國大陸境內強制執行。但是，遭到以美國資訊大廠Intel為首的Wi-Fi（Wireless Fidelity）聯盟強力反對，透過各種途徑向中國大陸施壓，並將其列為2004年中國與美國貿易談判的焦點議題，結果中國大陸方面退讓，宣佈WAPI的執行無限期延期。另外，EVD的推動，也因為性能比不上由SONY領導的藍光光碟（Blu-ray Disc），而未能普及。

　　但是，藉由市場規模和科研實力作為支撐，積極參與國際標準組織與標準制定活動的結果，中國大陸已經在產業技術標準領域擁有一定的話語權。當2006年6月，WAPI在國際標準化組織（Organization for International Standardization，ISO）暨國際電工委員會（Internatioanl Electronic Commission，IEC）的協商仲裁中，敗給Wi-Fi，無法成為國際標準之餘，閃聯則在2007年11月於ISO/IEC的最終委員會草案投票中，獲得了來自美國、日本、韓國、法國、英國等資訊通信領域強國的支持，高票通過成為國際標準。[17]

　　另外，中國大陸在行動通訊的傳輸標準上取得了非常明顯的成就。中國大陸先是透過工業和信息化部前身之一的郵電部電信科學技術研究

---

[16] 蘇邁德（Richard P. Suttmeier）、姚向葵（Yao Xiangkui），「中國入世後的技術政策：標準、軟體及技術民族主義實質之變化」，全美亞洲研究所特別報告，總第7期，頁6。

[17] 彭慧鸞，「從『中國製造』到『中國創造』：官僚政治、標準化知識社群與國際參與」，頁52-53。

院（現在的大唐電信科技公司），從德國西門子公司取得SCDMA的核心技術，發展出TD-SCDMA的行動通訊傳輸標準，提交國際電信聯盟（International Telecommunication Union，ITU），在2000年5月成為第三代行動通訊的國際標準之一。[18] 在TD-SCDMA的基礎上，中國大陸聯合國際通訊大廠，進一步發展出TD-LTE，並成為國際間普遍接受的第四代行動通訊標準。所以，在行動通訊標準的發展上，大陸就有人發出豪語，說中國主導的標準要在「3G的時代，三分天下有其一；4G的時代，二分天下有其一；5G的時代，三分天下有其二」。[19]

回顧過去十多年來中國大陸推動自主技術標準的演進過程，顯示中國大陸已經逐漸跳脫出由官僚政治主導的「技術民族主義」（techno-nationalism）的窠臼，融合順應市場機能的「科技全球主義」（techno-globalism）的精神，採取民間企業發起，公共部門參與，由產業聯盟主導，形成知識社群網絡的「新技術民族主義」（new techno-nationalism）的策略，往接軌全球市場，面對競爭淘汰的方向邁進。[20] 雖然這個邁進或轉型的過程仍然有著不少技術上和心態上的關卡需要克服，但是中國大陸在產業技術標準領域話語權的分量會不斷加重，應該是一個不可逆的趨勢。那麼，台灣方面如何因應這個趨勢？

龐建國曾經在2003年2月，率領由立法委員、產業公協會和企業界

---

[18] 有關TD-SCDMA技術發展的簡介，可參閱《MBA智庫百科》網站〈TD-SCDMA〉條目，網址：http://wiki.mbalib.com/wiki/TD-SCDMA。

[19] 本文作者在訪談大陸行動通訊產學研界人士時，數度聽到此一說法。

[20] 蘇邁德（Richard P. Suttmeier）、姚向葵（Xiangkui Yao）和譚自湘（Alex Zixiang Tan），「標準就是力量？中國國家標準化戰略制定中的技術、政治和機構」，全美亞洲研究所特別報告，總第10期（Seattle, WA：全美亞洲研究所，2006年6月）；甘思德（Scott Kennedy）、蘇邁德（Richard P. Suttmeier）和蘇竣（Jun Su），「標準、相關利益方與創新：全球知識經濟下中國作用之演進」，全美亞洲研究所特別報告，總第15期（Seattle, WA：全美亞洲研究所，2008年9月）。

組成的訪問團赴大陸考察，與科學技術部、信息產業部、以及全國信息技術標準化委員會的官員，就兩岸數位電視產業技術標準合作的議題交換意見。然後，於2003年3月，邀請行政院國家資訊通訊發展推動小組（NICI）、經濟部工業局、和行政院新聞局等單位，到立法院報告「我國數位視訊產業發展現況」。當時，龐建國建議，有鑑於中國大陸數字電視產業標準尚未完成制定，台灣方面應該重新啟動兩岸數位視訊產業的交流工作，藉由參與大陸數位視訊標準的制定，讓台灣的研發單位和廠商建立大陸官方或產業界的人脈關係，爭取大陸數位電視的訂單。最少，也應該讓台灣方面的視訊廠商及時了解大陸數字電視技術標準的走向和內容，為進軍大陸市場預做準備。

隨後，龐建國於2003年10月，向行政院長游錫堃、科技政委蔡清彥和經濟部長林義夫提出質詢，要求重視兩岸建立資通訊產業共同標準的議題，獲得了正面回應，並指派工業技術研究院電腦與通訊工業研究所（現為資訊與通訊研究所）作為窗口，與大陸方面協商兩岸資通訊產業建立共同標準的事宜。然而，此事於立法院中遭遇綠營委員作梗，在審議預算案時，做出限制工研院人員前往大陸的附帶決議，使得工研究不敢採取積極作為，有關事宜因而停頓。

其後，江丙坤接受龐建國建議，成立「華聚產業共同標準推動基金會」，成為大陸官方認可的兩岸資通訊產業技術標準往來窗口，乃有到目前為止已經舉辦九屆的《海峽兩岸信息產業（和）技術標準論壇》的交流合作平台。不過，華聚基金會畢竟是由企業捐助成立的純民間團體，人力和物力均不足以勝任兩岸產業標準合作實質性的工作，只能作為舉辦活動的聯絡單位。同時，受到藍綠對立政治氛圍的影響，台灣的企業界對於參與兩岸產業技術標準合作有一些顧忌，政府所屬的財團法人研究機構（如工研院和資策會）更是保守謹慎。對應台灣方面的態度，大陸方面也未真正地打開門戶，系統性地導引台灣方面的企業和研究機構進入標準制定的

行列（雖然有個別的廠商，如聯發科、宏碁與宏達電，以其在大陸的子公司的身份加入通標協成為會員。另外，威剛科技和慧榮科技參與了中電標協的移動存儲標準工作委員會）。[21] 在《海峽兩岸信息產業（和）技術標準論壇》上所進行的交流接觸，多少流於形式，實質成就不足。

2008年5月之後，兩岸關係大幅改善，並且簽署《海峽兩岸標準計量檢驗認證合作協議》，站在華聚基金會事先奠定的交流合作基礎上，兩岸理應在共同標準的建立上有明顯的進展。然而，總結過去五年多來的經驗，我們發現，台灣官方始終無法跳脫「習慣性的防衛心理」，總是受制於過當的「國家安全」思維，在包括技術標準的兩岸產業合作上處處設防。由於台灣方面的態度消極保守，動作謹小慎微，[22] 大陸方面也採取了敷衍性的回應，並未認真看待建立共同標準的事宜。這種「互不信任」的局面，或者「台灣保守，大陸敷衍」的互動情勢，使得兩岸建立共同標準的事宜無法產生突破性的成就，這是兩岸產業合作必須面對的重大挑戰，必須跨越的寬闊鴻溝。

伍、從建立共同標準談台商轉型升級

全球化的競爭使得產業標準的議題越來越受重視，兩岸產業合作若是以打造具有全球競爭力的完整產業鏈作為共同願景，制定共同標準將是兩

---

[21] 目前有六家台灣廠商加入中國通信標準化協會，包括上海晨思電子科技公司、宏碁智能（重慶）公司、健和興科技（蘇州）公司、富譽電子科技（淮安）公司、聯發博動科技（北京）公司和宏達通訊公司。其中，聯發科的子公司聯發博動科技公司並且成為協會的理事。威剛科技在中國電子工業標準化技術協會的移動存儲標準工作委員會中，也取得副主任委員單位的資格。另外，有幾家台商參與了AVS的技術標準工作組。

[22] 據聞，目前正在進行的《海峽兩岸貨品貿易協議》的協商中，台灣方面就不敢採用「共同標準」乃至於「共通標準」的用詞，十足顯現保守怕事的心態。

岸無可迴避的任務。從全球分工體系坐落位置的移動來說，海峽兩岸都在
過去30年來促成了本身的產業升級，成為後進國家發展的成功範例。在台
灣的例子中，有人認為，台灣的企業能夠有效地進行產業升級，很重要的
一個成功方程式，是及時的採取了「三管齊下」的策略：包括擴大生產規
模，改進生產技術和工廠管理，以及增進運籌配送的能力。也就是把產業
鏈中「代工」的環節做大做強，在世界市場中發揮「後起者的優勢」，因
而能夠超越後進國家發展的困境。[23]

　　不過，也有人指出，台灣的產業升級只是一種「快速追隨者」的模
式。因為，在整個產業鏈中，台灣的企業並不直接投入上游的標準或專
利，也不直接進攻下游的通路與品牌，而是當某項新技術可以商品化，或
者某個品牌大廠打出新產品之後，追隨這個新技術或新產品的標準與規
格，爭取代工訂單，然後很快地達到大規模的量產。所以，稱之為「快速
追隨者」的產業發展模式。值得警惕的是，這種以代工為主的產業發展模
式，近年來已經出現了「追趕的極限」，利潤越來越薄，不能不尋求突
破。[24] 突破之道無它，就是必須往產業鏈上游的標準與專利，或者下游的
通路與品牌邁進。

　　值得注意的是，在往標準或者品牌邁進的努力上，打造品牌的部分能
夠容納企業進行水平分工的空間較小，政府也比較難扮演主導性的角色，
更多的成敗因素是由市場機能來決定。相對來說，制定標準的部分能夠容
納企業進行水平分工的空間較大，因為產業技術標準通常是由眾多專利技
術組成，不同的企業可以爭取將本身擁有專利的技術放進標準的專利池
中，和其他企業的專利技術共同組成一套標準。同時，政府對於產業標準

---

[23] 瞿宛文、安士敦（Alice H. Amsden）著，朱道凱譯，**超越後進發展：台灣的產業升級策略**（台
北：聯經出版社，2003年）。

[24] 王振寰，**追趕的極限──台灣的經濟轉型與創新**（高雄：巨流圖書公司，2010年）。

的制定，可以發揮信息蒐集、行動協調和補貼外部性的功能，[25] 補助企業進行專利技術的研發、登記和維持，規範行業標準和國家標準的制定與執行，以及參與國際標準組織的活動，爭取國際標準制定的話語權。

　　如前所述，中國大陸在技術標準領域展現了旺盛的企圖心和日益雄厚的競爭力，政府角色功能的發揮也逐漸熟稔到位。相對來說，台灣方面受限於市場規模、人才數量和技術層次，再加上並非ISO、IEC和ITU等國際標準組織的成員，所以，較少在技術標準領域著墨，遑論主導標準的制定。不過，除非台灣的企業界，包括大陸的台商，甘心只做代工，否則就應該思考如何朝標準的層次邁進。

　　在市場規模、人才數量和技術層次等條件不足的情況下，台灣想要超越追趕的極限，就必須尋求合作夥伴，共同跨越障礙。以現實情況來說，最適合的合作夥伴就是中國大陸。大致說來，台灣的研發創意、設計能力、商品化效率、經營管理，以及大陸的市場規模、生產條件、科研實力和政策力道，若能適當結合，將十分有利於海峽兩岸共同制定產業技術標準，以及共同打造具有全球競爭力的產業鏈。

　　可是，也像前面提到過的，兩岸建立共同標準的事宜，一直停留在台灣方面謹小慎微、大陸方面敷衍應付的形勢中，需要有足夠的聲浪和壓力來突破這種沉悶的局面。就此而言，大陸台商應該可以分別在台灣和大陸扮演一定的角色，發揮一定的作用。

　　在台灣方面，台商可以扮演政府諍友的角色，發揮壓力團體的作用，敦促有關當局面對現實，擺脫過當的防衛心理，以兩岸共同市場的格局，規劃台灣的產業發展方向和升級路徑，放寬大陸資金和人員來台的限制，

---

[25] 林毅夫認為，後進國家的產業升級，應該基於本身既有的資源稟賦，從全球分工體系中找尋具有比較優勢的產業，鼓勵民間投入。政府的作用，應該範限在克服信息、協調和外部性等產業升級的內在問題，有關論點，見林毅夫著，蘇劍譯，新結構經濟學：反思經濟發展與政策的理論框架（北京：北京大學出版社，2012年）。

減少兩岸之間生產要素流通的障礙，降低相關交易成本，形成優勢互補的生產網絡或產業價值鏈。同時，要求政府依據《海峽兩岸標準計量檢驗認證合作協議》，積極展開相應的交流合作行動，鼓勵台灣的財團法人研究機構、學術研究單位和有能力的企業，參與大陸標準制定的行列，掌握大陸標準制定的動向，努力將台灣有競爭力的專利技術，鑲嵌進大陸主導的標準的專利池中。

在大陸方面，台商應該跳脫代工的格局，重視參與標準研發制定、產業推廣和檢驗認證的可能性。台商可以藉由台資企業協會的組織力量以及大陸當地的社會網絡關係，為建立兩岸共同標準貢獻心力，包括向中央和地方領導建言，認真處理建立兩岸共同標準的事宜；串聯兩岸相關的生產要素，形成建立兩岸共同標準的價值鏈；以及投入有利於本身企業進入打造共同標準行列的研究發展和經營管理。特別是在新興產業的領域，像下一代信息技術、半導體照明、太陽光伏和電動汽車等等，主流的標準體系尚未成形，兩岸攜手，頗有可為，台商可以在這些領域發揮作用。

陸、結語

近年來，海峽兩岸經濟實力的消長相當明顯。從產業發展與升級的角度來觀察，中國大陸藉由龐大的市場規模而能發揮匯集資源的吸引力，金融海嘯之後，美、歐、日的景氣低迷雖然對大陸的出口造成衝擊，但是透過內需市場和新興國家市場的開發，讓大陸還能夠維持一定的成長動能。從生產要素投入（資金充沛、人力素質提高）、產業結構升級（基礎設施改善、城鎮化有序進行、七大戰略性新興產業展開佈局）、技術改進（科研實力雄厚、海歸人士助陣、併購能力增強），和制度改革（中央領導宣示「簡政放權」，繼續推動市場化體制改革）等面向來觀察，大陸雖然面對人口結構老化、人口紅利流失的制約，以及產業升級難度增加的關卡，

但仍有機會如林毅夫所做的推估，再維持20年到30年的高速成長。[26]

　　相對來說，台灣受限於本身市場規模不夠大，無法靠本身的市場作為吸引資源的條件，而必須瞄準其他市場，在全球價值鏈中積極卡位。過去，台灣結合大陸的市場條件成為許多產品全球價值鏈的重要代工者，但是隨著新興國家尤其是中國大陸的崛起，台灣企業在全球價值鏈中代工製造的環節所能獲得的利潤越來越薄，地位逐漸不保，必須設法謀求產業升級。然而，同樣受限於市場規模，台灣無法在本身的市場內聚集足夠的資源（人才、技術、市場份額），順利地朝全球價值鏈領導廠商的位置邁進。所以，台灣必須擴大視野，放大格局，從全球分工體系中找尋適當的合作夥伴，攜手邁向產業升級之路。

　　台灣方面在處理兩岸事務時，多少受制於歷史遺緒和藍綠對立形成的心理障礙，加上對中國大陸的情況不夠熟悉，因而容易出現思維上的盲點，放大台灣在大陸整體決策中的分量。然而，大陸在和平發展的道路上，已經建構起大國格局，正努力從全球範圍吸收養份，和全世界的市場接軌往來，台灣只是分量正在減輕的諸多交往對象之一。現階段，台灣還有一些競爭優勢，可以和大陸形成優勢互補的組合，建立共同標準，打造完整的產業鏈。但是，台灣並未擁有大陸不可或缺的核心技術與研發能量，只有及早嵌入大陸的標準制定和產業升級的行列中，才能享有大陸成長力道中互利雙贏的機遇，遲疑蹉跎的結果，將很難避免邊緣化的命運。

---

[26] 林毅夫，解讀中國經濟（台北：時報文化出版公司，2009年）。

參考書目

一、中文部分

王振寰，追趕的極限——台灣的經濟轉型與創新（高雄：巨流圖書公司，2010年）。

甘思德（Scott Kennedy）、蘇邁德（Richard P. Suttmeier）和蘇竣（Jun Su），「標準、相關利益方與創新：全球知識經濟下中國作用之演進」，**全美亞洲研究所特別報告**，總第15期（Seattle, WA：全美亞洲研究所，2008年9月）。

李仁芳、吳明機，「台灣電子資訊產業參與國際與大中華技術標準之策略」，**遠景基金會季刊**，第八卷，第二期（2007年4月），頁131-169。

林毅夫，**解讀中國經濟**（台北：時報文化出版公司，2009年）。

林毅夫著，蘇劍譯，**新結構經濟學：反思經濟發展與政策的理論框架**（北京：北京大學出版社，2012年）。

彭慧鸞，「從『中國製造』到『中國創造』：官僚政治、標準化知識社群與國際參與」，**中國大陸研究**，第52卷，第2期（2009年6月），頁43-66。

道格拉斯·C·諾斯（Douglas C. North）等著，劉亞平編譯，**交易費用政治學**（北京：中國人民大學出版社，2011年）。

瞿宛文、安士敦（Alice H. Amsden）著，朱道凱譯，**超越後進發展：台灣的產業升級策略**（台北：聯經出版社，2003年）。

蘇邁德（Richard P. Suttmeier）、姚向葵（Yao Xiangkui），「中國入世後的技術政策：標準、軟體及技術民族主義實質之變化」，**全美亞洲研究所特別報告**，總第7期，（Seattle, WA：全美亞洲研究所，2004年5月）。

蘇邁德（Richard P. Suttmeier）、姚向葵（Xiangkui Yao）和譚自湘（Alex Zixiang Tan），「標準就是力量？中國國家標準化戰略制定中的技術、政治和機構」，**全美亞洲研究所特別報告**，總第10期，（Seattle, WA：全美亞洲研究所，2006年6月）。

二、英文部分

Coase, Ronald H., "The Nature of the Firm," *Economica*, vol. 4, no. 16 (1937), pp.386-405.

Dahlman, Carl J., "The Problem of Externality," *Journal of Law and Economics*, vol. 22, no.1 (1979), pp.141-162

Gereffi, Gary, John Humphrey and Timothy Sturgeon, "The Governance of Global Value Chains," *Review of International Political Economy*, vol. 12, no. 1 (2005), pp.78-104.

Gereffi, Gary and Karina Fernandez-Stark, *Global Value Chain Analysis: A Primer.* (Durham, NC: Center on Globalization, Governance and Competitiveness, Duke University, 2011).

North, Douglas C., "A Transaction Cost Theory of Politics," *Journal of Theoretical Politics*, vol. 2, no. 4 (1990), pp.355-367.

North, Douglas C., *Institutions, Institutional Change and Economic Performance* (New York: Cambridge University Press, 1990).

Kaplinsky, Raphael and Michael Morris, "Governance Matters in Value Chains," *Developing Alternatives*, vol. 9, issue 1 (2003), pp.11-18.

Williamson, Oliver E., *Markets and Hierarchies: Analysis and Antitrust Implications* (New York: The Free Press, 1975).

建構台商品牌、通路策略與挑戰

朱訓麒

（財團法人商業發展研究院副研究員）

摘要

　　許多台灣企業藉由中國大陸龐大內需市場，建立起輝煌傲人的事業與競爭力，不但超越了原本在台灣的規模，甚至是達到了世界級的地位。中國大陸零售市場有許多特色與潛規則，這使得諸如百思買（Best Buy），eBay等世界零售巨擘儘管實力與資源雄厚，仍然在中國大陸踢到鐵板，因水土不服而退出市場，而這些特色也常是台商所忽略，容易導致經營失敗的因素。

　　本文將分析這些與經營攸關的市場特色，並進一步根據這些市場特色，提出台灣廠商應建立的三項能力：第一，商品須具備差異化，強調服務價值；第二，須強化專業人才，注重規劃；第三，需開發「有效」的通路，貴在精不在多。在經營策略方面，我們建議台商須掌握「小而美」、「別無分號」與「健康無價」三個元素，就能讓台商立於較佳的競爭基礎，創造出產品的價值。

關鍵字：內需市場、兩岸通路、差異化、在地經營

壹、導言

　　康師傅藉由中國大陸龐大內需市場，建立起輝煌傲人的事業與競爭力，不但超越了原本在台灣的規模，甚至是達到了世界級的地位。這樣的案例其實不勝枚舉，如旺旺食品、大潤發、丹尼斯百貨、麗嬰房、達芙妮、歐迪芬、象王洗衣、一茶一座、億可等。台灣廠商能生產高品質的產品並提供優質的服務，而中國大陸偌大的市場與通路，同樣也需要可靠的產品與貼心的服務來充實經營的內容，消費者更渴望能有多樣化與高品質的產品，故台灣企業到中國大陸的成功故事，個個都是兩岸產業合作、多贏的經典案例。儘管兩岸之市場充滿著商機，但也存在著經營風險，尤其是兩岸市場特性與消費者需求的差異，可能造成台商誤判情勢，陷入經營的困境，本文即分析中國大陸零售通路特性，並提出台商進入市場時可採行的策略。

貳、世界新興市場通路特性與挑戰

　　知己知彼才能百戰百勝，進入海外市場前，台商就必須先檢視自身的產品與能力，進行市場調查以及競爭者分析等工作。有了完整的計畫後，再逐步根據該規劃，建立海外事業。

　　新興市場通常具有以下特點：(1)經濟快速成長，但人民所得差距仍大，收入高者對於新產品與進口產品的需求高，甚至常渴望差異化與高品質的產品或服務，卻無法得到滿足；(2)市場上的產品或服務品質差異大，消費者對於產品的信任度低，此時品牌的重要性就更為重要，因為品牌是品質的保證；(3)市場法規較不健全，且具有保護當地企業的色彩，許多灰色地帶促成市場機會，同時也伴隨高度風險。

　　在經營挑戰方面，要將前述的台灣企業優勢在海外市場展現並不容

易，台商進入海外市場前就必須對自身的能力有所認知，不可貿然的著眼於市場吸引力而盲目投入。台商應根據自身的產業、規模、經營目標、能力、國際化動機，與國際化所處的階段等因素，評估進入海外市場的適當時機、用何種策略與模式進入，以及進入後的營運策略，能力與準備不足的台商到海外，很可能會陷入經營的困境。

根據國際知名顧問公司Roland Berger於2011年調查「大型多國企業與中小型企業在海外經營時最關心的議題」時發現，多國企業最關心的依序為(1)主要市場佔有率的提升(2)進入尚未進入的市場(3)當地市場經營知識(4)投入固定資產的縮減；而中小企業最關心的則為(1)當地經營的知識(2)建立進入市場的模式(3)風險降低(4)補足內部能力與資源的不足（參見表1）。可見從企業規模之構面來看，廠商的需求就有很大的不同，因為不同規模之企業將面臨不同的經營挑戰。總之，國際經營管理之複雜度與難度較高，台商不可不慎。

表1　大型多國企業與中小型企業海外經營最關心的前四項議題比較

議題排序	多國企業（Multinationals）		中小型企業（SMEs）	
	議題	比例	議題	比例
1	主要市場的佔有率提升	62%	當地經營的知識	63%
2	進入尚未進入的市場	54%	建立進入市場的模式	57%
3	當地市場經營知識	38%	風險降低	55%
4	投入固定資產的縮減	37%	補足內部能力與資源的不足	45%

資料來源：商發院整理Roland Berger顧問公司2011年調查報告。

若將企業國際化分為「準備期、進入期、在地經營期」三個階段，每個階段面臨的挑戰與應對方案如下：

一、準備期的挑戰

準備期是指：「企業產生國際化動機，即發覺有向海外發展的需要，並開始蒐集相關資訊，但尚未投入資源和做出進入海外市場實際決定的階段。在準備階段的廠商就必須具備應有的認知與能力，不可混淆與低估海外經營的挑戰。商業發展研究院發現，許多台商未體認國際化準備階段之重要性，因而沒有優先釐清相關問題，如國際化的動機是否合理，以及是否有能力處理海外經營的相關事務等，就快速投入資源進入海外市場，最後導致經營績效不佳。例如，常有台商誤認為在台經營不佳的原因是競爭過於激烈，因此未經過調查就直覺認為海外市場比較沒有競爭壓力，但實際前往經營後才發現，當地的競爭程度不低於台灣，此時再加上企業本身缺乏海外管理的能力與經驗，最後只能鎩羽而歸。

二、進入期的挑戰

進入期是指：企業決定進入海外市場，且開始投入資源在公司或營業登記、產品貿易、門市裝潢、各項業務展開前的準備工作，但尚未正式進行任何銷售的階段。此時期的挑戰包括：財務、會計、稅務與法律等行政議題、進入區位如國家、地區與城市的選擇，以及事業在異地展開與經營的方式。例如，進入海外市場的公司模式為獨資、合資或授權？若考慮合資，合作對象為何？股權結構比例，以及彼此權利義務為何？若考慮進入中國大陸，該進入北方或南方地區？該進入一級城市或是較為鄉村的地方？另外，進入新興市場必須認真研究相關規定，並確實遵守相關法規，絕對不可有靠關係、走後門的心態，如此事業才能長久。

三、在地經營期的挑戰

在地經營期是指：企業在公司、產品與開店等行政登記程序完備後，開始正式營業的階段。此時的主要挑戰為：如何透過經營管理，將台灣產

品與服務的優勢在海外市場呈現，並能洞察當地消費者需求，適度調整自身的產品與服務以建立穩固的基礎。總體來說，台商在此階段，常因為過去經營之台灣地理區域與市場較小，在進入廣大的新興市場後較缺乏跨文化、大地理區域與多門店管理技術，而導致經營的挫折。例如，在中國大陸市場常有台商忽略同時經營廣大市場的風險與成本，短期內將多個門店佈局在太大的地理區域，橫跨多個省，在供應鏈無法配合、運輸成本高、人力與培訓不足、各地消費者需求不同等諸多因素下，導致銷售欠佳、經營困難。廠商應先專注並穩固某區域市場，打好基礎、建立制度並充分適應海外環境後，再考慮向更大的市場發展。同時也必須以科學化的管理技術，如行銷研究以了解各地消費者與競爭者、資訊管理與人才培育系統以提升管理效率，降低運營成本，且任何展店或進入新市場之擴張決策都必須經過可行性評估。這點也與前述台灣企業優勢呼應，我們擅長的是精緻、創意與彈性的服務，而非大規模與大地理區域的市場操作，更不是低價競爭。當規模大過於經營能力許可，彈性與高品質服務都將難以維持，台商千萬不可迷失了方向，必須認清根本且鞏固優勢才是成功的唯一方向。

參、中國大陸通路特色

　　世界第二大經濟體中國大陸之內需市場仍持續高速增長，2012年全國社會消費品零售總額約達21兆人民幣，成長率超過14％。淘寶網與天貓網合辦的11月11日光棍節網路特賣會，在2012年創下單日銷售191億人民幣的天量，打破世界紀錄。創立於2006年，總部位於湖南長沙，單靠淘寶網銷售之「淘品牌」——御泥坊，在2012年的銷售額也高達2億人民幣。

　　近年來，中國大陸各產業驚人的統計數據，就像是人民幣不斷向各國業者招手，也吸引了全球的企業湧入，大展身手。持續增長的這塊市場大

餅與台灣有最緊密的關係，從各種客觀條件來看，台商有極好的籌碼去分得豐厚的份額。然而，台灣業者經營成功的比例並不如想像中高。對於尚未能從此市場獲得足夠利潤的台商而言，中國大陸市場確實充滿商機，但也伴隨著不小的風險與挑戰，絕對不是隨便做做就能獲利，也不是依靠過去的市場經驗就能勝出。有時候，台灣經驗不但不能幫助我們，甚至可能阻礙了應有的市場洞察力與經營彈性。

中國大陸零售市場有許多特色與潛規則，這使得諸如百思買（Best Buy）、eBay等世界零售巨擘儘管實力與資源雄厚，仍然在中國大陸踢到鐵板，因水土不服而退出市場；而這些特色也常是台商所忽略，容易導致經營失敗的地雷。本文將分析這些與經營攸關的市場特色，並進一步根據這些市場特色，建議台灣廠商可採取的經營策略。

一、零售末端通路零散

中國大陸約有2,100萬個各類零售網點，市場中的前五大零售商所佔的市場佔有率大約僅有總體15%，比例遠低於台灣、美國，甚至是其他新興市場如印度、印尼與俄羅斯。當台灣現代化通路可達80%時，中國大陸現代化通路僅佔整體約20%。從以上數字可推論，中國大陸零售市場極度分散與片段，有著巨量銷售、規模小且地理區域分散的終端零售點，以及相對應的經銷商與批發商。此特性也意味著供應商無法透過全國KA等連鎖系統，以較有效率與低成本的方法銷售商品，故導致通路成本高昂。供應商需要靠大量的資源，才能將商品銷售到目標顧客手中，故成功關鍵常是發展有效的通路系統，而經銷商的選擇與管理則成為市場顯學。通路零散除了影響直接銷售，也同時影響著商品包裝與設計、促銷模式、物流配送與企業的整體組織架構，而網路銷售爆發式成長也正反映出實體通路的限制。

二、區域市場差異大

　　「東酸」、「西辣」、「南甜」、「北鹹」的俗諺一語道破了行銷學上的重要原則——消費者需求因地理區位不同而有所差異，同時也再一次提醒業者，不要再做單一商品銷售全中國，或同時經營全中國市場的白日夢。除消費者需求不同外，客觀上天南地北不同的天氣、人口結構與種族、市場結構、競爭狀況等經營環境都大幅影響。企業行銷組合的策略以飲料為例，一線城市如北京、上海的現代通路銷售比重已經可達到70%以上，若是高端商品，現代通路的銷售更可達90%。但在二、三線或以下的城市，仍需要靠大量的傳統零售點，如夫妻店、食雜攤來銷售，而透過各級經銷商與批發市場達到這些傳統末端通路就是必要的方法。在一線城市經營KA與在二、三級或以下等城市經營傳統通路的概念與策略就有很大的不同。一般來說，KA的曝光效果好且銷量大，但高昂的費用可能讓利潤所剩無幾。反而是在傳統通路上，若能透過各級通路成員有效率的合作，較有機會獲取較高的利潤。

三、電子商務是命脈

　　2012年中國大陸網路零售市場交易額達13,205億人民幣，年度增長率高達64.7%。其年度零售額已經佔社會消費品零售總額的6.3%，比2011年的4.4%增加了1.9%。中國大陸電子商務對廠商之重要性遠超過其他國家或區域，其涵蓋範圍（51%，依照上網與總人口佔比）遠超過實體零售通路消費者涵蓋率（僅有13%，前20名零售商之通路在整體市場比例），且消費者習慣上網蒐集訊息且相信網路的比率，也大幅高過歐美日等市場，這是「世界獨有」的網路市場，也就是說，網路確實能更有效率的接觸到更多的目標消費者。

　　反應在銷售數字上，2010年淘寶網的成交額，比五大實體零售商加總高，所以中國大陸零售商事實上只有「一大」，就是阿里巴巴集團下的淘

寶加上天貓，其他任何單一實體通路的銷售額與淘寶系統網站相比，都還小的多。且中國大陸政策持續推動電子商務，「十二五規劃」下，未來網路市場將會繼續發展；現在不只是品牌供應商，如王府井、新世界等傳統百貨也極力發展網上商城，發展虛實整合銷售。阿里巴巴集團主席馬雲甚至與萬達集團董事長王健林對賭一億元人民幣，他認為2020年中國大陸的網上交易總額會超過實體銷售。

中國大陸電子商務的重要性，可從以下事件充分地顯現。名列「2012中國連鎖百強」之首的蘇寧電器股份有限公司於2013年3月22日宣佈將更改公司全名為「蘇寧雲商集團股份有限公司」，同時誓師改革將打造集團為「店商＋電商＋服務」虛實整合綜合體，也就是所謂的O2O（Online to Offline）概念，在線下開設超級店、旗艦店、生活廣場等店型，主要是為消費者提供體驗、展示、諮詢以及提貨等服務。而線上同時銷售電器、化妝品、日用品等商品外，還提供開放平台給其他的商家進駐。蘇寧將online與offline的顧客資料、付款機制、售前售後服務、物流等全部打通連結，置於雲端。未來的蘇寧是實體與虛擬緊密不可分，甚至可說實體通路是為了服務虛擬通路而發展。

雖然許多客觀的事實不斷強烈傳達電子商務在中國大陸的重要性，但根據過去的經驗，台灣廠商投入的人力與資源似乎遠不及應有的比例。故我們強烈建議新進入市場的廠商可先從電子商務下手，以虛探實，或是至少提撥50%以上的資源在電子商務，而不是以順便試探，或是以僅是通路之一的態度來面對。尤其是電子商務相當專業，困難度不輸於實體經營，不建議自行摸索或培訓現有同仁，網羅專業人才是建立電子商務團隊的第一要務。另外，電子商務不只是進行B2B、B2C交易的通路，更是研究消費者行為、競爭者調查、推廣品牌等活動的重要工具，是任何企業都必須深入研究的媒體與通路。未來智慧手機與APP普及下，虛擬通路有可能超過實體的銷售，或是說至少50%的銷售都與網路或手機訊息有關，在台灣

亦是如此。

肆、中國大陸消費者對台灣產品的認知

　　台灣廠商積極往海外發展，中國大陸的「台灣商品貿易展」展現出台灣品質對消費者的吸引力，採購盛況也證實了台灣商品在大陸的市場潛力。但市場經營必須長久，品牌價值建構於精準的行銷策略與點滴的實力累積，少數台商在「只要是台灣的，什麼都賣得出去」的錯覺下，可能造成短暫的銷售佳績，卻無法長期維持的遺憾。

　　根據商業發展研究院在2011年的調查，在未提示下，四百位南京受訪者中，居然最多僅有20位能主動說出知道的台灣品牌，其中認知度最高的台灣品牌是食品業的元祖，而第二名與第三名皆是電子產品，分別是18位的華碩和13位的明碁。且有受訪者誤認為肯德基（12位）、蘇寧電器（5位）、俏江南（3位）也是來自台灣（如表2）。整體而言，受訪者僅對台灣電子商品與餐飲小吃有較清晰的印象，同時也有較高比例願意多付錢來購買，而對其他商品並無強烈的印象與偏好。由此可知，僅有少數的台灣商品可直接受惠於鮮明的台灣產地形象。

表2　南京消費者對台灣品牌印象

排名	品牌	次數	正確認知台灣品牌	產品類別
1	元祖	20	O	餐飲服務
2	華碩（ASUS）	18	O	電子器材
3	宏碁（Acer）	13	O	電子器材
3	明碁（Ben-Q）	13	O	電子器材
4	KFC	12	X	餐飲服務

排名	品牌	次數	正確認知台灣品牌	產品類別
5	HTC	10	O	電子器材
5	大洋百貨	10	O	生活百貨
6	永和豆漿	8	O	餐飲服務
7	蘇寧	5	X	電子器材
7	蘋果	5	X	電子器材
8	俏江南	3	X	餐飲服務
8	國美	3	X	電子器材
8	李寧	3	X	服飾
9	Nike／安踏	2	X	生活百貨
10	麥當勞／三星／聯想／沃爾瑪／新華書店／ZARA／九陽豆漿機／愛好筆／夫子廟	1	X	餐飲服務／電子器材／生活百貨／文教娛樂／服飾
10	富士康／多普達／美麗日記面膜／長壽菸／寶島眼鏡／相信音樂／STAYREAL	1	O	電子器材／生活百貨／文教娛樂／服飾

資料來源：商業發展研究院（2011年）。

簡言之，並非所有的商品冠上「台灣」兩字就會受到海外消費者（尤其是中國大陸消費者）歡迎，有些時候甚是可能會有反效果。但許多台商並不知道此一來源地效應（COO, Country of Origin）（Schooler, 1965；Dzever and Quester,1999）對品牌經營的重要性。中國大陸市場中，台灣品牌來源地效應相關的研究相當的少，商發院研究團隊企圖針對大陸消費者進行台灣品牌認知與評價等議題發動研究，透過不同城市與族群之焦點團體訪談法，找出商品冠上台灣兩字的操作基本原則與策略，以及台灣商品可鎖定的主要消費族群、供應商，遵循並協助政府推動台灣商品。例如，透過調查找出哪些地區、城市、產品或族群是台灣商品的主要市場，

適合強化來自台灣的形象，而這些偏好台灣商品的族群具有哪些特徵，應當列為主要目標，而哪些商品冠上台灣兩字並無優勢等。

我們發現「台灣來源效應」並非簡單的概念，其中又可分為「源自台灣的品牌」、「台灣風格的商品」、「台灣製造」或「台灣團隊經營」等，在應用上並無標準答案。基本上，對於需要新鮮感的產品如食品，打上台灣的品牌可能勾起消費者的好奇心與親切感而吸引購買；但相對理性的商品如電子商品，消費者表示在哪裡生產並無差異，如iPhone在大陸生產也不影響其銷售量。而時尚相關的商品，台灣品牌並無顯著的優勢。另一方面，打出台灣招牌可能讓消費者有高度期望，除非品質的確良好，否則可能因為期望越高、失望越高的道理造成顧客的不滿意。最後，值得注意的是，許多非正宗的台灣商品與廠商過度使用台灣品牌，但提供不良的產品或服務，因而影響到台灣商品長遠的發展，此部分值得台灣廠商與相關單位注意。

伍、台灣食品暢銷的原因

在2012年10月，我們進一步以淘寶網的資料進行分析，並與韓國進行對比。發現於淘寶網以「台灣」為關鍵字輸入找尋欲購買商品的消費者中，有62%為女性，年齡以30至34歲者佔23.6%為最高，而消費者分類以「愛吃零食」類的消費者為最多，達到13.5%。暢銷的城市分別為上海、北京、杭州與南京。暢銷的商品以糕餅零食類居多。若與以「韓國」為關鍵字輸入找尋欲購買商品的消費者對比，其人數是台灣的五倍，而以「愛美女生」的消費群最多，高達13.4%為最多，最暢銷的城市分別為上海、北京、深圳與天津。由此可知，台灣形象與食品緊密相關。這也說明了如統一、旺旺與張君雅小妹妹等包裝食品，以及85度C、鹿港小鎮、都可茶飲與炸雞排等餐飲，能在中國大陸有很好的發展的原因。

　　然而，儘管前景一片看好，商發院研究團隊深入華東的零售超市進行調查，同時訪問專營進口食品的本地經銷商後，有以下的重要發現，提供給業者參考以掌握最新的競爭態勢與市場狀況。

　　一、目前超市貨架上許多暢銷的台灣進口食品，在台灣並非出名的前幾大品牌與暢銷商品，例如牛奶棒、餅乾、麻糬等。可見許多小品牌確實有經營市場的能力或能掌握快速進入市場的管道。但總體來說，仍有許多潛力商品未進入市場，業者應進行深入的市場評估，快速發展新的品項，否則中國大陸消費者可能認為台灣食品的項目就是目前暢銷的這些，市場先機可能被其他地區或國家的廠商搶先。

　　二、許多食品廠商受到非正常一般性報關進口之商品所苦，這些商品透過各種管道進入，造成進口成本不一，末端通路價格混亂，最後中間商或末端通路不願意繼續銷售類似商品，此狀況對於以長遠經營為目標的正常報關廠商打擊很大。若有長期經營計畫的廠商，必須謹慎的選擇出口方式與銷售對象，以免傷害品牌。

　　三、台灣商品在通路之銷售排面似乎在快速減少，同時韓國商品大幅增加，因為韓國商品具低廉的價格與較高質感的包裝。

　　四、一般來說，食品經銷商通常要求20%利潤，末端通路如超市要求30%利潤，而廠商必須自付每項商品100至1,000人民幣的入場費，而其他費用可交由經銷商處理。許多進口食品經銷商在各大通路都有自己現成的排面、貨架空間與導購人員，故能協助品牌供應商以較有效率的方式進入商場並管理商品。也就是說，廠商直營零售通路而不透過經銷商，很可能會有更高的經營成本。

　　五、台灣進口食品進入中國大陸的時間較早，但目前整個東南亞的進口食品價格包含台灣商品都往下降，漸漸不受到商場與消費者的青睞。業者必須強化商品包裝與新品的開發，或投入品牌行銷。

　　六、進口食品經銷商希望能有更多高品質，且通過中國大陸中央檢驗

的食品。目前符合條件的台灣進口商品數量少，且價格過高。因為許多台灣食品受到供貨不及或物流與通關問題的困擾，最終改為本地生產。值得注意的是，這些品牌雖改為中國大陸生產，但根據經銷商的觀察，銷售數量並不會明顯下跌，可見品牌力量已經產生，此模式值得台商參考。

七、進口食品經銷商發現台灣商品的包裝太弱，希望能有大包裝、視覺傳達強烈且佔排面大的產品，因為商品包裝就是主要說服消費者的一種媒體，商品包裝會在貨架上「說話」，此點與台灣廠商一般的認知不同。

陸、通路競爭力來自經營實力

近年來許多台商前往中國大陸發展，台商最關心的議題以及面臨的主要考驗就是經營產業、產品的選擇，以及通路佈建的問題。台商常詢問「到底什麼樣的產品在中國大陸有比較大的機會？」，「中國大陸消費者比較喜歡哪些台灣的商品？」，「如何選擇販賣商品的形式（通路）？」，以上問題其實相當複雜且緊密相扣，表面上是產品選擇或是通路的問題，但根本上就是產品是否有獨特性或競爭力的議題，而競爭力的來源就是經營團隊是否有能力進行市場評估，與透過管理程序經營市場，創造有潛力商品的本質能力。換句話說，有能力的團隊，不論在經營任何產品或品項，都可利用台灣精緻的服務概念與創新能力找到新產品定位而闖出一片天。沒有紮實的經營能力，銷售最熱門的產品也無法長久獲利。以下簡單歸納幾個研究發現，可能與現有許多台商抱持的觀念有所出入，應有助於台商找尋經營的方向。

一、商品須差異化，強調服務價值才有機會

目前中國大陸市場的通路費用、廣宣費用、房租與人力費用皆高，已非過去所認知的經營成本低廉市場，若台商的商品無差異化，且無相對豐

厚的行銷資源，很難在大陸市場立足。根據BCG顧問公司的研究，經營
規模不到2億美元的企業，很難達到10%以上的淨利，且通常需要擠進該
品項或產業的領先地位才有可能獲利。這相當符合本研究團隊發現，許多
台商都陷入經營通路越多，產品越多，虧損越嚴重的現況。目前經營績效
佳的許多台商企業，如王品集團、85度C與都可茶飲都具備了產品差異化
的特性。

二、須強化專業人才，注重規劃

　　市場經營的專業與產品生產專業不同，製造產品與銷售產品分屬兩個
不同的事業領域，零售業廠商必須要網羅大量且多元的相關專業人才，否
則任何事業皆無法展開。許多台商低估了人才的重要，以至於經營策略的
失當或管理上的混亂，虧損嚴重。零售業經營必須透過嚴密的消費者與市
場調查，開發潛力商品，並透過專業的商品營銷與業務管理，建立有效率
的商品銷售網絡。建議企業發動行銷活動前都必須提出計畫，配合公司內
部資源，以及未來經營目標規劃，提出公司定位策略與通路佈局策略，其
中包含短、中、長期之規劃。最後按照規劃策略進行資源分配，包含分配
年度預算與招募培養相關人力。我們發現，失敗的台商絕大多數都低估了
專業人才的重要性，且投資於人才的比例過低，造成不可收拾的後果。

三、需開發「有效」的通路，通路在精不在多

　　許多台商初期面臨找不到通路的狀況，遂以為透過各種管道找到經銷
商或通路就是走向成功的大道。但根據研究，不合適的通路策略與佈局，
反而是走向巨幅虧損的主要原因，故台商必須謹慎規劃通路模式與選擇通
路夥伴，千萬不可僅靠關係或被動式的隨機發展通路。一定要經過仔細的
規劃與計算後才可發動通路佈局，否則通路易放難收，拉大拉長戰線對資
源有限的台商絕對沒有好處。事實上，許多大型的台灣代工廠商轉型發展

品牌與通路後落入此困境。因缺乏專業人才與完整的規劃，公司輕易的將商品廣佈全中國大陸之量販店、超市、百貨與購物中心，由於競爭激烈、通路費用高漲、行銷費用增高與被通路要求長期降價的多重壓力下，公司反而陷入了庫存過多、產品滯銷、毛利低的嚴重虧損狀況，且成為惡性循環，久久無法抽身。

以上三點就是台商在中國大陸發展成功的關鍵因素，希望台商能參考此研究發現，謹慎規劃事業，提高成功的機率。

柒、台灣優勢元素與經營方向建議

中國大陸市場儘管充滿挑戰，台商還是有許多機會突破困難，掌握商機。最重要的一點就是能找到有競爭力的產品，定位好自己，進行差異化的行銷。過去我們透過市場調查，發現目前最受到大陸消費者喜愛的台灣商品依序是小吃、電子產品、水果與旅遊。其中，小吃幾乎是100%消費者都認可的台灣特色，分數遠高於其他幾項，這也可說明目前許多台商在大陸經營餐飲、小吃與包裝食品相當成功的原因。然而，難道只有吃的才適合台灣廠商經營？台商都需要改變轉行做餐飲才能在中國大陸市場有較高的勝算？其實不然，與其決定狹隘的產品領域或定義，不如找出台灣較有競爭力或較受消費者喜愛的「產品元素」。只要儘量能經營具有這些元素的產品或服務，或是從現有產品中「萃取出此元素」來包裝並與消費者溝通，就有較高的成功機會。

我們根據消費者調查和台灣與當地業者、專家的訪問後，歸納出以下三個台灣較具有優勢、容易被市場接受且較有利潤空間的元素。

一、小而美

台灣並不擅長經營大地理區域的市場，因為從基隆到屏東可以開車一

天來回，而中國大陸某一省大區域的市場，就足以拖垮企業之供應鏈與管理系統，更不用說全中國大陸的市場。因為市場大，需要的資金、對各地市場特性與消費者之了解、人才、物流、差旅成本與資訊系統與管理等各方面都是很大的經營難題。因此，比規模、比大、比低成本絕對不是台灣人的優勢；比小、比精緻、比彈性、比體貼、比創意與價值才是該走的路線。台灣優勢並非某項單一產品，而是來自台灣多元文化與市場競爭下所發展出的高度精緻化、創意與彈性的產品與服務。例如，台灣是世界獨特的攜帶式現做飲品市場，已經發產出豐富、多變化且不斷創新的各種現做之飲食產品以及百家爭鳴的品牌，名揚國際。各飲品的品牌有不同風格與定位，甚至發展成不同的門派，各自有著獨門秘方與技術演化的相承脈絡，常常一間小店就可能以茶、咖啡、鮮奶或水果為基礎，搭配大小珍珠、布丁、鮮果或冰淇淋等配料衍生出多達數十種的產品，且服務人員皆可立即隨顧客的喜好調配糖分、冰塊與其他配料，這就是台灣服務業無比強大的競爭力，絕非偶然，也非歐美等國際大型連鎖巨人能夠學習與競爭的。近來在中國大陸非常暢銷的張君雅小妹妹、蜜蘭諾松塔、我的美麗日記等都是精緻、創意的「小而美」產品。

二、別無分號

　　中國大陸市場也非常競爭，絕對不是只要是台灣商品，賣過去都可以暢銷。另外，當地競爭者的學習能力很強，許多好商品可能都已經被模仿，在市場上以更低的價格出售。故在進入市場前，必須嚴謹地進行市場調查，不可貿然投入。銷售與他人相同產品的企業，最後通常淪落到「殺價競爭」的惡性循環中，賣越多虧越多的不在少數。與其跟別人相同，不如發展獨特的產品，或是本質類似的產品卻有特別的定位、故事、成分或製程，也就是透過行銷與品牌包裝，進行細膩與巧妙的差異化，讓消費者購買時有與眾不同的體驗，從而獲得價值的滿足。例如，就算是賣一條毛

巾,也可以訴求所用的有機棉花來自多麼純淨的環境,栽種的農人有多麼
獨特的理念與感人的故事,並透過商品的包裝、賣場的陳列,甚至是毛巾
的折疊方法來傳達出與眾不同的價值。當商品是「別無分號」時,自然有
較高的利潤空間,容易吸引媒體進行免費的報導,且有更好的籌碼去進行
市場拓展,進入良性循環。

三、健康(安全)無價

　　台灣相對具有安全、值得信賴、科技進步與品管嚴格等形象,加上產
品價格又比歐美日等地有競爭力,故與健康有關的產品就相當受到消費者
喜愛。只要與健康有關的商品,消費者的涉入程度就會提高,就願意花高
一點的費用去換取「安心」,尤其是在食品安全衛生問題日益嚴重的今
日。例如,在中國大陸市場,如亞培、輝瑞等國際大廠都成立的數百人的
電話客服,直接用電話服務嬰兒奶粉的客戶,包含準媽媽與剛生產的年輕
媽媽,提供產品諮詢與育兒知識,讓他們能夠信任品牌。

圖1　台灣產品優勢元素

　　只要掌握「小而美」、「別無分號」與「健康無價」三個元素，就能讓台商立於較好的競爭基礎，容易創造出產品的價值。我們已經看到許多成功台商的事業都具備以上三個產品要素，且只要有這三個要素，企業可選擇經營的領域就更廣泛了，諸如餐飲、食品、包裝材料、廚房器具、衣物、洗衣店、保養品、健康食品、淨水器、家庭用品、衛生紙、腳踏車、甚至是補習班等，都有可能打造出具有高度價值的產品。

參考書目

商業發展研究院，「大陸消費者對台灣品牌印象調查」，技術處服務業國際化知識能量建置計畫，2011年。

Dzever S. and Quester P., (1999), Country-of-origin effects on purchasing agent's product perceptions: An Australian perspective. *Industrial Marketing Management*, 28: 165-175

Roland Berger (2011), *Market Expansion Services (MES) as the new industry category that takes outsourcing to a new dimension in market development report*

Schooler, R. D., (1965), Product bias in the central American common market, *Journal of Marketing Research*, 2(4): 394-397.

兩岸共同開拓國際市場
─從MNCs經理人角度探討

林中和

（台北市企業經理協進會副理事長）

摘要

　　1990年代初期，大陸台商在中國珠三角和長三角地區的投資經營，助益關鍵性多國籍企業等外資（FDI）的導入與高階專業經理人進駐，對中國經濟轉型和增長具有不可磨滅之貢獻。現階段台灣（企業）所擁有的國際市場運作智能與聯結，應有較佳機會可與中國大陸（企業）合作，共同開拓國際市場之契機。

　　本文主要討論「海峽兩岸（中台）產業（企業）合作共同開發世界（歐美）市場商機」為主題，藉助服務兩岸之多國籍企業（Multi-National Corporations；MNCs）的高階策略人才和專業經理人的實務經驗與觀點，探討其可行性。研究（初步）結論，雙方應藉助既有管道和新平台，對中草藥與中華美食兩特殊利基（niche）產業，優積極互動對話和攜手合作決策研商，以期兩岸能主導目標產業之國際遊戲規則，建構品牌行銷全球，共同拓展國際商機。惟MNCs高階策略人才，對兩岸合作之新組織運作可行性與其國際化人才競爭力有不同見解。

關鍵字：兩岸產業（企業）合作，多國籍企業，策略人才，競爭力，品牌行銷

一、研究背景

　　自1990年代初期以來，台商在中國大陸珠三角和長三角地區的投資，改善與提升且壯大了大陸經濟版圖。此外，多國籍企業等外資（FDI）的導入與高階專業經理人進駐，於2011年成就了大陸成為僅次於美國的全球第二大經濟體。究其因，是台商在中國運用1970年代初期至1980年代中期台灣「出口導向經濟」奇蹟之運作實務，所累積的智能與產銷相關技術及資源，加上台幣升值，勞力成本驟增，而迫使製造業轉進中國沿海各省。此舉不僅助益中國全面更新國內進出口產業結構，同時也持續提升增強大陸企業出口業務拓展能力，而使大陸台商成為中國大陸經濟高速成長的主要原動力。近十年來中國大陸出口數額與出口商品持續增長與創新，而出口商業模式也逐步與國際市場接軌，這可解釋為在中國大陸的台商對中國經濟增長之實質貢獻。

　　近年中國大陸企業，因受2008年美國次貸風暴和2011年歐債危機，所引發國際市場與全球經濟動盪不振牽連致出口不振，加上內需不如預期而導致大陸當前經濟呈現較疲軟現象（台灣綜合研究院2013）。台灣企業和大陸台商所擁有的國際市場運作智能與連結（connection），應有機會可以彌補此差距（gap），而能在中國大陸受到陸企與政府有關單位重新重視與運用；基於國際政經因素對大陸經濟的影響，今年上半年大陸出口增長率逐月走低，6月份居然出現多年未見的的3.1%「負增長」景象，拖累大陸製造業景氣，也壓抑（quench）了中國總體經濟成長動能。此時段，應可視為當前兩岸產業與企業合作契機，雙方決策領導人可藉助既有管道和新平台創立，積極進行對話互動，理性分析和探討研商如何攜手互助合作，兩岸共同開拓國際市場商機。

　　本文透過「海峽兩岸（中台）產業（企業）合作共同開發世界（歐美）市場商機」為主題，藉助多國籍企業（Multi-National Corporations；MNCs）高階策略人才和專業經理人的實務經驗與觀點探討其可行性。

二、兩岸產業合作進軍世界市場相關論述

　　樊綱（中國國民經濟研究所）近日來台指出，「大陸這次經濟成長速度放緩，是因過去七、八年來經濟過熱，到了調整時期，自然會放緩，這不是週期性問題，是主動調整而非經濟危機，是「軟著陸」非硬著陸；他認為，中國經濟GDP成長率在7％－8％之間，代表告別過熱（9％＋會有通膨問題；當達10％以上時，通膨和資產泡沫會同時出現），在他看來反而是件好事。魏杰（北京清華大學中國國民經濟研究中心）在台表示「中國這一波的產業結構調整的目的，是要打造升級版的大陸經濟，不像以往單純依靠財政與貨幣政策，關鍵在於技術創新，而預期兩岸的合作也會比以往更深層次。」對深耕研發技術與完成階段性價值轉型升級的台商，和其國際連結的商業智能是有利的。

　　吳中書（中華經濟研究院院長）指出，「兩岸產業各具優勢，台灣在電子與精密機械產業，設計與創意領域表現較佳；大陸則擁有雄厚的基礎研發實力、人才多企圖心也較大，雙方產業應尋求互補的機會。」筆者訪問今年傑出台商李時珍醫藥集團，和領導團隊數度互動對話後整理心得：「中國大陸擁有豐富的中藥材資源和中醫醫療傳統與療效實務，台灣則具有將電子資訊科技應用於生技醫療的智能，和優質的醫療人才，兩岸應思考如何加速對話，商研在此領域密切合作，可透過先行在兩岸和華人社會，進行必要的階段性臨床試驗，以加速取得認證和智能累積的規模經濟，縮短或免除與國際競爭的時程；台灣生技的技術搭配中國的消費規模，兩岸應可以協力（華夏智慧＋科學驗證和學理）決定許多產品（尤其是中草藥）之規（格）範、檢定標準和交易制度與準則，減少歐美國家在規格與認證上的牽制與困擾。」

　　蔡清彥（工業研究院）在論壇中指出，企業從創新邁向商品化時，就要找機會趕快轉型，美國企業能夠快速轉型，靠著是新創事業非常發達，只要有轉型上之需要，就會有許多相似商務的企業可以進行併購

（M&A）；惟兩岸目前的產業發展和商業與投資環境，尚未達到美國新創事業階段那麼發達，因此兩岸（台灣與中國大陸）勢必要以策略邏輯加上創意思維，進行許多領域上的合作。[1]

中華經濟研究院王健全副院長指出：台灣的六大新興產業，與大陸七大新興產業共同性非常高，尤其是節能減碳、環保等產業的發展，不但符合全球綠色經濟永續企業之產業發展趨勢，也符合兩岸產業的共同利益，兩岸若是在這些科技產業方面，能共同研發技術，制定規格標準，合作開發生產，且共同合作開拓國際市場，必能為兩岸科技產業發展開創嶄新的明天。[2]

三、多國籍企業

國際商務（International Business），可追溯至16世紀末，荷蘭東印度公司所做的香料和茶葉等，介於歐亞兩洲間的進出口買賣；1960年代，聯合國（United Nations）成立跨國公司研究中心（United Nations Centre of Transnational Corporations，簡稱UNCTC），依該中心名稱而言，實際上該跨國公司（Transnational Corporations，TNCs）指的就是多國公司。定義MNCs雖有三個不同角度(1)國外活動的程度（分公司銷售額與資產佔和總公司的比重；(2)指在國外設有製造設備的國家數目（需有直接投資而非僅有業務活動；標準寬，介於1－6國；(3)總公司心態（母國導向）與全球中心議（地主國導向）而定；台灣學術界定義「多國籍企業〔Multi-National Corporations（or Enterprises），簡稱MNCs或MNEs〕為在兩個以上的國家，擁有生產設施及從事銷售業務活動的企業體」。[3]

---

[1] 經濟日報、中國經濟50人論壇，第四屆「兩岸經濟產業合作大趨勢」論壇（台北：2013年）。

[2] 王健全，「全球與台灣經濟展望及市場契機」研討會（台北：2013年）。

[3] 許士軍等，管理辭典（台北：華泰文化書局，2003年）。

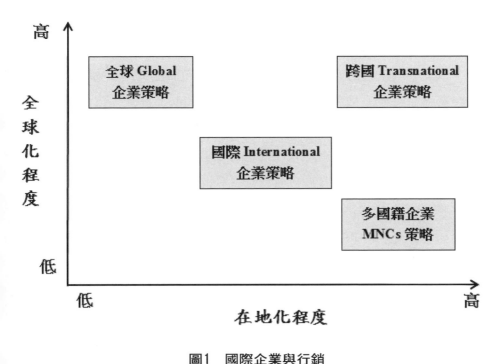

圖1　國際企業與行銷

　　有關跨國企業（公司）的名稱多種多樣，哈佛大學Christopher A. Barrett教授和倫敦商學院Sumantra Ghoshal（1948-2004）教授曾共同研究全球化企業，並將其分為四種，如圖1，依照全球化程度（縱座標）與在地化程度（橫座標）可區分為全球企業（Global Corporations，GCs）、國際企業（International Corporations，ICs）、跨國企業（Transnational Corporations，TCs）和多國（籍）企業。

　　處在知識經濟時代，「市場或客戶新商機」總是造就給具有創新力和快速適應環境變化，且能即時反應、提供最適當的解決方案或產品及創造需求給產業界龍頭客戶與目標客群，並能擁有和能與該等客戶共舞的創新企業；多國籍企業等外商企業在新興市場和快速成長國家：如金磚四國（巴西B／蘇俄R／印度I／中國C，英文簡稱BRIC）與成長八國（墨

西哥M／印尼I／土耳其T／韓國K，加上原金磚四國共為八國，英文簡稱MIT BRICK；台灣製金磚）推展商務，基於其環境競爭多變與未確定性因素，以及不同宗教信仰和多種族傳統習性與多樣化文化等的種種挑戰，外商企業為掌握企業成長創新和永續（sustainable）經營，都會在國外之新興與成長國家或地區設有據點，視業務推展和成長所需加派駐外地幹部，並會適時招募和培育當地人才提供必要的服務，隨著主要客戶群及其需求變化而實施（重要）客戶經營管理（Key Account Management，簡稱KAM）專案之商業模式（business model）。

處在競爭（competition）劇烈，變化（change）多端且充滿危機（crisis）的商務環境（3Cs）中，建立國際品牌是台灣企業突破兩岸，藉助兩岸產業與企業的合作聯盟，進軍國際行銷全球市場（中長期）目標所在，惟企業轉型升級與持續創新成長，是企業領導人和其重要核心團隊在建構國際品牌前，所需面對的階段性挑戰與必經之路；具有雄心策略思維與毅力和信心，成為跨國企業或多國籍企業和前進新興市場及全球市場必經的學習歷程與挑戰所需之途徑。[4]

近十年，Samsung是亞洲多國籍企業的明星企業；Fortune 500與Financial Times 500大企業排名企業中，連續八年獲得Top25全球最受尊崇知識企業（GMAKE；以企業社群透過知識分享機制；積極互動激發創意，企業智能創新，感性訴求建構品牌，客戶歡喜行銷全球）；Samsung在1997年遭受亞洲金融危機衝擊，接受破產引進World Bank/IMF資金與美歐經營管理制度與智能；在CEO李親自領軍和（新）高階經營團隊參與和（美韓雙方）產官學研通力合作；進行組織變革與建立組織學習機制，和培育國際行銷人才和行銷網絡以建構全球品牌；屬精圖治及轉型升

---

[4] 林中和，「從兩岸外商實務談創新價值策略成長與台商轉型升級（上）」，台商張老師季刊，第172期（2013年），頁26—28。

級，在第五年（2002）第二季初時，其在NASDAQ的市值超越其企業團隊和韓國人民心目中偶像：「Sony」，也超越日本同產業其他競爭者至今。截至今（2013）年第二季，其品牌價值（brand value）仍領先群倫，Samsung以Brand與不斷創新產品，行銷全球且和Apple（GMAKE排名比三星前）在smart phone & smart TV等Businesses上抗衡；是亞太與台灣等國之產官學研，進行標竿學習〔好的策略、品牌全球行銷、創意美學、創新商業模式和培育策略人才（strategy talents）等行動方案與實務〕的典範。

四、研究議題與方法

本研究的研究問題依據所蒐集的文獻和研究目的，試圖探討出可行方案與策略、運作方式和MNCs策略人才和專業經理人的智能分享。茲列出本研究之研究問題如下：

1. 請問兩岸進行產業（企業）合作，共同開拓國際市場之動機及目的？

2. 請問兩岸進行產業（企業）合作，共同開拓國際市場之機會與挑戰？

3. 請問兩岸進行產業（企業）合作，應以何種產業與市場為優先來共同開拓國際市場？

4. 請問兩岸進行產業（企業）合作，共同開拓國際市場的關鍵成功因素為何？

5. 請問兩岸產業（企業）合作，共同開拓國際市場方案成立及執行的過程中，兩岸政府應扮演的角色為何？

6. 您是否會考慮加入兩岸產業合作之新組織（企業），共同開拓國際市場？

本研究依研究目的與設計考量，決定運用探索性研究，採用實務、文

獻及訪談等方式進行，首先藉助實務經驗、知識整合與文獻研讀探討，整理出對研究主題的初步了解與研究方向，再就訪談內容、架構方式與學術界友朋及實務專業研討規劃出訪談大綱和問卷，進行研討與修正。

此次訪談企業共有15家，包含外商（MNCs）13家和台商（屬MNCs）2家；受訪談的大多數外商企業，在其所屬產業的全球排名均為前三名的企業，由作者於2013年6月底至7月下旬，分別於兩岸和亞太地區訪談整理完成。其中2外商（歐亞各1）和1台商共3家因受訪者升任該職位僅有兩、三年，或對產業與企業合作方案與運作實務不甚了解，或其商務當責（accountability）與研究主題有相當差距，經由（數度深度）訪談所得資料與其他12家資料比較，顯示並不完整，因此未將其內容納入此研究範圍。

透過對相關文獻（與論壇文件）的研讀和探討，此研究運用mail互動與面對面（國內外）深度訪談、視訊和國際電話深度對話等方式，來檢視與分析「兩岸產業合作：共同開拓國際市場」的議題，並將有關受訪企業（者）資料初步彙整如下：

首先將本研究訪談公司的基本資料彙整如表1。

表1　受訪企業（者）資料表

項目 公司	企業 屬性	功能活動	母公司 國籍	行業別	受訪者職別	執行 年數	備註
A	MNCs	行銷解決方案	ASEAN	Biz Mgmt	Group EVP	11	
B	MNCs	生產銷售	Euro	Chemical	General Mgr	13	
C	MNCs	生產行銷研發	USA	Biz Mgmt	A/P Director	5	
D	MNCs	生產服務行銷	Euro	Bio Tech	Reg. Manager	7	
E	MNCs	行銷解決方案	MidEast	Ind K.RM	General Mgr	9	
F	MNCs	生產行銷	USA	Food & P	A/P Director	4	

項目 公司	企業 屬性	功能活動	母公司 國籍	行業別	受訪者職別	執行 年數	備註
G	MNCs	生產行銷	S. Korea	ICT	Country Mgr	7	
H	MNCs	生產行銷	Indo	Paper	General Mgr	5	
I	MNCs	行銷解決方案	USA	3C	G.China Director	6	
J	MNCs	服務解決方案	Japan	Biz Mgmt	Biz Director	12	
K	MNCs	行銷解決方案	USA	Biz Mgmt	Global Sr. Dtr	8	
L	MNCs	解決方案行銷	USA	Biz Mgmt	StraBU Director	18	
M	MNCs	生產行銷	ASEAN	Multiple	Group CEO	20	
N	MNCs	生產銷售	Twn	Equipm't	Sales Director	5	
O	MNCs	生產行銷	Twn	S&M Mgt	BU Director	5	

五、分析意見

依據個案訪談結果之整理與分析，本研究針對研究問題提出研究初步結論如下：

（一）兩岸進行產業（企業）合作，共同開拓國際市場之動機及目的？

對國家或地區產業而言，最重要的是其產業在國際市場的競爭力和定位；對企業而言，最重要的是其客戶資產和人才團隊，掌握重要（或大型）客戶具有重大指標性意義，除了可確保企業既有利益，與對企業未來成長和發展充滿利基，且可吸引產業同行與其他客戶競相合作和採用相同服務產品。

- 兩岸產業（或企業），彼此互補助益企業價值轉型升級，提升企業競爭力。
- 改善與提升兩岸該產業在國際市場的競爭力和定位。

- 提升企（產）業領導者前瞻、決策能耐與其團隊共識與智能（國際化策略經營與管理）。
- 改善與優化產業結構、提升企業文化共識與策略人才養成機制。
- 提升合作企（產）業，在全球市場行銷與制定產業遊戲規範之決策影響力。
- 建構品牌（branding）體驗和成就行銷國際的品牌（brand）。
- Risk taking &/or可能的對台政治意涵。
- 淪為口號，兩岸各取所需。

（二）兩岸進行產業（企業）合作，共同開拓國際市場之機會與挑戰？

- 兩岸產業合作看起來坐下來談的機會似乎樂觀，惟實務上合作架構與其機制，因涉及各政府之政策法規不同與責任歸屬等問題，挑戰頗大，短期內產業合作不易；"easy to talk but poor in action"。
- 短期內（3～5年內）不可能達願，因兩岸產業與企業均缺乏有此核心能力、前瞻視野與國際品牌行銷等智能與實務的策略人才。
- 兩岸立（利）場與能力不同，孰大孰小爭執不休，忽視市場與目標客戶群；機會小，除非屬獨佔（或策略性寡佔）的企業或產品。
- 兩岸企業領導者智能不足，缺乏國際化視野與品牌行銷人才，短期內沒機會去達成。
- 「退一步海闊天空」合作不如「和做」，建構多國籍企業與國際團隊和執行公司統理（Corporate Governance）的新組織；機會（很）大。
- 必須先確認產業合作機制與行銷國際之商機，與新企業在目標國

際客群中之定位及其「好策略」為何（？）；若經中長期（5~10年）努力與堅持則成功機會大。

- 選對好的領導者與具有前瞻視野和效能（目標市場、略策定位、行銷美學和品牌溝通和國際化素養之智能）的經營管理團隊（理性思維和感性訴求及決策能耐）。

（三）兩岸進行產業（企業）合作，應以何種產業與市場為優先來共同開拓國際市場？

- 獨佔性（或策略性寡佔）的產業或有特殊利基的市場。
- 中醫療法和中草藥（規格與檢驗制定和驗證制度執行）。
- 中國菜轉型為中華美食（如法式米其林brand & branding行銷全球）。
- 汽車零件電子化。
- 精緻農漁業與生物科技與醫療。
- 再生能源與節能環保。
- 策略人才（strategy talents）養育，接班專業團隊和人力資源培訓。
- 利用直航便利優點，創意設計出含兩岸亮點經典之套裝旅遊市場。
- 先以兩岸優先（練兵），依序為華人／東南亞、BRIC、日本……和歐美。

（四）請問兩岸產業（企業）合作共同開拓國際市場方案成立及執行的過程中，兩岸政府應扮演的角色為何？

- 建立溝通平台，讓兩岸產業公協會與民營企業，及有能力和興趣的組織等，對合作議題、技術性細節等直接對話談判。

- 規避細節的討論，但提供必要的支持。
- 雙方政府應著力於法規制度面鬆綁與調整，便利雙方互利合作機制。
- 獎勵或資助合作企業人才養育和人力資源培訓。
- 台灣政府方面需提升專業、市場智慧與談判能力，與策略思維和溝通能力。
- 建立政府行政法規對各專利創新與智慧財產權（IPR），競業條款等保護與制裁機制，與雙方合作平台建構和政府執行機制與對口單位。
- 提供快速與良好的行政支持和諮詢服務。

（五）兩岸進行產業（企業）合作，共同開拓國際市場之關鍵成功因素為何？

- 要有對的企業組織與該企業領導者之前瞻性、領導力和決策智能。
- 高效能團隊的國際化智能與企業價值觀和人文共識。
- 重視客戶價值主張與能快速提供全方位解決方案之企業。
- 品牌知名度和國際行銷（with good logic thinking + creative design）團隊。
- 企業核心能力及屬unique或競爭很少的產品與服務。
- 目標市場與客戶群的認同感與忠誠度。
- 短中期內，不與Apple、Samsung、Toyota和全球500大企業中的前100大之Businesses直接競爭〔除非有前（5）敘述的產品與服務〕。
- 政府角色扮演（站在支持且不干擾市場機制，提供較便利行政服務，惟以不影響人民權益和國家安全為前提）與行動執行力度。

（六）您是否會考慮加入兩岸產業合作之新組織（企業），來共同開拓國際市場？

- 會，惟需事先了解組織願景與價值觀、架構、文化、經營團隊和同儕夥伴智能與企圖心……與發展機會。
- 會，只要有好老闆（前瞻、智能、膽識、魄力和領導力），且其提供的方案比目前好（＋50％－200％），為何不？
- 會，只要有機會能升官（因專業與領導力）發財（better income＋reward system）。
- 不會，因會有太多內部政治性相關議題。
- 不會，因該企業的主管或領導不可能是好老闆。
- 不會，喜歡在外商工作環境與成長和發展機會。
- 不會，因華人主管肚量不大且智能不足……還有整合問題。

六、產業合作進軍國際市場評估與建議

依本研究（初步）結論可知，客戶（群）與專業人才團隊是企業最重要的資產，能了解客戶價值主張且能即時提供解決方案，與客戶共舞建構品牌共創價值，是企業獲利成敗的最大保證。

（國際）行銷團隊需具備前瞻視野、策略思維、創意設計和感性訴求等能耐，更需擁有行銷專業新智能方能感動客戶，建構國際品牌，行銷全球；提升企業與經營人才團隊，在國際客群中的品牌再定位和行銷商機。謹歸納以下管理意涵供兩岸（產官學研合）企業經理人參考。

兩岸進行產業（企業）合作，共同開拓國際市場方案的利益規劃與執行「兩岸產業（企業）合作進軍國際市場」的成效，成就新企業在目標國際客群中之品牌行銷定位和商機創造，並有助改善與提升兩岸該產（企）業在國際市場的競爭力和定位；提升企（產）業前瞻、決策能耐與其團隊共識和智能（國際化策略經營與管理），改善產業結構與提升企業文化共

識和策略人才養成機制，建構「好策略」與新企業在目標國際客群中之定位行銷商機。

（一）兩岸進行產業（企業）合作，共同開拓國際市場方案的利益？

兩岸產業（企業）合作進軍國際市場方案的成效，是成就新企業組織成員的整合、企劃與執行能力，及智能互助和共識企業文化；培育及建構人才（talents）與經營團隊，執行國際化行銷的思維與智能和信心，學習在國際（目標）客群中之品牌行銷定位和商機創造實務。

為達此目標，兩岸雙方企業必須重新確認，各企業資源和其優（強項）缺（弱項待補強）點，與其核心能力所在；台灣企業要以創新策略思維，整合且善用手中能掌握的資源（策略人才和巧實力），結合互補性高的中國企業夥伴，積極互動對話學習，建立互信機制成就高效能團隊，以加速價值創新與轉型升級，進一步提升企業核心競爭優勢，攜手合作成功拓展國際市場。

（二）兩岸進行產業（企業）合作，共同開拓國際市場方案的挑戰？

兩岸產業合作看起來似乎樂觀，惟實務上合作的架構與其機制，因涉及各政府之政策法規不同與責任歸屬等問題，挑戰頗大，兩岸企業富（賦）有製造業思維，且仍活在紅海殺戮中過（快）活，短期內產業談合作的確不易（益），短期內（3~5年內）不可能達願，因兩岸產業與企業仍缺乏有此核心能力與前瞻視野，和與國際品牌行銷等智慧與實務的策略人才。

此外，兩岸立（利）場與能力不同，企業領導階層孰大孰小，及其結構組織為何必會爭執不休，忽視市場與缺乏對目標客戶群的真正需求之認知和服務之能力；機會小，除非屬獨佔企業或產品。

「退一步海闊天空」合作不如「和做」，應建構多國籍企業與國際團

隊和執行公司治（統？）理（corporate governance）的組織；選對好的領導者與具有前瞻視野和效能（目標市場選擇、略策定位、行銷美學、品牌溝通和國際化素養之智能）的經營管理團隊（兼具有理性思維和感性訴求，及決策能耐），則成功機會蠻大的！

（三）兩岸應優先選定產業，以進行產業合作方案，來共同開拓國際市場

1. 建議先已具獨佔性或策略性寡佔的產業和有特殊利基（niche）的市場，兩岸合作和相互協助，建構品牌行銷全球。

（1）中醫療法和中草藥產業：建立標準與制定產業規範與認證制度，以事件行銷／臨床試驗推廣中醫療法和中草藥（規格與檢驗制定和驗證制度執行），先行銷兩岸與華人社會，成功累積經驗智能後可再推廣至歐美日等國。

（2）推廣中華美食：傳統中國菜（Chinese food）轉型（樂活＋創意美學plus廚師認證etc.）為中華美食（Chinese delicacy），藉助事件／試點／體驗等方式行銷，建構品牌行銷全球：（法國／義大利／日本／泰國料理和美式速食等，以其美食和廚師之brand & branding行銷全球）（菲利浦・科特勒等2011）。

2. 建議以兩岸互補（互惠互利）產業為合作項目，進行企業媒合工程，建構與培訓領導和幹部團隊；且助益企業轉型升級，提升企業競爭力與國際化行銷智能

（1）汽車零件電子化

（2）精緻農漁業與生物科技與醫療

（3）再生能源與節能環保

（4）國際化策略人才養育和人力資源培訓

（四）標竿（Benchmark）學習，最受尊崇知識企業（MAKE），執行企業轉型升級

Fortune 500與Financial Times 500大企業排名中，屬於最受尊崇知識企業（MAKE；以企業社群透過知識分享機制；積極互動激發創意，企業智能創新，感性訴求建構品牌，客戶歡喜行銷全球；如Apple、IBM、Samsung、Toyota、Infosys、Amazom.com & Siemens…etc.）之營運模式、領導者的價值觀及成功特色與歷練、其高階團隊人才（talents）的當責（accountability）思維和擁有感，與其成員競爭力之訓練教育（training & education）及執行力等優點，是台灣企業和兩岸合作之（新）企業在創立之初，需借鏡研習擇優補強與標竿學習的榜樣。

Samsung在1997年遭受亞洲金融危機衝擊，宣佈破產引進World Bank/IMF資金與美歐經營管理制度與智能；在CEO李親自領軍和（新）高階經營團隊參與和（美韓雙方）產官學研通力合作；進行組織變革與建立組織學習機制，培育國際行銷人才和行銷網絡以建構全球品牌；轉型升級及厲精圖治（turnaround），在第五年（2002）2Q初時，在NASDAQ的市值超越其企業團隊和韓國人民心目中偶像：「Sony」（和日本同產業的競爭者至今）。截至目前（2003 2Q）其品牌價值（brand value）仍領先群倫，Samsung Brand行銷全球且和Apple在smart phone & smart TV等Businesses上抗衡；是亞太與台灣企業產、官、學研等，標竿學習的典範。

（五）對的領導人和建構高階經營共識團隊，以確保專案順利成功

「國以才力，政以才治，業以才興，人才是建功立業之基礎，是治國安邦之本。」[5] 企業必須做好環境與培養育制度，才能留住高素質人才，

---

[5]　趙曙明，國際企業：人力資源管理，3版（南京：南京大學出版社，2005年）。

讓其能發揮潛力與團隊價值共識，加上領導者的前瞻、智能、膽識、魄力和領導力，必能完成使命。

附錄

訪談大綱

您好：

　　我是台灣企管志工，本訪談目的是希望了解多國籍企業（MNCs）外商高階專業經理人，對兩岸產業合作共同開拓國際市場的思維、作法與建議，訪談內容僅供學術研究之用，且將善盡保密之責，請您依自身想法與實務經驗回答即可。您的參與對本研究的進行有很大的幫助，感謝您能再度提供寶貴的意見，在此謹致以最誠懇的謝意！

敬頌　事業順遂！

台北市企業經理協進會研究員

南京大學商學院博士候選人

林中和（Henry Lin）敬上

1. 請問兩岸進行產業（企業）合作，共同開拓國際市場之動機及目的？

2. 請問兩岸進行產業（企業）合作，共同開拓國際市場之機會與挑戰？

3. 請問兩岸進行產業（企業）合作，應以何種產業與市場為優先來共同開拓國際市場？

4. 請問兩岸進行產業（企業）合作，共同開拓國際市場的關鍵成功因素為何？

5. 請問兩岸產業（企業）合作，共同開拓國際市場方案成立及執行的過程中，兩岸政府應扮演的角色為何？

6. 您是否會考慮加入兩岸產業合作之新組織（企業），共同開拓國際市場？

參考書目

中華經濟研究院，2013年經濟展望論壇（台北：2012年）。

王健全，「全球與台灣經濟展望及市場契機」研討會，（台北：2013年）。

台灣綜合研究院，「2013年下半年度台灣及主要國家經濟展望」，（台北：2013年）。

生物技術開發中心，2013「兩岸生醫產業合作高峰論壇」，（台北：2013年）。

林中和，「從兩岸外商實務談創新價值策略成長與台商轉型升級（上）」，台商張老師季刊，
　　　第172期（2013年），頁26－28。

張紹勳，研究方法（台中：滄海書局，2000年）。

許士軍等，管理辭典（台北：華泰文化書局，2003年）。

菲利浦・科特勒等，行銷3.0：與消費者心靈共鳴（台北：天下雜誌股份有限公司，2011年）。

黃俊英，行銷研究：管理與技術，6版（台北，華泰文化書局，1999年）。

經濟日報、中國經濟50人論壇，第四屆「兩岸經濟產業合作大趨勢」論壇（台北：2013年）。

趙曙明，國際企業：人力資源管理，第三版（南京：南京大學出版社，2005年）。

Effron, Marc and Miriam Ort, *One Page Talent Management: Elimination Complexity, Adding Value*
　　　(Boston: Harvard Business Press, 2010).

Ilesa, Paul, Chuaib Xi, and David Preeece, "Talent Management and HRM in Multinational
　　　companies in Beijing: Definitions, differences and drivers," *Journal of World Business*, Vol. 45
　　　(Apr. 2012), pp. 179-189.

Kotler, Philip, Kartajaya, H., and Setiawan, I., *Marketing 3.0: From Products to Customers to the*
　　　Human Spirit (New Jersey: John Wiley & Sons, 2010).

Lewis, Robert E. and Robert J. Heckman, "Talent Management: A critical review," *Human Resource*
　　　Management Review, Vol. 16 (June 2006), pp. 139-154.

Tariquea, Ibraiz Randall S. Schulerb, "Global talent management: Literature review, integrative
　　　framework, and suggestions for further research," *Journal of World Business*, Vol. 45 (Apr. 2010),
　　　pp. 122-133.

案例與經驗分享〉

國光生技與兩岸產業合作

詹啓賢

（國光生物科技股份有限公司董事長）

留忠正

（國光生物科技股份有限公司總經理）

　　我首先大概介紹一下國光本身的一些能力，怎麼利用這些能力，跟中國大陸做一些合作，大家一起開發國際的市場。

　　國光生技是台灣唯一衛生署認證的人用疫苗工廠，台灣沒有第二家人用疫苗工廠，如果你在報紙看到，有人在說他是疫苗工廠，在國外叫作forward looking statement（未來可能發生的事情）。另外一個值得驕傲的是說，國光現在是唯一有通過歐盟認證的一個生物製劑廠，尤其流感疫苗的製造公司，這個很不容易，因為如果在這個產業的人都知道，歐盟EMA是非常龜毛的，他很多規定比美國FDA還嚴格。國光是2000年通過第一次的認證，每三年會回來再看一次，第二次的認證是剛好今年4月完成，讓我們同仁覺得很驕傲的是，他們來視察的時候，對國光同仁相當肯定，幾乎是certification on the spot，所以這個是很少見的。

國光生技衛生主管機構認證

很多醫療產品，你一定要經過衛生主管機構的認證才有辦法上市。尤其像疫苗這種東西是一定的，也因為這樣，所以像國光這種疫苗產品現在是在歐洲大概有14個國家可以販售，就是有註冊，但是我們是把這個流感疫苗原液直接賣給Curcell，Curcell是J & J在歐洲的子公司，所以是J & J在幫我們做marketing，未來怎麼在與中國合作從事，還有一段路要走。我們大概因為2007到2009年之間才建立的工廠，也是全世界唯一具有雙製程的流感廠，所謂雙製程就是說我們有一個製程是當初從日本北里進來的製程，另外一個製程是歐洲的Curcell引進的，自動檢蛋器也是第一家用這種全自動的機器來檢蛋。

國光製造這個流感疫苗，是用雞蛋雞胚細胞作為培養工具，另外一種作法是用動物細胞體外培養，雞胚其實就是用胚胎直接來做細胞培養，是比較容易做的，而且是比較成熟的技術。那做細胞培養的話，你還要蓋一個很大的細胞廠，那也是一個很大的投資。我們目前有一套很好的管理作業，所以很多過程都是全自動化的。我們最近想把產品拿去中國註冊，中國的CDE就提問，那邊的技術還沒有那麼自動化，所以反而要求我說有沒有辦法把這個自動化程序停下來中間做一些檢測等等。所以我想在合作方面，有很多的細節需要去溝通。目前公司裡面，除了流感疫苗外，也在發展EV71。國光是現在台灣提供日本腦炎疫苗及破傷風疫苗，唯一的廠商，破傷風疫苗早期是有台灣的CDC在做，目前他們已經停產了。目前公司大概差不多是將近三百人左右，就跟許多高科技公司一樣，大概員工四成以上是需要有碩士學位，5%是有博士學位，然後其他一半是有大學畢業的。

合作目的在於增值

　　合作最主要的目的，像剛剛先進講的，就是要value up（大家都會有好處）。同樣一個東西，你用什麼營養食品，就是不需要認證去賣，那個價格，跟你通過認證之後，可以用藥品去賣，價值就差很多。所以等一下我們就要分享一個例子，就是怎麼跟大陸的天道公司，把一個看起來價值較低，本來只是當作原料藥，賣給歐洲的藥廠去做成最後的產品，我們跟他合作，把他的原料變成一個可直接注射的產品，賣到歐洲去，要這樣做的話，就必須去EMA認證，我們現在就是在跟天道合作，從事這種認證的過程。當然這中間需要很多投資，這個投資應該是值得的，因為當透過認證之後，這就是你造成的進入障礙，別人要進來的話，也需要進行這個程序，而且你合作的對象，他如果有一天發現你不太好相處，他要去找別人的話，他也要通過同樣的程序，所以這也是一個進出障礙。

　　目前大概有兩個比較接近成熟覺得可以做的案例。一個是疫苗市場的推動，我們等一下會用這個腸病毒的疫苗為例，當然很多疫苗是可以用這種合作的方式，尤其現在因為國家跟國家之間，地區跟地區之間來往頻繁，所以傳染疾病的流動是很厲害的。像今年4月份大陸上海地區開始出現H7N9的時候，台灣就很緊張，果然到7月台灣就發生一例了。現在台灣也非常緊張，到今年冬天，因為候鳥會南飛嘛，所以從北部候鳥飛，是不是會把病毒帶過來，台灣是有一點緊張。第二個例子，是剛剛提到的跟這個大陸的天道公司，讓他們提供能夠附歐盟認證的產品，到歐盟去銷售，那疫苗是當初大概2010年在兩岸醫藥合作協定裡面，與國關業務相關大概有兩項，其中一項是傳染病防治的合作，另外一項是臨床試驗及醫藥研發合作。

與大陸天道公司合作促成歐盟市場機會

　　今天要跟大家分享的這兩個例子，大概是跟這兩項合作相關。第一項是醫療合作，在台灣每個夏天非常嚴重的問題是小孩子的腸病毒，那個叫作EV71、Enterovirus，這個是RNA病毒。這個病毒裡面有好幾株，有一株是特別會造成小孩子死亡，像今年有很多案例，是會感染，但較不會造成死亡，這個EV71裡面，台灣常出現的一株叫作B4，大陸也有腸病毒的問題，和台灣流行的不太一樣，叫作C4，那這兩株在實驗室的狀態下是沒有辦法相互保護的。你如果是B4的疫苗，他是沒有辦法保護C4的。現在大陸方面做得很快，所以C4原則上已經完成第三期的人體實驗，國光現在跟台灣國衛院（NHR）合作，現在正在做臨床的實驗研究，以後當你有這個產品之後，是不是可以透過相互合作、認證啦，做一個互相合作，利用這個機會共同進入東南亞市場，因為這兩個病毒未來很可能不會是說限制在台灣或大陸，我想這會慢慢展開。另外一個例子就是我剛才提到的，跟這個大陸天道公司的合作案，他是深圳的海浦瑞關係企業裡面一個公司，他最近有一個產品叫做低分子肝納素，英文叫作heparin，是防止血液凝固的，就是我們在打點滴的時候，插在IV針上面，久了就會凝固，過陣子醫生就要打這個heparin，去把這個血液溶掉，目前這個來源在中國大陸是從豬的腸子去萃取的，所以他的來源在大陸那邊是很多，那你沒有經過醫藥認證的話，直接賣的話，價值是不高。可是你要把它變成一個可以直接在臨床使用的產品，就要用所謂這種直接放在預充填針筒。因為現在很多這種生物製劑，你如果看到醫生拿出一個玻璃品拿食鹽水，把它搖一搖，然後打到你的血管裡面去，那這樣的話，現在大家覺得品管可能不是很好，因為這個你每次抽出來的量是不是一樣，因為現在這個藥是直接做成一個裝上藥的注射器，放在一個針筒，然後賣出去，就是產品就在那個針筒裡面，就是醫生拿到之後，就把針筒拿出來直接打。生物製劑

跟一般化學藥品是不一樣的，他最怕的是感染，因為你們生物製劑的製造過程中，它的條件也是很符合細菌、微生物生長。而且生物製劑，你也不能全部做完了，然後再拿去高壓消毒，這樣會破壞裡面的生物產品，所以你的製程必須完全維持在無菌的狀態，還要把你這個東西裝在這個針筒裡面，針筒也不是來就是裝得好好的，你有三、四個零件要裝在一起，所以就是很容易遭到感染或污染。國光在台灣的，流感疫苗，也是利用這個技術去做成產品，這個技術本身其實是發展很早，有30、40年這樣子，過去大家很少利用這樣的方式，最近是在生物製劑上有返回，所以國光這部分是做得很好，而且你在做這整個設備等等，都要符合無菌的要求，之後是需要透過歐盟認證的。目前合作的內容大概就是這樣，它提供一個把比較低價值，low value的東西，透過這個合作，它就可以賣比較高的價格，可以到歐盟去。

目前，大概今年年底，會做一個小批量的展示品，那這個小批量展示品的結果，去跟歐盟申請，那大概九個月之後，如果EMA覺得沒有問題，那就可以上市。那這種方式，我想未來會越來越多，當然，一個我覺得比較顯著的意義，跟早期台商到大陸去的一個合作的方式剛好是相反的，它現在是大陸到台灣來跟台灣合作，把產品的價值增高，如剛才有一位先進講的就是增值的一個概念，那以後怎麼樣再繼續找多一點這樣的例子，我想是我們努力的方向。那這個是一些必須經過的流程，謝謝。

兩岸產業合作思路、機會與挑戰

江永雄
（皇冠企業集團董事長）

從個人的角度來看，我覺得做任何工作，我們都應先把自己的內外審視一番，才有能力去做這些事情。這包括自我審視和對環境的審視，也就是到底我們是否不解自己的情況？在現在整個產業社會裡面的發展，究竟到什麼樣的程度？未來你有沒有這個適應力？有沒有這些人力、物力的配套？…等等，都是需要考慮的重點。接著就是包括政府的施政方向、當前環境的對應、看看還有沒有新的機會…等等，這都是我們需要去考慮的。

習李打奢有蔣經國時代的影子

大陸在後「十八大」時期，「習李體制」到目前為止，往後到底會往什麼樣的方向發展我們還不清楚。就目前來看，還有很多地區的人事調整都還沒有調整完，估計大概得等到十八屆「三中全會」後，人事才會底定。就現在的情況來看，感覺類似像走以前台灣「蔣經國時代」的模式。例如：現在開始在「打奢」（打擊奢華、腐敗），什麼「梅花餐」（五菜一湯）…等等這一類的政策。我們看到現在的政策方向是以「發展內需為主」的經濟發展方向，這是我個人看法。

根據今年大陸總理李克強的施政報告來看，上半年所有工業輸出和製造的部份，僅有八點九左右的增長，然而大陸內需的部分是從十三點二上升到十三點七。因此，我大膽的估計，如果說內需能夠提升到像他們房地產的增長，大約是百分之二十的那種狀態的話，以大陸的這種政治體制來說，我認為他很有可能會把大陸對外的大門給關了，要歐美這些國家通通不要進來，大陸如果可以自給自足，那他就可以不需要與專找他們麻煩的歐美國家來交流。因為所有的問題都可以自己解決，為何要自找麻煩跟他們交流？如真是這樣，那以後大陸對外唯一可以交流的只有台灣，那台灣的機會就來了，當然這是我個人過於樂觀的看法。

我們現在改做餐飲，而從傳統產業到餐飲這樣的跨度很大，因為現在大陸對於「轉型升級」這樣的思維普遍認為已經來不及了。他們直接上昇到「跨界創新」這樣的觀點。現在兩岸的差距是在：「台灣做，大陸銷」的狀態，過去六十年台灣企業，養成一種專業的習慣，就是把產品研究好、發展好，把新的東西做出來，台灣在製造上的能力很強，而這恰恰是大陸企業現在比較弱的部分。過去三十年大陸企業的思維是怎麼快速把東西賣出去，把通路擴大，而不是如何研究生產好產品，因此這樣台灣與大陸兩地剛剛好可以互補。台灣是專業製造，而大陸是專業銷售，如果用餐飲來做例子，我認為台灣應該變成大陸的「中央廚房」，台灣負責做菜，而大陸負責端出去賣，我認為，我們要從這樣的角度來思考兩岸的合作模式。

「老二哲學」與市場價值認知

「老二哲學」不代表今天談兩岸之間誰大誰小的問題，但是從產業的角度來講，確實台灣的產業現在跟大陸的產業比較起來，我們的確比大陸要弱。舉個簡單的例子，這次在湖北襄陽「中國企業家未來之星」的活

動。我是頒獎人，頒給小米機的董事長雷軍，為什麼小米機，要接受我們的頒獎？因為他是「未來之星」，而我們是過去的「未來之星」自然是我們給他們頒獎。一年做兩百多億人民幣的小米機他們把他叫「鯊魚苗」，因為他們是中國未來的巨鯊！而十年前的「鯊魚苗」則是「淘寶」的馬雲和「騰訊」的馬化騰，如今都已成巨鯊了。

所謂的「老二哲學」是什麼概念呢？我跟中國醫藥集團的宋治平董事長說：「台灣醫藥產品都很好，但問題是我們的醫藥產品想進到大陸市場，就算美國FDA通過都不算數，因為中國人自己要吃的藥一定要自己檢查，這當然這是一套說詞，但實際是什麼並我們不清楚，請教周董事長…」周董事長的回應：「我們國營企業是跟醫檢局的關係比較好…」我說：「那我們能不能透過您將台灣好的醫藥產品賣進大陸呢？由您集團來做申請的動作，雙方來合作造福兩岸人民…」周董事長他就笑著說：「您看我們怎麼合作？」「您看著辦，愛怎麼合作就怎麼合作，您說了算…」我說，中國醫藥集團去年的營業額是一千六百五十億人民幣，今年大約估計是兩千兩百億人民幣，如果我們與他們合作這樣的市場，我們不應該有「老二哲學」的思維嗎？

今年的6月我帶了43位大陸「正和島」（中國第一家專注企業家人群的網絡社交與資訊服務平台）的企業家到高雄醫學大學去訪問。在會議分享的時候其中一位企業家就說：「我們是大陸的中小企業，生意不是做得很大，去年才做一百零八億生意。」兩岸的思維差異真的是很大。台商的想法經常是：「這產品是我開發的，所以我要佔大股，你們想合作只能拿小股…」，而事實上大陸的市場，你自己進去，可能讓你拿到驗證、認證，然後你自己鋪整個大陸市場，你最有本事、最厲害，一年做五億台幣。但如果透過大陸通路與之合作拿個20％，一百億我們也拿二十億回來，我是從這個角度來看。

強化整合力量才有利進軍內需市場

在大陸未來最後的機會，應該就是同業合作和異業結盟。就是要想辦法把台灣的力量綁在一起，共同開發大陸的內需市場，以台灣製造的產品為主，將台灣製造的專業優勢、優良產品以及傳統文化創意發揮台灣專業精神，前進大陸內需市場。

很多人不知道什麼叫做「ECFA」，ECFA就跟打麻將一樣，打麻將必須是四個人才能打麻將，而台灣永遠是在麻將桌外面「插花」的那個。因為在目前的情勢來說，麻將的規則是中國大陸制定的，你能不能進來打麻將他說了算。他說你想進來打麻將你必須跟我簽ECFA。四個人在打麻將，你插新加坡，你插美國，你插歐洲，他贏了你就贏了，他輸了你就輸了，而台灣的需求根本就不是這樣（「插花」）。我要跟大家一起打麻將，如果你不簽ECFA你就沒有機會打麻將，這個大概就是「ECFA」的現實情況。我們上去打麻將就會有很多人抗議，包括美國或日本或歐洲就說：「莫名其妙，為什麼台灣可以跟你簽？我不可以？」「台灣是我兄弟，你是我的什麼人？」大陸回答。又問：「那如果我去台灣投資，能不能我也享受ECFA條款？」「你去不去台灣投資我不管，只要是台灣來的我都認」大陸回答。這不就是我們馬總統在講的「黃金十年」嗎？只要來台灣投資的都適用ECFA。

那我想台灣的優勢就是：無拘束的創意環境、藍色海洋優勢、優良文化傳承…等等，這是我們台灣現在最大的優勢。如能把這些優勢串在一起，包括創意產品、群聚效應和現代科技，我認為這是台灣現在應該最重要的事情。

推廣「人物交流」優勢互補

　　目前我在推廣「人物交流」。什麼是人物交流？簡單講就是「大陸來人、台灣去物」來人做什麼？「來人學習、旅遊、投資」。我經常跟大陸朋友說，來台灣投資絕對不是來這裡開店，你來台灣這個市場，跟台灣本地的業者來競爭，真的來一百家，死一百家，因為台灣市場思維與大陸市場思維不同，所以他們要來「學習」「旅遊」和「投資」。那台灣去物是什麼概念？要把台灣優質產品送到大陸去，就是我剛剛講得那個中央廚房的那個概念，把台灣的專業、優質、創新的產品包括優良文化思維帶到大陸，這是台灣「去物」的部分，投資台灣不等於進入台灣市場。

　　在與北京市政府合作的「台灣映像」，就在北京的中心城區（天安門廣場）前門大街有12,000坪的面積，建立了阿里山廣場、台灣小吃街…等等台灣風情的形象，我們跟北京市政府之間建立了合作的模式，未來可以到大陸各地去複製。

　　大陸中糧集團的電子商務網站「我買網」董事長張東豐想銷售台灣的農產品與食品。我建議他應該來台灣投資物流中心和產品分包廠，最好要設在嘉義，因為嘉義從南部及從北部的距離是等距的，這樣對在台灣的發展是相對要好的。另外送你八個字，「中糧出品，台灣製造」你們中糧集團在大陸本身就具有比較高的知名度，如果再加上「台灣製造」，在大陸市場你連奶粉你都可以賣。現在「中糧出品」奶粉你不一定能賣得好，但如果加上「台灣製造」就可以賣得好。我認為，我們現在應該是找這種在大陸大的渠道商來合作做這件事。

經營武漢高鐵站的新思維

　　最近有機會跟鐵道部合作賣台灣商品，鐵道部現先拿出武漢高鐵站讓

我們先試點。武漢高鐵站是去年才做好，看上他最主要的原因是目前已經有每日三到四萬的人潮，這個區塊是整個武漢最窮的紅山區，都能有如此的人流，未來加上年底武漢高鐵站捷運通車會有更多的人流商機。基本所有的高鐵都一樣，包括我們台灣的高鐵也是都建在像烏日、左營、板橋…等等。我們提出打造成新加坡樟宜機場的概念。樟宜機場是因為新加坡地方小，所以在設計機場時就會把所有相關的概念設計進去，變成一個購物中心的概念，機場反倒是附屬的交通中心而已。到新加坡通常晚上六點多的飛機，很多遊客中午十二點就會到機場，因為到機場可以去洗SPA、逛百貨公司、逛兒童樂園…等等，甚至打個高爾夫練習場之類的，事實上樟宜機場已經變成是一個旅遊的大購物中心了。如果我們把這些東西全部移到武漢高鐵站，那未來可以與鐵道部所有的高鐵站區來合作，這就是我們希望能夠用異業結盟和同業合作的這種概念，把這個地方給做起來。

青島市的現任市長張新起市長，原來是濰坊市委書記，而本人是濰坊是經濟工作顧問，而張書記到青島來任職，正好有機會來合作。我給張市長寫了一個書面建議，也已經得到張市長的親自審批。我想大陸需要發展內需，台灣需要出口創匯，各取所需、互謀其利。

我想提出個概念叫做「共贏」，如今不能僅談雙贏或三贏，因為所有的工作可能有很多人參與，不同的單位參與，所有人都要得利，不能有誰是受損的，所以這應該稱之為「共贏」。最重要的那就是要完善團隊、優勢互補、佔領市場、穩定擴大市場計畫、進軍國際…等等，但必須先把大陸市場佔領了，以後才能有機會去進軍國際。

創造共贏進軍國際市場

最後，與各位分享個故事：「在一村莊有位聰明的少年，抓了兩隻麻雀後，就去質問他們村裡面的智者長老，問他說：「我手裡的這兩隻麻

雀，是死的還是活的？」長老回答：「我要是說麻雀是死的，你兩手一鬆開就飛走了，我要說是活的，你兩手一掐牠就死了」。少年說：「你這是一種詭辯，你要說不出一個好答案，你就不能稱為智者」

　　我想用這個答案跟大家做總結，此次的分享，不管您認為好與壞，結果都是您的，您感覺聽我這席話，有用您就參考，您要認為不合適就當我沒說，謝謝。

　　最後長老智者是這樣說的：「生死掌握在你手上」。企業的成功與否，最重要是領導人的思維，對於您企業未來的發展確實掌握在您的手上，分享到此，謝謝大家。

兩岸產業合作成敗案例：法律觀點

呂榮海
（海基會大陸財經法律顧問）

一、從「太平洋百貨成都店案例」談起

　　「易」經第一至六卦：乾、坤、屯、蒙、需、訟卦。打官司的「訟」卦排在第六，伊川先生曰：「君子觀天水違行之象，知人情有爭訟之道。故凡所作事，必謀其始，絕訟端於事之始，則訟無由生矣。謀始之義廣矣，若慎交結，明契券之類是也。」[1]。

　　兩岸產業合作及商業交易尤須「謀其始，絕訟端於事之始」，方法如：1.慎選合作、交易對象（慎交結），人不對，什麼都不對；2.搞清楚法令規定、合同寫清楚權利義務（明契券）。

　　本人於2010、2011、2012年三個年度，受台灣民主基金會委託做「台商人權（含財產權、經營權）觀察」。在2012年度即觀察到「太平洋百貨成都店案例」及「百腦匯案」均嚴重損害台商人權、經營權。台商不論是「房客」（太平洋百貨），還是「房東」（百腦匯），竟然都是「弱勢」，分別受屈於各自之房東、房客。[2] 他們在台商應算「大咖」，尚且

---

[1] 程頤，程氏易傳，引自朱熹、呂祖謙合編「近思錄」卷十，5段。

[2] 參見現代民主基金會，2012年大陸人權觀察。

如此，何況是一般中小企業？「觀察」近一年，台商之權益並沒有獲得改善，反而更形惡化。

　　到了2013年7月間，媒體更報導：堂堂位於成都市春熙路之太平洋百貨成都店在7月被房東派一群人接管，立即不能營業，店內太平洋自己的和眾多廠商的財產還被扣留，當地政府未能有力的協助，而「最後一道防線」的司法完全沒有力量。相對地，台灣太平洋百貨之經營者遠東集團和太流、太平洋章家在台灣法院打了多年關於經營權的訴訟，台灣太平洋百貨的營業幾乎不受影響。台灣司法的最後判決將會絕對影響太平洋百貨的經營權，司法在統治！兩岸同文同種，同是「大陸法系」，但法律、司法還差真多！不能「慎交結」、「明契券」的台商其實隱藏著甚大的危機，只是不知害怕罷了。一旦事情發生，司法可能不僅未能保障台商的人權、經營權，反而是大陸當事人運用其熟悉的司法來壓制台商，以達到其商業目的。若干年前新光三越少東因商業糾紛，在飛機上仍被請下並限制自由，幾經援救，方得以身免，而經營權、財產權註定難以回復。以此觀之，在太平洋案，徐先生不入川僅由黃總入川處理，或許是明智之舉。

二、海基會諮詢日一瞥

　　大企業尚且面臨經營權難保之問題，何況是中小企業？以下且以海基會諮詢日一瞥，作為見證2013年7月某日下午海基會舉辦台商諮詢日，來了四個「老」台商請求諮詢，最年長的八十七歲，最年輕的五十幾，四個人年紀加起來兩百八十歲，有的還由老伴陪同一起來請求諮詢。

　　案1：甲已經八十多歲，在河南駐馬店市上蔡縣投資20多年，現由其
　　　　大陸籍侄子代其管理，其侄不斷與當地惡勢力李○強（不是李
　　　　克強，但此人常說他是李克強的親戚，因為名字只差一個字，
　　　　大概是假冒的）發生糾紛，甚至被追打而還手，司法不且未懲
　　　　凶反而對「正當防衛」（如何證明？）之其侄不利，其侄被迫

和解支付十萬元（公司的），甲繼續以法人名義投訴，認為公司受害，並且公司並未和解，不解當地政府為何不續辦？我甚至提醒他注意其姪之素質，及是否和李○強勾結掏空公司，如果李某假冒李克強之親戚，應向總理辦公室報告。

案2：乙老夫婦也是八十幾，老先生已不能言語，由老太太表達。他們20多年前在浙江某縣老街買了一塊地，被人用偽造文書方式過戶去了，他們一再投訴，一直沒有結果。我跟他們說既已被違法過戶，應即早一些找律師打官司，不要錯過時效，謹以一紙陳情是推不動的。

案3：丙五十多歲，由其漂亮的太太陪同來海基會諮詢。他的公司在大連和當地人合股，他是大股東和法人，公司擁有二萬多平米的土地，他的股東偽造文書變更法人，和當地「拆遷辦」簽了一個拆遷協議並且領走頭期款，他發現後採取維權行動，現在司法、工商已回復其法人地位，但「拆遷辦」一直不理他。丙的表達能力尚佳，我很快地了解了他的情況，並很快給他做了建議，不像前面二位老先生、老太太，表達已是不易。

案4：丁先生六十幾歲，敘說他們公司在上海有一塊地，現在想將股權在香港賣給大陸公司，很擔心如何確保收到買賣價金。此案還算「喜事」，有大幅增值的上海資產可以處分獲利，只是好擔心怎樣拿到錢，我給他建議了四遍，他還是不放心重複一再問，想取得「萬無一失」的方法，只是天下有這種藥嗎？我跟他說過我辦過將日商在大陸的企業賣給台灣企業，按階段分次付款，合同寫好，雙方順利各自拿到自己要的標的，買方不太可能先全部付款再辦理過戶。

三、兩岸產業合作之法制考量：幾例印象深刻的案例

　　現代商業、市場經濟（「需」卦）係建立在商業、市場經濟的法制基礎上的系統，以法制、合同作為權利義務之基礎，且當雙方有矛盾時，有法院作為裁判、強制執行的機構（「訟」卦）。當然，學好、學乖、找到素質好的合作對象的人（「蒙」卦），可以避免訴訟。

　　今天我們研討會關於兩岸產業在研發、品牌、通路等方面之合作，也必須考量合適的夥伴、法制基礎及是否有優質的司法服務。其中，合作研發、品牌尤其涉及智慧財產權的安排，通路涉及物權法、競爭法（公平交易法、反壟斷法）、國際稅法等等。以下以幾個案例說明之：

（一）醫院管理系統合作案例

　　某陸資企業有意併購台灣軟件開發公司，以取得醫院管理系統行銷於兩岸四地等。這當然涉及併購合約、著作權產權之確認，當不確定時，如何降低風險及其權責、被併購公司與其員工及客戶關於智財權之權利義務之確認。併購方及被併購方對將來之繼續合作開發、行銷之方案，均一一經過思考、研析，相信成功率及雙方滿意度會提高很多。

（二）大陸音樂公司併購台灣音樂公司，並繼續合作經營兩岸及華人市場

　　此案例涉及繁多音樂著作權之確認，以及不少藝人之經紀合約之延續可能否？被併購公司依原有合約之負債、或有負債有多少？這些問題均經過律師、會計師協助澄清，減少不必要的風險。[3]

---

[3]　以上二例為北京大成律師事務所和台灣大成律師事務所合作之案例，大成合作品牌在大陸35個城市、美國、歐洲、東協均設有事務所，本身也是此次論壇的合作例子。

（三）上海電子一條街案例

　　現在年輕人可能不知道在1990年初期，有一批台灣電子周邊產品業者在上海長寧區仙霞路一帶，辦了一個不小的項目「上海電子一條街」，想要和北京中關村南北輝映。無奈，該案快速以失敗收場，現在在網路上找了很久，才找得到二則語焉不詳的報導。[4]

　　此案出事後，我參與研析，才發現：創辦電子一條街的Income Plan是以「當二房東」為主，從集體組織租下一條街之店面分租給台灣來的電腦周邊產品業者，共同營造電子一條街的通路環境。可惜，此計畫事前未經法制研析，以失敗收場。其一、1990年代之法制，台商只能做製造業，並以外銷為主，並不能合法做貿易及零售，因此租下一條街之店鋪，卻很少台商敢分租做非法生意，大大影響公司的收入而虧損。開幕時，大官雲集以及業主合作方之承認准予進口、零售，實際上是無助的。再大的官方承諾也變更不了根本重要的法制！它反而是加大台商受損。其二、該店鋪都是臨時房、土地是集體的，產權並不清楚，不適合長久經營。

（四）上島咖啡及相關品牌

　　「易」經第13、14卦為「同人」卦、「大有」卦，警示人們如股東、生意夥伴須同心、共利，才能「大有」。1990年代，上島咖啡作為當時第一品牌的成功，是兩位大陸股東和五位台灣股東合作創造品牌的典範！他們合作無間創立旗艦店，並每人「分封」二、三個省市進行拓店、招募加盟，快速建立第一品牌形象及店數。真是「同人」而「大有」！

　　可惜，初階段成功之後，權利義務之規範不清，發生內爭，引起訴訟，[5]並且分散力量，各自另創兩岸咖啡、哈里歐、笛歐等等不同品牌。

---

[4]　www.nckukh.org.tw王興隆先生在眾多經歷中表明曾創辦上海電子一條街。但我記得他只是其中之一。另見journal.stpi.gnarl.org.tw

[5]　詳見呂榮海，執業律師三十年代表案例，頁74-80，此書蒙連戰先生作序。

又基本上未做創新形成互打市場的反效果，再加上大陸本土的餐飲也快速發展，年輕一代漸成消費主力，均影響老牌的上島咖啡原來第一品牌的地位。這也是「同人」、「大有」的反面教材。

（五）小結：連戰案例

本節「兩岸產業合作成敗案例：法律觀點」，1、2案例成敗未定，但事前的法律分析已降低失敗的因素。法律不是萬能，但沒有法律萬萬不能！第3例為失敗案例，關鍵在未做事前分析，過分相信領導的承諾，真是不符法律萬不能。第4例有成功、失敗的部分。然而，律師老是多看到不好的一面，有無可能看到完全成功的喜悅案例？吾必曰：連戰案例，雖它並非「產業」合作案例。

2005年在野的國民黨主席連戰先生決定首次訪問大陸胡錦濤總書記，乃踏實地委託本人、蘇永欽、黃國鐘任法律顧問，事前分析可能之法律問題及對策，包括國、共二黨不簽公報，而以「各自」發新聞公報之方式進行，以防止違反兩岸條例「簽協議」之規定。[6] 因而其行程及事後均成功、順利，未引起任何法律事件，奠定自2008年以來兩岸關係和緩、大步交流之基礎，連戰先生堪稱成功案例，其踏實、重法律之精神值得效法。

四、司法的正義、效率才是保障台商與人民之基礎：兼給李克強總理、周強院長的建議

然則，「明契券」範疇之法律、合同，仍有賴於正義、有效率之司法作為保證之基礎。

台灣的司法是否正義、效率？一般多是負面的吧？本人30年來，算是實際經歷過不少案例，包括2000年陳水扁總統控告邱姓立委妨害名譽，因

---

[6] 同註5，頁47-68。

邱委員爆料陳財產不當增加。我硬著頭皮和當時現任總統打官司，這有可能打贏嗎？沒想到打到2007年我們全面勝訴確定[7]，2008年以後之事大家都知道了。此訴訟和30年來的經驗，我認為台灣的司法基本上還是獨立、正義、可以的。它建立在幾個司法改革的基礎上：1.各法院之預算編在中央之司法院，不在地方，可防止地方保護主義。2.提高法官薪水至部長級，不錯的退休金，讓大部分法官不想走險。3.法官之選任、人事獨立，真正法官獨立辦案。當然，司法仍不完美，效率尤待改進。

　　25年來，我也關心大陸的司法，比起大陸在各方面的進步，大陸的司法進步最少，要加油啦。當前，李克強總理畢業自北京大學法律系、最高人民法院院長周強先生則是第一個學法的院長，自有較高之法律水準，他們已貴為國家領導人，有能力改造司法，我和許多大陸法律界的有識之士一樣，對他們期待較高，爰提出下列建議，它們才是台商保障的根本基礎：

　　（一）大幅提高法官待遇，重懲不廉潔之人。

　　　　　各地方法院由中央預算，避免地方保護。

　　　　　各地方法官之選任、人事歸中央。

　　（二）法院不歸政法委管，提高法官真正獨立地位。

　　（三）法官退出政黨。

---

[7]　同註5，頁237-250。

論壇 19

台商轉型升級與兩岸產業合作
——策略、實務與案例

主　　　編	陳德昇

發　行　人	張書銘
出　　　版	**INK** 印刻文學生活雜誌出版有限公司
	新北市中和區中正路800號13樓之3
	電話：(02) 2228-1626　　　傳真：(02) 2228-1598
	e-mail：ink.book@msa.hinet.net
	網址：http://www.sudu.cc
法律顧問	漢廷法律事務所 劉大正律師

總　經　銷	成陽出版股份有限公司
	電話：(03) 358-9000（代表號）　傳真：(03) 355-6521
郵撥帳號	19000691 成陽出版股份有限公司
製版印刷	海王印刷事業股份有限公司
	電話：(02) 8228-1290

港澳總經銷	泛華發行代理有限公司
地　　　址	香港筲箕灣東旺道3號星島新聞集團大廈3樓
	電話：(852) 2798-2220　　　傳真：(852) 2796-5471
	網址：www.gccd.com.hk

出版日期	2013年10月
定　　　價	330元

ISBN　978-986-5823-51-1

國家圖書館出版品預行編目（CIP）資料

台商轉型升級與兩岸產業合作：策略、實務與案例
　／陳德昇主編. -- 新北市：INK印刻文學, 2013.11
　　288面；17×23公分. --（論壇；19）

　　ISBN 978-986-5823-51-1（平裝）

　　1.國外投資　2.兩岸經貿　3.文集

　563.52807　　　　　　　　　　　102021929